古典詩歌研究彙刊

第十三輯

龔鵬程 主編

第 5 冊

王榮律賦研究

陳 鈴 美 著

國家圖書館出版品預行編目資料

王榮律賦研究／陳鈴美 著 ── 初版 ── 新北市：花木蘭文化出
版社，2013〔民 102〕
目 2+210 面：17×24 公分
（古典詩歌研究彙刊 第十三輯；第 5 冊）
ISBN 978-986-322-073-2（精裝）
1.（唐）王榮 2. 律賦 3. 文學評論
820.91   102000924

ISBN-978-986-322-073-2

9 789863 220732

古典詩歌研究彙刊
第十三輯　第 五 冊   ISBN：978-986-322-073-2

王榮律賦研究

作　　者　陳鈴美
主　　編　龔鵬程
總 編 輯　杜潔祥
出　　版　花木蘭文化出版社
發 行 所　花木蘭文化出版社
發 行 人　高小娟
聯絡地址　235 新北市中和區中安街七二號十三樓
　　　　　電話：02-2923-1455／傳真：02-2923-1452
網　　址　http://www.huamulan.tw 信箱 sut81518@gmail.com
印　　刷　普羅文化出版廣告事業
初　　版　2013 年 3 月
定　　價　第十三輯 20 冊（精裝）新台幣 28,000 元

王榮律賦研究

陳鈴美 著

作者簡介

　　陳鈴美，1964 年生，台灣省台南縣人。東吳大學中文系、逢甲大學中國文學研究所、香港珠海大學中國文學博士。

　　現為國立台中科技大學、大葉大學兼任助理教授，中興大學、逢甲大學華語教師。曾發表過〈謝莊〈月賦〉與歐陽詹〈秋月賦〉形制之比較〉、〈略論唐代與琵琶有關之詩作〉等文章，著有《王棨律賦研究》、《《歷代賦彙》「寓言賦」研究》（博士論文）。

提　　要

　　王棨是晚唐的重要律賦作家，本論文是對王棨生平、著述、律賦內容、律賦形式的全面研究。

　　本論文分成五章和附錄：

　　第一章為緒論。在綜述前人研究成果的基礎上，介紹研究動機、研究範圍、研究方法和論文架構。

　　第二章為王棨生平著述及其時代背景。在概述王棨生活時代背景的基礎上，對王棨的生平經歷和著述狀況作出考訂，以收知人論世之功效。

　　第三章為王棨律賦的內容分析。首先對王賦中體現的儒家和道家思想作出探討，然後分題材逐節探討山水寫景賦、詠物賦、詠史賦、抒情寫意賦、以及其它雜類賦篇。

　　第四章為王棨律賦的形式分析。針對其賦的形式構成要素，從押韻、句法、結構、典故、平仄諸段，分節舉例作出詳盡探討。

　　第五章為結論，總括本論文各章各節研究得出的一些總結性意見，總結出王棨在賦史上的地位、價值以及對後代文學的影響。

　　附錄部分。由於本論文引述原文和羅列圖表較多，為使眉目清晰，將「作品出處表」和「賦作統計圖表」列為附錄。

目

次

第一章　緒　論

第一節　研究動機與目的

　　談起唐朝，浮現大家腦中的，一定是一個洋溢濃鬱詩香氣息的浪漫國度，在這個詩的國度裏，唐人服膺了孔子「不學詩，無以言」（《論語‧季氏》）的庭訓，所以上至帝王將相，下至庶民百姓，人人愛詩，人人習詩，與其說「詩是吾家事」（杜甫〈宗武生日〉），不如說「詩是唐人事」，因此在這百花爭妍的文學園地裏，大家只看到千嬌百媚的牡丹（詩），其他的花朵都只是陪襯，即使後來散文、駢文、傳奇小說等成就也受人肯定，但只要一提到唐代文學，似乎就與詩畫上等號。此種見樹不見林的心態，實深受王國維的文學觀念影響。王國維在《宋元戲曲史‧序》中說：「楚之騷，漢之賦，六代之駢語，唐之詩，宋之詞，元之曲，皆所謂一代之文學。」〔註1〕此一觀點，造成後人對「一代文學觀」的偏執，不但忽略了其他文學成果，也無法客觀的反映出各種文體在當時的原貌和成就。當時人們所認可的文學主流是否就如同後人所言，是值得探討的。

〔註 1〕王國維：《宋元戲曲史》，上海：上海古籍出版社，1998 年，頁 3。

　　五代王定保撰《唐摭言·散序進士》條:「進士科始于隋大業中,盛于貞觀、永徽之際。搢紳雖位極人臣,不由進士者,終不爲美。以至歲貢常不減八九百人,其推重謂之白衣公卿,又曰一品白衫,其艱難謂之三十老明經,五十少進士。」〔註2〕科舉考試制度始于隋,唐初,有秀才、明經、進士等,而進士尤爲時所貴。至中唐後,進士考試將雜文(即「詩賦」)定爲三場考試中的第一場,牛希濟在〈貢士論〉中云:「大率以三場爲試,初以詞賦謂之雜文,複對所通經義,終以時務爲策。」〔註3〕而試賦一般都采律賦,以便于試官評閱和防止士人的預作。律賦在唐代、宋代和清代都曾作爲科舉考試的文體之一,發揮過重要的歷史作用,如《文苑英華》所收的一千多篇賦,就有三分之二以上是律賦,由唐至清,更有大批的文學家留下許多辭賦作品和評論,但這一大筆珍貴的文學遺產卻甚少人提起,元以後的一些名作家和批評家也多不屑一顧,如明代文學家李夢陽就有「唐無賦」之論(《潛虬山人記》)〔註4〕,清代文學家程廷祚也有「唐以後無賦,其所謂賦者,非賦也。」之論〔註5〕。直至清乾隆年間,李調元《雨村賦話》出版,此書于各朝賦中偏重唐賦,于各種賦體中偏重律賦。其後,王芑孫在《讀賦卮言》中也表達了他對唐賦的觀點:「詩莫盛於唐,賦亦莫盛於唐。總魏、晉、宋、齊、梁、周、陳、隋八朝之衆軌,啓宋、元、明三代之支流。踵武姬漢,蔚然翔躍,百體爭開,昌其盈矣!」〔註6〕嘉慶年間,顧蓴評選《律賦必以集》,所選亦多爲唐宋律賦。道光年間,潘遵祁編《唐律賦鈔》,全選唐賦。這些賦家對唐賦都花了大量的篇幅來研究,可知其對律賦之重視。因此,我們應打破前人「唐無賦」的迷思,對唐律賦做更深更廣的探索,以期給唐律賦在文學史上重新定位。

〔註2〕王定保:《唐摭言》(《四庫全書》本)卷一。
〔註3〕見《全唐文》,北京:中華書局影印本,1983年,卷八四六,頁8891下。
〔註4〕李夢陽:《空同集》(《四庫全書》本)卷四十八。
〔註5〕程廷祚:《騷賦論》中,《青溪集》(《金陵叢書》本)卷三。
〔註6〕見王芑孫:《讀賦卮言》(《淵雅堂全集》本,清嘉慶九年,1804年)。

　　回顧中國文學發展的歷史，賦是形式變化極大、內容涵蓋
　　極廣的文類。它的句式可嚴整、可參差，可間對以成章、
　　可獨白以成篇，可敘客觀之事物、可抒主觀之情懷，可莊
　　可諧、可雅可俗，鋪采摛文是它的特色，凡是「事出于沉
　　思，義歸乎瀚藻」的韻文，除了詩詞曲，幾乎都可歸之于
　　賦。〔註7〕

然而歷年來對辭賦的研究都偏重在漢及六朝，唐律賦就因它是科舉制
度的產物，所以人們一談到唐律賦總是輕筆帶過，直接跳至宋代的文
賦，因此今日對唐律賦做研究的，除了幾部通史類著作有概括的描述
外，斷代及個別作家和著作的研究就很少了，這對文學與時代的脈動
相緊扣且互動的原理是背道而馳的。且律賦到了唐末，有的都已擺脫
科舉功令的約束，變成了抒情寫景的小賦，更產生了不少好作品。所
以本論文準備對王棨的生平、著述和律賦創作成就作全面的研究。同
時也希望能有更多的同好加入此研究行列，把律賦這塊文學園地的缺
角補齊，此即是研究本論文的動機與目的。

第二節　前人研究成果綜述

　　王棨是晚唐重要的賦家和詩人，所撰《麟角集》今傳于世。根據
簡宗梧、游適宏〈清人選唐律賦之考察〉一文統計：「有 3 篇暨以上賦
作獲選的賦家計有 18 人，其中尤以王棨獲選 22 篇最爲特出。」〔註8〕
足見王棨是一位獲得後代選家首肯的賦作高手。同時，王棨也有試帖詩
傳世，值得重視。但是，前此學術界由於不重視律賦的關係，加上其生
平事迹不見于史傳，因此對王棨的研究成果很少。在生平部分究研較爲
詳盡，資料較豐富的大概首推曾廣開、齊文榜的〈王棨考〉〔註9〕，其

〔註7〕簡宗梧〈試論唐賦之發展及其特色〉，《第二屆國際唐代學術會議論
　　　文集》，頁 110。
〔註8〕逢甲人文社會學報第 5 期，第 21～35 頁，2002 年 11 月。
〔註9〕見《中國古代文學論集》，湖北大學中國古代文學學科編，北京：中
　　　華書局，2002 年，頁 293～302。

他如萬曼《唐集敘錄》〔註10〕則在版本上有詳細的介紹，至於馬積高《賦史》〔註11〕、傅璇琮等著《唐五代文學編年史・晚唐卷》〔註12〕、何新文《辭賦散論》〔註13〕等，則對作者有概括性的介紹，但大都不離《天壤閣叢書》本《麟角集》中所附唐鄉貢進士黃璞撰寫的〈王郎中傳〉及余嘉錫《四庫提要辨證》卷二十一中的考證。

在作品方面，大都偏向單篇的剖析，尤其是最爲膾炙人口的〈江南春賦〉，更有多人作注，如曲德來等主編《歷代賦廣選・新注・集評》〔註14〕、俞紀東《漢唐賦淺說》〔註15〕、霍旭東等編《歷代辭賦鑑賞辭典》〔註16〕、遲文浚等主編《歷代賦辭典》〔註17〕、簡宗梧、游適宏〈律賦在唐代「典律化」之考察〉〔註18〕都選有此篇，並詳加注釋賞析。而田兆民《歷代名賦譯釋》〔註19〕則對〈貧賦〉進行注解和翻譯。張崇琛《名賦百篇評注》〔註20〕、郭預衡主編《中華名賦集成・唐宋明清卷》〔註21〕、王基倫〈中晚唐賦體創作趨向新議〉〔註22〕則對〈秋夜七里灘聞漁歌賦〉做出注釋和評點。馬寶

〔註10〕萬曼《唐集敘錄》，臺北：明文書局，1988 年，頁 316。

〔註11〕馬積高《賦史》，上海：上海古籍出版社，1998 年，頁 370。

〔註12〕傅璇琮等著《唐五代文學編年史》，瀋陽市：遼海出版社，1998 年，頁 463～468。

〔註13〕何新文《辭賦散論》，北京：東方出版社，2000 年，頁 145。

〔註14〕曲德來等主編《歷代賦廣選・新注・集評》，瀋陽市：遼寧人民出版社，2001 年，頁 234。

〔註15〕俞紀東《漢唐賦淺說》，上海：東方出版中心，1999 年，頁 261。

〔註16〕霍旭東、趙呈元、阿芷主編《歷代辭賦鑑賞辭典》，安徽文藝出版社，1992 年，頁 789。

〔註17〕遲文浚、許志剛、宋緒連主編《歷代賦辭典》，瀋陽市：遼寧人民出版社，1992 年，頁 489。

〔註18〕簡宗梧、游適宏〈律賦在唐代「典律化」之考察〉，逢甲人文社會學報第一期，2000 年，頁 12。

〔註19〕田兆民《歷代名賦譯釋》，黑龍江：人民出版社，1995 年，頁 1300。

〔註20〕張崇琛《名賦百篇評注》，三秦出版社，1996 年，頁 338。

〔註21〕郭預衡主編《中華名賦集成》，中國工人出版社，1999 年，頁 814。

〔註22〕王基倫〈中晚唐賦體創作趨向新議〉，《第三屆國際辭賦學學術研討會論文集》，1996 年，頁 895。

蓮《唐律賦研究》〔註23〕則選有〈芙蓉峰賦〉、〈貧賦〉、〈曲江池賦〉、〈白雪樓賦〉、〈綴珠為燭賦〉五篇，論述精簡。遲文浚等編的《歷代賦辭典》除有〈江南春賦〉外，尚有〈涼風至賦〉，對作者情感的表現也頗能掌握。簡宗梧先生〈唐律賦典律之研究〉〔註24〕則對〈曲江池賦〉、〈綴珠為燭賦〉、〈芙蓉峰賦〉、〈沛父老留漢高祖賦〉這幾篇的篇章出處與旨趣、句式與用典、字數、韵字、相關的評騭都有詳盡的歸納解析，為本論文在賞析內容時提供一個參考依循的模式。另外對王棨賦作品評歸納最完善的，要屬尹占華《律賦論稿》〔註25〕，除對作者有簡要的介紹，賦題的出處、典故、後人的評論，甚至依不同的性質做分類，賦作之多，論述之詳細，是其他家所不具備的，所以本論文在內容的分類上，即以此為參考，再斟酌而作更改，其不論是分類或資料的提供，都對本論文有莫大的助益。

　　此外，近年來唐鈔本《賦譜》的出現，也給專門研究唐律賦的學者，提供了一個理論依據，唐抄本《賦譜》在我國早已失傳，自中唐傳至日本後，得以完整保存。一九六七年，日本學者中澤希男發表《賦譜校箋》〔註26〕，標誌《賦譜》得到當代學術界的關注。一九九二年，美國學者柏夷（Stephen R‧B.kenkamp）又以《賦譜研究》作為他的博士論文，他的論文《賦譜略述》由嚴壽澂先生譯成中文，在中國發表〔註27〕。一九九三年，詹杭倫發表《唐抄本〈賦譜〉初探》一文〔註28〕。是為中國學者研究《賦譜》的第一篇論文。一九九六年，張伯偉出版《唐五代詩格校考》，附錄《賦譜》全文〔註

〔註23〕馬寶蓮《唐律賦研究》，民國 82 年文化大學中文所博士論文，簡宗梧先生指導，頁 125。
〔註24〕簡宗梧先生〈唐律賦典律之研究〉，頁 13～15。
〔註25〕尹占華《律賦論稿》（趙逵夫主編《詩賦研究叢書》），成都：巴蜀書社，2001 年，頁 253～268。
〔註26〕載日本：《群馬大學教育部紀要》第十七卷，1967 年。
〔註27〕載上海：《中華文史論叢》，第 49 輯（1992），頁 149～161。
〔註28〕載成都：《四川師範大學學報增刊》，1993 年 9 月。
〔註29〕西安：陝西人民教育出版社（1996），頁 531～548。

29〕。此後，《賦譜》遂廣爲學界所知。一九九九年，香港學者陳萬成發表〈《賦譜》與唐賦的演變〉一文〔註30〕；二〇〇〇年，台灣學者簡宗梧、游適宏發表〈律賦在唐代「典律化」之考察〉一文〔註31〕。皆是利用《賦譜》研究唐代律賦的重要成果。

　　雖然不論在理論或作品上，前人都花了不少心力，但至今仍未見專就王榮的賦作全部加以詳細探討者，使其它優秀的作品無緣與世人見面，爲免此遺珠之憾，故不揣鄙陋，冀望竭盡所學，以《賦譜》的理論爲基礎，將王榮的律賦由「點」擴至「面」做深入的探析，以期完整的呈現，並爲後來研究晚唐律賦的人提供參考。

第三節　研究範圍與方法

一、研究範圍

　　本論文底本主要採用藝文印書館印行的《百部叢書集成・天壤閣叢書・麟角集》，該本共收律賦四十五首，補遺一首，後附錄省題詩二十一首。因解讀分析省題詩（試帖詩）需要另一套專門的知識和方法，不在律賦研究範圍，故暫不予討論，今後有機會再作專門的研討。其它並參考《全唐文》、《文苑英華》、《歷代賦彙》、《古今圖書集成》，以期望對賦作本身能更精準的掌握，並觀察在各叢書中的分類狀況，以作爲內容分類的參考。（附錄一）在歷史背景方面，主要參考新、舊《唐書》、《資治通鑑》、《唐六典》、《文學通考》，唐宋筆記小說，以及近人唐史著述，希望藉由時代風氣，社會現實的轉變，看出律賦在內容和形式上出現了哪些新的變化。在作品方面，除王榮本集外，主要參考《文苑英華》、《唐文粹》、《全唐文》、《古今圖書集成》，以求在作品出處，文字校訂方面有所依據。在賦話方

〔註30〕載南京大學中文系編，《辭賦文學論集》（南京：江蘇教育出版社，1999），頁 559。
〔註31〕載逢甲大學編：《逢甲人文社會學報》第一期（2000 年 11 月），頁 1～16。

面，則以詹杭倫、沈時蓉《雨村賦話校證》、浦銑《復小齋賦話》等爲參考的依據。在科舉制度方面，則參考相關的資料如《唐摭言》、《登科記考》、《唐代科舉與文學》等，以期對整個當時的科舉制度、習俗能更深入瞭解。

二、研究方法

（1）「知人論世」的方法。先賢孟子提出了「知人論世」的原則。根據這一原則，要了解作品必須先從了解作家生平著手，因此作者的籍貫、著述、交游、仕進、生卒年，以及時代背景，都是首先要研究釐清的重點。

（2）「內容形式」二分法。根據一般文學理論的觀念，文學作品可以分成內容和形式兩個部分。從二者的關係來講，內容決定形式，形式爲內容服務。從文學創作來說，一般是由內容到形式；從文學鑒賞來看，一般則是由形式到內容。〔註32〕按照二分法的觀念，本文也將王棨賦作分爲內容與形式加以研討。並照顧到作品的整體性原則，內容分析與形式分析互相照應，避免割裂。

（3）圖表與統計方法。分析律賦，需要參考律賦理論，讓我們引用唐鈔本《賦譜》的律賦結構觀念。《賦譜》論律賦句法云：

凡賦句，有壯、緊、長、隔、漫、發、送，合織成，不可偏捨。
根據《賦譜》原文，可以列出律賦句法表：〔註33〕

	壯	3字句對3字句
	緊	4字句對4字句
	長	5字句對5字句　6字句對6字句　7字句對7字句 8字句對8字句　9字句對9字句
隔	輕隔	上4字、下6字句對上4字、下6字句
	重隔	上6字、下4字句對上6字、下4字句

〔註32〕參考王一川：《文學理論》，成都，四川人民出版社，2003年版。
〔註33〕列表方式，參考簡宗梧、游適宏〈律賦在唐代「典律化」之考察〉一文，載逢甲人文社會學報，第一期，頁11。

疏隔	上 3 字、下不限字句對上 3 字、下不限字句	
密隔	上 5 字（以上）、下 6 字（以上）句對上 5 字（以上）、下 6 字（以上）句	
平隔	上 4 字、下 4 字句對上 4 字、下 4 字句 上 5 字、下 5 字句對上 5 字、下 5 字句	
雜隔	上 4 字、下 5（或 7 或 8）字句對上 4 字、下 5（或 7 或 8）字句 上 5（或 7 或 8）字、下 4 字句對上 5（或 7 或 8）字、下 4 字句	
漫	上下句不對仗	
發	原始	如：原夫、若夫、觀夫、稽其、伊昔、其始也
	提引	如：洎及、然則、矧夫、於是、已而、是故、借如、乃知
	起寓	如：嗟乎、至矣哉、大矣哉
送	句尾語助詞，如：也、哉、而已	

《賦譜》又論律賦結構云：

凡賦體分段，各有所歸。但古賦段或多或少，若〈登樓〉三段、〈天臺〉四段之類是也。至今新體分為四段：初三四對，約三十字為頭；次三對，約四十字為項；次二百餘字為腹；最末約四十字為尾。就腹中更分為五：初約四十字為胸，次約四十字為上腹，次約四十字為中腹，次約四十字為下腹，次約四十字為腰。都八段，段轉韻發語為常體。〔註34〕

根據《賦譜》原文〔註35〕，可以列出律賦章法結構表：

分段名稱	使　用　句　型	韻腳佈置	大約字數
頭	緊、長、隔	第一韻	30 字

〔註34〕引自詹杭倫：《賦譜校注》（逢甲大學博士班講義《唐宋賦學新探》，2004），頁 59。

〔註35〕《賦譜》：「其頭：初緊、次長、次隔。即項：原始、緊、……次長、次隔。即胸：發、緊、長、隔，至腰如此。或有一兩個以壯代緊。若居緊上及兩長連續者，仇也。夫體相變互、相暈淡，是為清才。即尾：起寓、次長、次隔，終漫一兩句。」

項		發（原始）、緊、長、隔	第二韻	40字
腹	胸	發（提引）、緊、長、隔	第三韻	40字
	上腹	發（提引）、緊、長、隔	第四韻	40字
	中腹	發（提引）、緊、長、隔	第五韻	40字
	下腹	發（提引）、緊、長、隔	第六韻	40字
	腰	發（提引）、緊、長、隔	第七韻	40字
尾		發（起寓）、長、隔、漫	第八韻	40字

　　過往的文學研究多採用定性分析，而不是定量分析，所以難以得到科學的、精細的、準確的結論。近年來，定量分析方法引進文學研究，簡宗梧教授已將其運用于唐代律賦研究。本文也採用圖表直觀與數據統計的方法，試圖爲王棨律賦之形式構成提供一些確實的數據，以促進我們對唐代律賦的認識。

第四節　論文架構

　　本論文分成五章和附錄：

　　第一章爲緒論。在綜述前人研究成果的基礎上，介紹研究動機、研究範圍、研究方法和論文架構。

　　第二章爲王棨生平著述及其時代背景。在概述王棨生活時代背景的基礎上，對王棨的生平經歷和著述狀況作出考訂，以收知人論世之功效。

　　第三章爲王棨律賦的內容分析。首先對王賦中體現的儒家和道家思想作出探討，然後分題材逐節探討山水寫景賦、詠物賦、詠史賦、抒情寫意賦、以及其它雜類賦篇。

　　第四章爲王棨律賦的形式分析。針對其賦的形式構成要素，從押韵、句法、結構、典故、平仄諸段，分節舉例作出詳盡探討。

　　第五章爲結論，總括本論文各章各節研究得出的一些總結性意見，總結出王棨在賦史上的地位、價值以及對後代文學的影響。

　　附錄部分。由於本論文引述原文和羅列圖表較多，爲使眉目清晰，將「作品出處表」和「賦作統計圖表」列爲附錄，有興趣讀者可以參看。

第二章　王棨時代背景及生平著述考

第一節　時代背景

　　唐代在中國歷史上是政治軍事強大、文化經濟繁榮的一個朝代，表現在文學上，不論是詩歌、散文、辭賦、小說等都得到了飛躍性的發展，因此唐代文人有著恢弘的胸襟與氣度，更懷抱著強烈積極入世的進取精神，然此原本自信與狂傲的氣燄，卻在安史之亂後，隨著唐朝國勢由繁盛的頂峰步向動亂與衰敗，而漸趨熄滅，最後大概只剩匡救衰世的「壯志」未改。

　　晚唐國勢的由盛轉衰，政治局面的錯綜變化，社會經濟的頹敝，就如司馬光在《資治通鑑》所云：「于斯之時，閹寺專權，脅君於內，弗能遠也；藩鎮阻兵，陵慢于外，弗能制也；士卒殺逐主帥，拒命自立，弗能詰也；軍旅歲興，賦斂日急，骨血縱橫於原野，杼軸空竭於里閭，……。」（唐紀‧六十），唐宣宗李忱於大中十年（859）去世後，殘暴驕奢又昏庸無能的唐懿宗繼位。次年，改元咸通。從此，原本已黑暗腐化的帝國，也就無可挽回地走向徹底崩潰的窮途末路。從咸通元年至唐哀帝天祐四年（907），是唐王朝政治風暴不斷的時期：

藩鎮割據、宦官專權、朋黨之爭，這些鬥爭矛盾到咸通之後都已呈不可收拾之勢。政治的黑暗，社會的動盪，人民生活的困頓，這些都促使農民的武裝起義一發不可收拾。大中十四年（860）初，浙東裘甫為首的農民起義；咸通九年（868）龐勛為首的桂林戍兵起義，這是懿宗時期規模較大、影響較深的兩次人民起義，雖然先後被血腥鎮壓，但更大的反抗浪潮正在蘊釀中。僖宗乾符初年（874），爆發了王仙芝、黃巢領導的農民大起義。黃巢軍轉戰南北，席捲全國，入東都，破長安，建立大齊政權長達十年之久，雖然最後被敉平，但李唐王朝的根本已動搖，使得這個腐朽的封建政權，從此分崩離析，名存實亡了。這些亂象看在心思纖細的文人眼裡，自然百感交集。面對日落西山的王朝末世、自身黯淡茫然的前途，這對文人心態上都產生了很大的衝擊，儘管他們有人仍然眷念著朝廷、關心時政，更希望「挽狂瀾於既倒」，但最後卻又欲振乏力，往往以失望告終。國勢的無望、懷抱的落空、身世的沉淪，都使晚唐文人陷於政治理想和個人情懷之間徘徊游移，由於文學思潮是會隨著社會的嬗變而變動，因此時代的動盪不安，對這一時期的文學家們的精神世界及其創作活動都產生了巨大而深刻的影響，其沉重的憂患意識、抑鬱悲涼的感傷情懷，自然透過作品呈現出來，而體現較早且最明顯的是懷古詠史之作。

晚唐不只懷古詠史的作品數量大增，情調也與以往不同。「初盛唐在懷古中常帶有前瞻的意味，中唐懷古詠史常寄託對國家中興的希望，晚唐詩人則是用一切皆無法長駐的眼光，看待世事的盛衰推移，普遍表現出傷悼的情調。」〔註1〕這種悼古傷今的情懷，亦成為賦與詩共有的題材，表現在王榮的賦作中，如〈秋夜七里灘聞漁歌賦〉：「寂凝思以側聆，悄無言而相顧。此時游子，只添歧路之愁；何處逸人，頓起江湖之趣。由是寥亮清泠，良宵漸深。」、〈離人怨長夜賦〉：「悄悄何長，悠悠未央。向銀屏而寡趣，撫角枕以增傷。蓋以緬行役兮路

〔註1〕袁行霈主編：《中國文學史》，北京：高等教育出版社，1999年8月第一版，頁407。

千里，邈音塵兮天一方。我展轉以空床，固難成夢；君盤桓於旅館，豈易爲腸。」〈鳥求友聲賦〉：「豈比蜀魄銜冤，啼巴月於深夜；燕鴻失侶，叫邊雲於凜秋。」這種清幽深遠的意境、悽涼悲傷的情感，在字裡行間充分流露。

其它像〈端午日獻尚書爲壽賦〉、〈沈碑賦〉、〈耕弄田賦〉等也都跳脫傳統諷勸頌揚的賦法，轉向借歷史人物來抒發胸懷，或分析形勢，引出教訓，除意在諷刺外，也發出昔盛今衰的無奈。此外將歷史之感歎與現實之景交相融合，既描寫現實，又表現了對人民群眾疾苦的關心，如〈江南春賦〉：「或有惜嘉節，縱良遊。蘭橈錦纜以盈水，舞袖歌聲而滿樓。誰見其曉色東皋，處處農人之苦；夕陽南陌，家家蠶婦之愁。」除諷諫當朝統治者應勤於國政、戒除淫奢外，對當時農人、蠶婦的愁苦也寄寓了無限的同情。又如〈涼風至賦〉：「虛檻清泠，頗愜開襟之子；衡門淒緊，偏驚無褐之人。」也都表現出作者憂世憂民的思想感情。

除上述的懷古詠史的作品外，隨著唐王朝的衰落，各種弊端充分暴露，諷刺小品賦也應運而生，如〈馬惜錦障泥賦〉：「然復被其身，傍迷繡輪。夾汗溝而綺麗，排霤尾以花新。向若輕華，煥渡龕淪。則王氏櫪中，空有代勞之用；晉朝書上，全無稱德之因。」另外像〈蟭螟巢蚊睫賦〉、〈魚龍石賦〉、〈夢爲魚賦〉等，也充分顯現作者對當時社會黑暗面的批判。

總之，晚唐文學，無論是詠史寫事，或是抒發情感，都流露出濃厚的感傷氣息，與盛唐時之意氣風發、慷慨激昂的文章格調迥異，如宋人洪邁《容齋四筆》所云：「晚唐士人作律賦，多以古事爲題，寓悲傷之旨。」而這也是晚唐時代精神的體現。

第二節　王棨生平考

王棨是晚唐重要的賦家和詩人，所撰《麟角集》今傳於世。但是《新唐書》並沒有王棨的傳記，《新唐書·藝文志》也沒有著錄他的

文集，僅有《宋史》卷二○八《藝文志》第七著錄《王棨詩》一卷。
清編《全唐詩》未收其詩，近人孫望據《麟角集》錄其詩二十一首，
收入《全唐詩外編》，並爲王棨撰寫一則小傳。然而孫望撰小傳頗爲
簡略，今爲知人論世的需要，特據《麟角集》所載唐鄉貢進士黃璞所
撰《王郎中傳》加以疏証〔註2〕，以儘可能弄清王棨生平的大節綱要。

　　王棨，字輔之，福唐人也。

　　咸通二年鄭侍郎讜下進士及第，試〈倒載干戈賦〉、〈天驥
　　呈才詩〉。

【譯述：王棨，字輔之（當作輔文），福唐（今福建福清）人。唐懿
宗咸通二年（當作三年，862），禮部侍郎鄭從讜主持科舉考試，王
棨得以及第，考試的賦題是〈倒載干戈賦〉、詩題是〈天驥呈才詩〉。
當科的狀元是薛邁，及第進士除王棨外，還有蕭廩、薛承裕、徐仁
嗣、盧征、鄭賣、陳翬等三十人。】

　　公詞賦清婉，託意奇巧，有〈江南春賦〉，末云：「今日併
　　爲天下春，無江南兮江北。」又有〈詔遣軒轅先生歸舊山
　　賦〉及〈馬惜錦障泥賦〉，尤美。

【譯述：王棨的辭賦風格清新婉麗，寄託旨意奇妙精巧，他的〈江南
春賦〉最後寫道：「今日並爲天下春，無江南兮江北。」被人稱道。
又有〈詔遣軒轅先生歸舊山賦〉和〈馬惜錦障泥賦〉，特別精美。】

　　公風姿雅茂，舉措端詳，時賢仰風，盛稱人瑞。成名歸覲，
　　廉使杜公宣獻請署團練巡官，景慕意深，將有瑤席之選；
　　公辭以舊與同年陳郎中翬有要約，就陳氏婚好。時益以誠
　　信奇之。

【譯述：王棨爲人風度姿態文雅豐茂，舉止行爲端正周詳，當時社會
上的賢達仰慕他的風度，紛紛誇獎他是難得的人才。成名之後，王

────────────

〔註2〕黃璞：《王郎中傳》，見天壤閣叢書本《麟角集》卷首，光緒十年（1884）
　　　刻本。黃璞，字紹山，閩縣人。唐昭宗大順二年（891）進士及第，
　　　官校書郎。黃璞著述頗多，他的《閩川名士傳》敘寫唐代閩中人物
　　　行狀，可補正史之闕。其撰《王郎中傳》附載《麟角集》。

棨返鄉省親，當時擔任廉訪使的杜宣猷邀請他擔任團練巡官，杜廉
使對王棨的才學很欽佩，有意把女兒嫁給他；但是王棨婉言謝絕，
說他與進士同年陳罃郎中有約在先，於是去陳家與陳氏妹妹完婚。
時人因此更相信王棨具有誠信的品格道德。】

> 初就府薦，馮涓爲試官，〈三箭定天山賦〉當意，爲涓所知，
> 欲顯滯遺，明設科第，以宋言爲解頭，公爲第二。時毅夫中
> 丞尹京兆怒涓不取旨撝，命收榜，扱破名第甲省。其年等第
> 雖破，公道益彰。凡曾受品題，數年之間，及第殆盡。前今
> 輿論，莫不美馮公之善得其材，榮公之獲任其選。〔註3〕

【譯述：起初王棨參加府試時，馮涓擔任試官，王棨的〈三箭定天
山賦〉被馮涓看中，得到馮涓的賞識。馮涓爲了彰顯遺漏的賢才，
公開考試名次，以宋言爲第一，王棨爲第二。但當時任京兆尹的
張毅夫惱怒馮涓不聽指揮，取消此榜，發回換人重新考試。這一
年馮涓原定的考試名次雖然廢棄，但馮涓知人的名聲更加彰顯。
但凡曾受到馮涓品題的考生，沒過幾年，大多數都中了進士。古
今輿論，都讚美馮涓善於爲國選才，同時也以王棨曾被馮涓選中
爲榮耀之事。】

> 從事本府，乞假入關。尋又首捷，〈玉不去身賦〉、〈春水綠
> 波詩〉、〈古公去邠論〉。
>
> 李公騭，時擅重名，自內翰林出爲江西觀察使，辟爲團練
> 判官。
>
> 自使下監察赴調，復平判入等，授大理司直。

〔註3〕 唐范攄撰《雲谿友議》卷下：「宋言端公近十舉而名未播，大中十一
年將取府解，言本名嶽，因晝寢，似有人報云：『宋二郎秀才若頭上
戴山，無因成名；但去其山，自當通泰。』覺來便思去之，不可名
嶽，遂去二犬，乃改爲言。及就府試，馮涓侍郎作掾而爲試官，以
解首送言也。時京兆尹張大夫毅夫以馮叅軍解送舉人有私，奏譴澧
州司戶再試，退解頭宋言爲第六十五人。知聞來唁，宋曰：『來春之
事。』甘己叅差。李播舍人放牓，以言爲第四人及第。言感恩最深，
而爲望外也。乃服馮涓知人，尋亦獲雪。」

> 未幾，除太常博士。入省，爲水部郎中。

【譯述：王棨在本府團練巡官任上請假赴京，參加博學鴻詞科考試，順利考中，所試的題目是〈玉不去身賦〉、〈春水綠波詩〉和〈古公去邠論〉。朝中名臣李騭，以翰林身份出任江西觀察使，推舉王棨擔任屬下的團練判官。在李騭下監察院赴調之後，王棨又考中評判入等科，獲得大理司直的官位。不久，又升任太常博士。進入尙書省，擔任工部屬下的水部郎中（主管官吏）。】

> 公初上第，鄉人李顏累舉進士，鬱有聲芳，贈公歌詩云：「蓬瀛上客顏如玉，手探月窟如夜燭。笑顧嫦娥玉兔言，謂折一枝情未足。」時謂顏狀得其美，若有前知。公十九年內三捷，其于盛美，蓋七閩未之有也。

【譯述：當王棨初登第之時，同鄉人李顏也多次參加進士考試，頗有聲名，他贈給王棨一首詩云：「蓬瀛上客顏如玉，手探月窟如夜燭。笑顧嫦娥玉兔言，謂折一枝情未足。」時人稱李顏的這首詩描狀出王棨的美好前程，仿佛先知先覺。王棨在十九年之內，參加一次進士和兩次制科考試，連中三榜，這種輝煌成績，在七閩之地是從未有過的。】

> 不幸黃巢竊據京闕，朝士或俘或戮者，不可勝計。公既遇離亂，不知所之。或云歸終於鄉里焉。

【譯述：不幸黃巢起義軍佔據京師，朝中大臣或被俘虜或被殺戮，數都數不過來。王棨遭遇到黃巢之亂，不知逃到何方去了，有的人說他回到家鄉後過世了。】

由上面黃璞的《王郎中傳》中我們大略可了解王棨的生平梗概，但至今仍有幾點疑議，如何年考中進士？何年中博學鴻詞科？生卒年爲何時？字「輔文」或「輔之」？這些問題都因史料不足而無法釐清。然在知人論世的前提下，我們希望以現有的材料，儘量解決上述的疑問，讓大家在欣賞其作品之前，能對作者有較正確的認識。

（一）表字小考

王棨的表字，文獻中有兩種不同的記載：

黃璞撰《王郎中傳》附載《麟角集》。其文云：

　王棨，字輔之，福唐人也。

陳黯《送王棨序》云：

　黯去歲自褎中還筆下，輔文出新試相示。（《唐文粹》卷九八）

那麼，王棨到底字「輔之」還是字「輔文」？儘管古人表字有兩行，甚至三行之說，但表字之間往往有所差別，如關羽，字雲長，本字長生，又字壽長。但是，王棨的表字「輔文」與「輔之」十分近似，尤其「文」字與「之」字形近易誤，因此有必要作一番考察。但是王棨的生平材料，歷史文獻記載非常之少，難以證據確鑿地加以落實，只能作一些大致的推斷。古人名與字的關係，在意義上有一定的聯繫。那就是「名以正體，字以表德」〔註4〕。一般男子及冠之後，才鄭重地以字相稱。字往往是名的解釋、反襯或補充，名往往是字的內涵或基礎，它們互為表裏，因此叫表字。古人多是有名也有字，有的還有號，且不止一個。名，永久不變，所謂坐不改名，行不更姓者是也。字，只用于親人朋友之間，圖的是親切。號，往往是隨著年齡與境遇的不同而更換，不妨說是表明心志的一種手段。

　　根據我的考察推斷，王棨有可能是字「輔文」，而不是字「輔之」，主要理由有下述三點：

　　其一、從王棨的名與字之間的關係上來觀察，「棨」字有「棨戟」的意思，「棨戟」是一種木質的大型仿真兵器，用在古代高級官吏出行時前導的儀仗隊中或豎立在豪宅門外。《後漢書‧輿服志上》規定：「公以下至二千石，騎吏四人；千石以下至三百石，縣長二人，皆帶劍，持棨戟為前列。」、《舊唐書‧張儉傳》：「唐制三品已上，門列棨戟。儉兄弟三院，門皆立戟，時人榮之，號為『三戟張家』。」由上可見，「棨戟」是一種儀仗威武，門第莊嚴的標志，有炫耀武力的意味。《魏

─────────────────────

〔註 4〕顏之推：《顏氏家訓‧風操篇第六》。

書》卷七下〈高祖紀下〉：「文武之道自古並行。……輔文强武，威肅四方。」看來如果王棨表字輔文，正有文武之道，相輔相成之意。而用「輔之」則沒有文武並行的涵義，顯然沒有用「輔文」意思周全。

其二、從文獻作者的可靠程度來看，陳黯是王棨同時且交往密切之人，他應該不會把王棨的表字弄錯。而黃璞是唐大順二年（891）進士，王棨是咸通三年（862）進士。黃璞比王棨晚了一代人，他對王棨的了解可能得自傳聞，自然不如陳黯來得可靠。

其三、從表字存在的文獻來看，陳黯在〈送王棨序〉曾五次提到「輔文」：「輔文出新試相示」、「輔文家于江南」、「輔文曰吾所知者惟道與義」、「輔文早歲業儒，而深於詞賦，其體物諷調與相如、揚雄之流異代而同工也」、「輔文是行也，足以自重」。像這樣在同一篇文章中五次提及的表字，一般很少抄寫錯誤或刻工錯誤的可能性。而黃璞在《王郎中傳》中僅一次提到「輔之」，抄寫錯誤或刻工錯誤的機率顯然要更多一些。前面提到「咸通三年」誤作「咸通二年」，就是現成的例證。

儘管從上述三點推論來看，個人傾向于「王棨字輔文」之說。

（二）登第年份小考

黃璞《王郎中傳》云：「咸通二年鄭侍郎讜下進士及第，試〈倒載干戈賦〉、〈天驥呈才詩〉。」宋梁克家《淳熙三山志》卷二十六：「咸通二年（壬午）薛邁榜，王棨字輔之，福清人，歷水部郎中。」

咸通二年應爲三年之誤，理由如下：

其一、《舊唐書》卷一五八《鄭餘慶傳》附《鄭從讜傳》云：「咸通三年，知貢舉，拜禮部侍郎。」，據此知「鄭侍郎讜」當作「鄭侍郎從讜」。

其二、《淳熙三山志》謂王棨登（壬午）薛邁榜，按壬午爲咸通三年，非二年，《四庫全書總目‧麟角集提要》謂王棨爲「咸通三年進士」。

其三、查清徐松《登科記考》，咸通三年（862）進士科狀元爲薛邁，試〈倒載干戈賦〉以「聖功克彰兵器斯戢」爲韵、〈天驥呈才詩〉，及第進士除王棨外，還有蕭廩、薛承裕、徐仁嗣、盧征、鄭賷、陳肇等三十人。

其四、《麟角集》現存王棨〈倒載干戈賦〉一篇、〈天驥呈才詩〉一首，可知與薛邁當爲同年進士及第。王棨〈倒載干戈賦〉見於本集，又見於《全唐文》卷七六九。《文苑英華》卷一五八載徐仁嗣、盧征、鄭賷〈天驥呈才詩〉各一首。

由上可知，其進士及第應爲咸通三年。

（三）王棨何時中博學鴻詞科？

若王棨於咸通三年中進士，則據《唐文粹》卷九八陳黯《送王棨序》云：「今春果擢上第，夏六月告歸省於閩，命序送行。」據此知王棨「成名歸覲」之時爲咸通三年（862）六月。而《舊唐書》卷一九上《懿宗本紀》云：咸通三年十一月，「以吏部侍郎鄭處誨、蕭仿、吏部員外郎楊儼、戶部員外部崔彥昭等試宏詞選人」。咸通六年二月，「以吏部尚書崔愼由、吏部侍郎鄭從讜、吏部侍郎王鋒、兵部員外郎崔謹、張顏遠等考宏詞選人」。咸通八年十月，「以吏部侍郎盧匡、吏部侍郎李蔚、兵部員外郎薛崇、司勳員外郎崔殷夢考吏部宏詞選人」。按：王棨既於咸通三年（862）六月才離開京師，京師與福州路途遙遠，交通不便，王棨回到福州「從事本府」，出任巡官，不大可能於當年十一月份再從福州趕回京師參加博學鴻詞科考試。又因王棨在杜宣猷幕中有辭婚之舉，自然會不安於幕職，黃璞既言王棨「尋又首捷」，則王棨進士及第與中博學鴻詞的時間相距應該不會太遠，王棨亦不大可能等到咸通八年（867）才「乞假入關」。再說，咸通六年（865）博學鴻詞的試官中有王棨的座主鄭從讜，這也是王棨中博學鴻詞的有利條件。因此，可把王棨中博學鴻詞的時間定在咸通六年（865）二月。

（四）王棨生卒年推測

王棨〈玉不去身賦〉、〈春水綠波詩〉、〈古公去邠論〉，皆不見本集，疑已失傳。查《文苑英華》卷一八三錄存朱休省試詩〈春水綠波詩〉一首。朱休，生平事跡不詳。近人李嘉言先生《長江集新校》附錄《賈島交友考》據賈島〈送朱休歸劍南〉詩考知朱休爲劍南人，以賦稱譽太學。今據朱休此詩可知其咸通六年（865）與王棨一起中博學鴻詞。據朱休與賈島、王棨爲友，可知其大約生活在文宗至懿宗時期。

王棨於咸通三年（862）中進士第，咸通六年（865）中博學鴻詞，咸通十年（869）平判入等，可謂「三捷」。如從咸通十年（869）上推十九年，爲宣宗大中四年（850），是王棨初次參加科舉考試的時間。若以二十歲以後參加科舉考試爲慣例，可推測出王棨大概生於文宗大和元年（828）。

黃巢入長安時，不知王棨是否在朝中，但據《太平廣記》卷二五二《吳堯卿條》（出《妖亂志》），王棨在僖宗光啓二年（886）尚在揚州「知兩使句務」，可知王棨在黃巢亂中沒有遇害，時年約五十六歲左右，然是死於戰亂，或逃歸鄉里，至今因文獻不足，故仍未可知。

根據以上考證，我們可以爲王棨立一新的小傳：

王棨，字輔文，福建福唐（今福清）人。約生於唐文宗大和元年（828）。唐懿宗咸通三年（862）登進士第，咸通六年（865）中博學鴻詞，咸通十年（869）平判入等。授大理司直。未幾，除太常博士。入省，爲水部郎中。僖宗光啓二年（886）在揚州「知兩使句務」。享年六十歲以上。黃巢亂後，不知所終。

第三節　王棨著述考

王棨是晚唐律賦作家中存律賦最多者，其律賦集名《麟角集》，蓋取《顏氏家訓》：「學如牛毛，成如麟角」之義，以及第比登仙也。唐人以賦爲一集且流傳至今者，僅有王棨此集，故頗受文學史家重

視。《宋史‧藝文七》舊錄有《王棨詩》一卷，《宋史‧藝文三》著錄《重修荊門志》十卷，然皆佚。今存《麟角集》一卷，皆為律賦，卷後附錄省題詩，乃其裔孫王蘋輯錄，記云：「宋紹興乙卯（1135）八代孫蘋任著作郎，於館閣校讎，見先郎中省題詩，錄附之。」四川省圖書館藏有明代祁氏淡生堂抄本。

清修《四庫全書》，以浙江汪啓淑家藏本收入，凡律賦四十五首，附錄省題詩二十一首。

乾隆間歙縣鮑廷博刻《知不足齋叢書》，內中《麟角集》所存詩賦篇目與庫本同，唯省題詩前增入了唐鄉貢進士黃璞所撰的《王郎中傳》一篇。

嘉慶十五年（1810），福建福鼎王學貞麟後山房刻《南越先賢集》，《麟角集》為其中之一，集中補收王棨律賦一首，並增入唐人陳黯《送王棨序》一篇，卷首有王棨小像一幀，福州陳壽祺序一篇云：

> 案《唐書‧藝文志》無《麟角集》。《宋史‧藝文志》有《王棨詩》一卷，不言賦。本朝《四庫全書總目》，稱原本凡賦四十二篇，其八代孫蘋補採省題詩二十一首附於後。浙江鮑氏復刻之《知不足齋叢書》，余鄉人福鼎王遐春，頃重鎸《冶南五先生集》，郎中其一，所據舊本目錄，實賦四十五首，然郎中有〈沛父老留漢高祖賦〉，載《文苑英華》五十九卷，流沫人口，而此集尚闕。蓋《文苑英華》題下撰人棨，譌為「啓」；猶《唐志》於《本事詩》書孟棨作「啓」，後人編輯此集，遂失收拾耳。嘉慶十有七年春，適余同歲生德清許周生駕部以家藏《麟角集》郎中遺像槧寄，因傳語王君，亟并前賦及陳黯序，補鎸之。

卷末有王學貞跋。

此外，莫友芝《郘亭知見傳本書目》，邵章《增訂四庫簡明目錄標注‧續錄‧集部》，及丁日昌《持靜齋書目》卷四皆有著錄，但不知何人刊本。

光緒十年（1884）福山王祖源刻《天壤閣叢書》所收《麟角集》，

卷首有祖源記云：

> 兒子懿榮，從貴筑黃編修國瑾家假得嘉慶中福鼎王氏麟後
> 山房所刻《南越先賢集》內《麟角集》一卷，並宋王蘋所
> 錄榮省試詩附焉，與《四庫》所收本同。前有陳恭甫編修
> 序一首，稱王氏此刻所據舊本寄來繙閱，其補正脫譌，實
> 較浙中鮑氏知不足齋刻本爲優，因并刻之；陳序又言，有
> 德清許氏所藏此集繪榮小像者，或屬舊槧，他日續訪得之，
> 可斟補也。

卷末附麟後山房本《麟角集》中陳壽祺序與王學貞跋，餘則一依麟後
山房本，北圖藏有傅增湘校跋本。《叢書集成》所收《麟角集》，即據
天壤閣本排印。

另外，清沈初等撰《浙江採集遺書總錄·辛集》，瞿鏞《鐵琴銅
劍樓藏書目錄》卷十九，沈德壽《抱經樓藏書志》卷五十二等，皆著
錄有《麟角集》舊抄本，但存律賦，無詩。清丁丙《善本書藏書志》
卷二十五，著錄有清抄本，附省題詩一卷，有丁丙跋，今藏南京圖書
館。王文進「文祿堂訪書記」卷四，著錄清丁松齋校抄本。王遠孫《振
綺堂書錄·集部》所著錄的舊抄本，與今北京圖書館藏丁佺校跋之清
抄本，皆附有省題詩。

浦銑《復小齋賦話》卷上：「四六、六四等句法，須相間而行。
唐人唯王輔文，曲盡其妙。輔文律賦四十一首，余析爲四卷，箋注藏
於家。」今未見傳本。

第三章　王棨律賦的內容

　　王棨律賦的內容豐富，不只體現了儒道的思想，在題材上更是多元，有山水寫景、詠物、詠史、抒情寫意等賦作，以下即分節來逐一探討。

第一節　體現儒道思想的賦作

　　唐代近三百年間，由於當政者對外來文化採取兼容的政策，故思想上也較為通達，大抵以儒學為立國的基礎，但在思想領域上則是儒、釋、道並存。這種達則為儒，窮則為道為釋的思想模式，也影響唐文學的發展，因此反映在作品中，往往是儒、釋、道的思想都有，只是成分或多或少，表現或顯或隱有所不同而已。以下我們就來看王棨的賦作是否也有這種思想交融的特點。

一、儒家思想

　　自漢代以來，儒家思想在社會主流思想中即占主導的地位，雖經由漢至三國、魏晉南北朝以迄隋，其間有釋、道的競馳，君主的愛憎，但基于政治作用和教育理念的因素，儒教始終不失其社會思想文化的宗主地位。唐太宗即位後，更將當時散佚的典籍搜集核正，編成《五經正義》，使儒學得到蓬勃發展，在精神文化上更成為支配知識階層的主流。

此種體現儒學精神的思想，在唐代賦家的作品中也大量呈現。這一方面是由於自漢武帝罷黜百家，獨尊儒術後，士人即以儒教爲言行的最高準則，因此對儒家典籍非常熟悉。另一方面則是因科舉制度確立于唐，當時取士，有明經、進士各科，明經一科以經學爲主，進士一科雖首重詩賦，然考官常常依據儒家經典出題，士子也無不熟悉經書，視經書爲必通之業。故唐律賦中，不論題材或內容，引用儒家經典的現象也就比比皆是。

而王榮的賦作中，體現儒家思想的作品大略可分爲以下幾種：

（一）德治思想

中國傳統的儒家治理天下的理念是「偃武修文」(《書經‧武成》)，故整頓社會風氣不是靠刑法來約束百姓，而是用道德來教化人民，即所謂：「道之以德，齊之以禮，有恥且格。」《論語‧爲政》故爲政者提倡以德治、王道來治國，而不是炫耀武力。《孟子‧公孫丑上》說：「以力服人者，非心服也，力不贍也；以德服人者，中心悅而誠服也。」；「域民不以封疆之界，固國不以山谿之險，威天下不以兵革之利。」一個喜歡窮兵黷武，誇耀功績的統治者是無法贏得人民愛戴的，因而孔子在《論語‧憲問》篇中就極力稱讚管仲：「桓公九合諸侯，不以兵車，管仲之力也。如其仁！如其仁！」可知「尙德不尙力」是儒家政治觀的具體展現。王榮的〈耀德不觀兵賦〉(附錄二之一)就體現了這種思想。

> 聲教斯播，戎夷自平。只在推賢而耀德，豈由命將以觀兵。垂彼衣裳，示朝廷之有序；櫜其弓矢，俾海內以惟清。皇帝以眇屬前聞，退觀列聖。謂修文而可致其肅穆，謂立武必傷乎性命。將欲來萬國之好，去百王之病。鴻私元澤，常昭天子之仁；豹略龍韜，不授將軍之柄。

本賦題目出自《國語‧周語上》：「穆王將征犬戎。祭公謀父諫曰：『不可，先王耀德不觀兵。』」賦文第一、二段即揭示先王「耀德不觀兵」的道理，強調儒家「以德服人」的政治傳統，要治國須從「修文」入

手，「立武」只是窮兵黷武，惟有「修文偃武」才是使國家長治久安的良策。接著他又指出不論是商湯或帝舜，皆是恤民除害的好國君，故能功業彪炳，垂範後世，此亦是儒家「為政以德」的用世精神，並反襯出縱兵失德的不智：

> 故得地協三無，風清八區。混軌文以殊俗，銷劍戟于洪爐。況其德乃車也，兵由火乎？豈宜執以二三，臨于下土；安可封其十萬，擾彼邊隅。所以修之為勤，戢之不惑。湯脩而葛伯斯服，舜舞而有苗自格。是知失德者由乎縱五兵，偃兵者在乎興七德。

下段言喜觀今日，邊境無事，到處一片「烽滅」、「戍閒」的安居景象。故為政者若能修德息兵，勤恤民隱，自然能贏得天下，達到「近悅遠來」的政治成效：

> 今則朔野烽滅，遼陽戍閒。堯心非樂乎丹浦，周馬已歸乎華山。使跂行喙息之微，咸躋壽域；見執銳被堅之役，盡復人寰。然後澤溢區中，塵消塞外。四方忘覆載之力，百姓免殺傷之害。雕題辮髮，傾心而俱喜子來；率土普天，鼓腹而悉歌時泰。

最後勉勵人君要遵承祖訓，廣施德澤，如此功德可超五帝而越三皇，與日月爭光。

王粲此賦通過歷史人物與事件，表達出他對當時政治的看法與期望。全文用了大量的長句與發語來鋪陳己見，抒發感慨，並以「先王」作鋪墊，增加勸諫的說服力。其回環反覆，不厭其煩的剖析勸說，頗有《國語》：「文勝而言尨」的文章風格。

其它如〈武關賦〉（附錄二之二）：「斯蓋文脩武偃，國泰時雍。濬四溟而作塹，廓八極以為墉。遂使鼙鼓無喧，一水之秋聲決決；旌旗常卷，千巖之暮色重重。」、〈倒載干戈賦〉（附錄二之三）：「蓋以戰乃危事，兵惟凶器。欲令永脫于禍機，必使先離乎死地。所以前鐏俄睹，迴轅繼至。虞舜舞而曾用，比此窴同；魯陽揮以負來，于斯則異。」也都表現這種「偃武修文」的德治思想。

（二）重農思想

為政者要行德政使政權鞏固，首要即在得民心，而欲得民心，為政者就得「貴民」、「重民」、「以民為本」。中國以農立國，為政者若能本著「節用而愛人，使民以時」（《論語‧學而》）的觀念，廣泛地施恩惠于百姓，體恤百姓的辛勞，使人民獲得休養生息，自然「百姓足，君孰與不足？」滕文公在問孟子治國之道時，孟子就回答他：「民事不可緩也。」可知欲國富民足就必須以生產為基礎，因為人民是「有恆產者有恆心」、「五穀熟而民人育」。王榮的〈牛羊勿踐行葦賦〉（附錄二之四）即是儒家仁政思想、民本意識的反映。

> 育物恩廣，垂衣道豐。流德澤于行葦，示人心于牧僮。且曰：「驅爾牛羊，勿近萋萋之道；恐其蹄角，踐傷泥泥之叢。」斯乃家國攸用，華夷所同。俾遂生榮之性，仍登忠厚之風。

賦題出自《詩經‧大雅‧行葦》：「敦彼行葦，牛羊勿踐履。方苞方體，維葉泥泥。」中國以農立國，只要是和人民生活攸關的一草一木，都應秉持民胞物與的精神，加以愛護，不可隨意踐踏，這種關懷草木的指令「發自睿情，指乎幽渚」，出自皇帝，澤及原野。

> 懿夫拂水沙際，搖煙路旁。安可縱三犧而蹂躪，放千足以跳踉。莫不欽聖教，感吾皇。戒彼畜之奔逸，免斯條之折傷。

這一段言上天有好生之德，即使微如草木，也應心存仁德，不可縱恣牛羊任意踐踏。且耕地若能與放牧地分流管理，牛羊牲畜自然得以繁殖興旺。

> 況乎挺本方茂，為航可嘉。霏靡而爭芳荇葉，參差而競秀蘭芽。若使大武斯履，柔毛所加。則八月洲前，無復凝霜之葉；三秋江上，難逢似雪之花。是以咸仰嘉猷，式遵元德。牧者既以承其教，虞人得以脩其職。故能隔塋蹄于平野，莫往莫來；限墳首于荒郊，自南自北。

自然萬物的生長各有其時機，若任憑牛羊恣意啃食踐踏，那麼即使四時順時遞嬗，也無復有不同的美景可供觀賞。若大家能各司其職，各守其分，則萬物可各得其所，和樂融融。

> 然後澤靡不洽，恩無不周。國有殷充之實，家無罄匱之憂。
>
> 網不入于污池，斯言莫偶；斧以時于林藪，厥義難侔。

最後言國君若能施恩澤於萬物，「數罟不入洿池」，「斧斤以時入山林」，則可國庫殷實，家有餘糧。要重視前代聖王之治理經驗，讓糧食產業和畜牧業並駕齊驅，共同發展。

另一篇〈耕弄田賦〉（附錄二之五）本事見《漢書‧昭帝紀》：「己亥，上耕于鉤盾弄田。」王棨實借史爲鑒，希望當今之君王亦能效法前代聖君，率身士卒：「俯天顏，擁農器。向畎澮以戮力，對鋤耰而多思。豈無宴樂，不如敬順于天時；亦有游畋，莫若勤勞於農事。」，使百姓「勤於農事」、「忘荷鍤之苦」，百官「勤政愛民」、「教化下敷」，並對昭帝耕田勸農的行爲予以贊賞，體現了儒家對農民的重視。

（三）禮樂教化思想

除上述外，儒家也有從禮樂興廢看治亂盛衰的傳統觀念，所以《論語‧泰伯》篇曰：「興於詩，立於禮，成於樂。」禮有助於立身處世，樂有助於陶冶情性，養成完美的人格。故孔子對魯國樂官談論樂理說：「樂其可知也。始作，翕如也。從之，純如也，皦如也，繹如也，以成。」《論語‧八佾》可知儒家對音樂能陶冶情性之重視及體會之深。王棨的〈黃鐘宮爲律本賦〉（附錄二之六）即是一篇闡述儒家禮樂思想的賦作。

> 玉律奚始，黃鐘實先。潛應仲冬之候，仍居大呂之前。聲既還宮，初協八音七政；數從推歷，終由兩地參天。當其黃帝命官，太師授職。參六呂以迭用，本一陽而立則。八風自此以條暢，萬物于焉而動植。權衡有準，知絫黍之無差；寒暑相生，諒循環而不極。

本賦題目出自《呂氏春秋‧古樂篇》：「昔黃帝命伶倫自大夏之西，阮隃之陰，取竹于嶰溪之谷，以生空竅厚鈞者，斷兩節間，其長三寸九分而吹之，以爲黃鐘之宮，吹曰舍少。次制十二筒，以之昆侖之下，聽鳳凰之鳴，以別十二律；其雄鳴爲六，雌鳴爲六，以比黃鐘之宮適合。黃鐘之宮，皆可以生之，故曰黃鐘之宮，律呂之本。」《淮南子‧

天文篇》也載:「日行一度,十五日爲一節,以生二十四時之變。斗
指子則多至,音比黃鐘……故日距日多至四十六日而立春,陽凍解,
音比大呂。」古人將陰陽律呂之上生下生之數,把十二支、十二律運
行於十二月以配合節氣之嬗變。故賦首二段即明白指出黃鐘居大呂之
前,而四時循環亦自此展開。陰陽諧和,八風條暢,萬物滋長,大地
一片欣榮景象:

> 是知召呂者律,爲君者宮。既從無而入有,可原始而要終。
> 聲雖發外,氣本從中。或煦或吹,根初九爻而立紀;日來
> 月往,首十二管以成功。懿夫肇啓乾坤,潛分節候。見歷
> 數以無紊,顧萌芽而欲秀。革彼應鐘,先乎太簇。克諧韶
> 濩,唯子野以能知;自得厚均,匪伶倫而莫究。

黃鐘宮爲一年週而復始的象徵。陰陽與節氣相合,日月運行不亂,物
候應之有節。應鐘代表冬之始,太簇代表春之萌,四時音律相調和,
不只子野、伶倫因此而奏出美妙的樂音,連天地萬物也生氣蓬勃。

> 故得洪纖溥暢,上下無頗。騰葭灰而漸散,映緹幕以方多。
> 初感于人,復京房之氣性;終昏于地,成燕谷之陽和。俾玉
> 燭以調勻,與璇璣而錯綜。于以宣于四序,于以貞乎三統。

此乃強調四時和順,溫潤朗照,而人君若能德輝動於內,則和氣可應
於外。

> 自然功歸不宰,理叶無爲。蓋陰陽之變化,信氣序之推移。
> 雄鳳鳴而雌相應,盡皆類此;商爲君而徵爲事,未足方斯。
> 爲律之本分既如彼,爲天之統分又如此。明庭樂協,甯俟
> 于李延年;皇上聲撝,豈慚于夏后氏。既而榮發枯槁,春
> 流遐邇。願一變于寒枝,獲生成分若是。

時序的推移皆與萬物的生長息息相關,在不同節分,不同場合,不同
事件皆以不同的樂律來呈現,萬事萬物之變化莫不依此準則遞嬗行
進,天地參化,陰陽刑德皆有跡可循。欲明庭樂協,何必等待李延年;
欲天下無爲,又何必期望夏后氏?萬物枯榮,四時流轉,只要順此大
自然的規律,則可時和年豐,天下太平。

〈闕里諸生望東封賦〉（附錄二之七）乃記載山東百姓盼望皇帝到泰山封禪祭天的迫切心情。東封泰山，自漢以來便是朝廷禮樂大典。據《唐會要》記載：「開元二十九年六月十九日，太常奏東封泰山日所定雅樂曰元和六變，以降天神；順和八變，以降地祇。」元釋念常撰《佛祖歷代通載》卷十五：「元和十四年，潮州刺史韓愈到郡之初，以表哀謝勸帝東封泰山，久而無報，因祀神海上。」元王惲撰〈遊泰山雜詩〉：「胚融萬化群龍首，丘垤諸山五岳宗。遺草茂陵欺後世，岱神何意望東封。」（《秋澗集》卷二十四）唐末由於內亂與邊患頻仍，「封禪」之事已不再舉行，王棨希望國君能再行此古禮。

> 魯國諸生，欣逢聖明。咸西饗以迎睇，望東封而勒誠。習禮空勞，日日而徒瞻嶽色；凝旒何處，年年而尚鬱人情。

一方面祈求國泰民安，一方面激勵士氣、安定民心。接著云：

> 莫不引領延佇，凝情盡思。未遂相如之請，空吟叔寶之詩。夫子壇邊，恐雲龍之會晚；顏生巷裏，憂日月以來遲。況可後示百王，前觀萬姓。三千徒兮，今日斯懇；七十君兮，當時稱盛。

其憂世憂民之情，溢於言表。

（四）修身思想

除行德政、得民心，以禮樂來治民外，古書云：「修身、齊家、治國、平天下」，「自天子以至於庶人，壹是皆以修身爲本。」（《大學・大學之道》）可知修身是一切的基礎。王棨賦所論修身包括帝王的修身和平民的修身，我們先看帝王的修身。〈盛德日新賦〉（附錄二之八）云：

> 皇德彌盛，宸心未休。雖昭昭而光啓，猶日日以勤修。常懷姑務之情，漸宏帝道；轉見增光之美，益闡王猷。
> 由是祚既超漢，仁惟纂堯。式孚己及于千品，克懋匪由乎一朝。振三代之風，咸知允叶；紹百王之業，是謂光昭。

王榮此賦，爲勸告君王修身而作。「盛德日新」之說，出自《易經·大畜》象辭：「大畜剛健，篤實輝光，日新其德，剛上而尚賢，能止健，大正也。不家食，吉，養賢也。利涉大川，應乎天也。」又〈握金鏡賦〉（附錄二之九）也言：

> 稽夫稟氣于無形，成功于至妙。苟取喻于在掌，誰有疲于屢照。外發皇明，中凝德耀。克符磨瑩之體，允叶提攜之要。故能洞達千里，高臨兆人。尋元而光彩盈手，考理而貞明在身。雖趺行喙息之微，形容無隱；信率土普天之士，肝膽俱陳。
>
> 懿夫皎皎斯在，兢兢自持。異樞衡之是秉，見藻鑑之無私。所以辨愚智，洞華夷。豈惟分大小，別妍媸。塵垢不染，英明在茲。魑魅於焉而遠矣，姦邪無所以藏之。

「握金鏡」是對帝王居高臨下，明察秋毫的比喻說法。作爲臣下，自然希望帝王修身圓滿，手握金鏡，照臨天下，處事公正，無偏無頗。隋朝楊玄感〈與民部尚書樊子蓋書〉稱：「高祖文皇帝誕膺天命，造茲區宇。在璇璣以齊七政，握金鏡以馭六龍。無爲而至化流，垂拱而天下治。」（梅鼎祚編《隋文紀》卷八）張說〈開元正歷握乾符頌〉：「維皇六葉，於赫啓聖。步玉斗，握金鏡。地維續，天柱正。山川授方，雷雨施令。清廟九祐，堯門百慶。郊稷尊祖，擇昌定命。」（《張燕公集》卷十一）王榮此賦，也可視爲一篇以賦體形式給皇帝的諫書。

不僅帝王需要修身養性，一般平民百姓也需要修養功夫。《論語·述而》：「德之不修，學之不講；聞義不能徙，不善不能改，是吾憂也！」傳統的儒家士子所憂的正是進德修業這種內聖外王的功夫，所以《孟子·滕文公》也說：「富貴不能淫，貧賤不能移，威武不能屈，此之謂大丈夫。」一個有德性的君子是「謀道不謀食」、「憂道不憂貧」的。我們試看王榮的〈貧賦〉（附錄二之十），此即傳統讀書人修身所具備的基本德性。

> 有宏節先生，棲遲上京。每入樵蘇之給，長甘藜藿之羹。

> 或載渴以載飢，未忘挫念；雖無衣而無褐，終自怡情。其
> 居也，滿榻凝塵，侵階碧草。衡門度日以常掩，環堵終年
> 而不掃。荒涼三徑，重開蔣詡之蹤；寂寞一瓢，深味顏回
> 之道。

本賦旨意源自《論語·衛靈公》：「衛靈公問陳於孔子，孔子對曰……
明日遂行，在陳絕糧，從者病，莫能與，子路慍見曰：『君子亦有窮
乎？』子曰：『君子固窮，小人窮斯濫矣。』」此乃記載孔子雖在窮
困之中，仍能樂天知命，不爲惡劣環境所屈服，這亦是孔子「不怨
天，不尤人」的一貫精神。首段點出宏節先生安貧樂道的情狀。然
後就其居所之簡陋而言，並以「蔣詡」、「顏回」之典故傳達出宏節
先生之高風亮節。接著由溫足公子、繁華少年的眼中具體描繪出主
人的貧困，並由客人之提問帶出下文。

　　而四、五、六、七段乃主人自道其「安貧樂道」之志趣，此亦是
本篇主旨之所在。共分四層：首先用「司馬相如」、「東郭先生」的典
故來說明居常處約的人生道理：

> 先生曰：「子不聞蜀郡長卿，漢朝東郭。器雖滌以無愧，履
> 任穿而自樂。斯蓋以順理居常，冥心處約。當年而雖則羈
> 旅，終歲而曾無隕穫。

次以「曾子」、「袁安」不苟進、不妄干的心態來反射自己：

> 又不聞前唯曾子，後有袁安。或蒸藜而取飽，或臥雪以忘
> 寒。斯亦性善居易，情無怨難。不汲汲以苟進，豈孜孜而
> 妄干。

接著用「原憲」、「榮啓期」面對人生豁達自樂的胸襟來自我期許：

> 盡能一榮枯，齊得失。顧終竇以非病，縱屢空而何恤。是
> 以原憲匡坐而不憂，啓期行歌而自逸。

最後以「朱買臣」、「王猛」、「楊素」、「陳平」不慕榮利、不求聞達的
態度來表達自己對名利的看法：

> 況乎否窮則泰，屈久則伸。負薪者榮于漢，驅畚者相于秦。
> 更聞楊素之言，未能圖富；苟有陳平之美，安得常貧。

最後則以二子頓悟「君子固窮，小人窮斯濫矣。」的人生哲學作結，

餘蘊無窮。

　　全篇以漫句起，以漫句結。此篇律賦採用古賦問答的傳統形式，以擬人設問的方式闡發出「安貧樂道」這一主旨，逐層深入印證，語言簡潔洗鍊，用典傳神，行文流暢，章法謹嚴，表現出作者的藝術技巧及駕馭語言能力的高明，在陶淵明的〈五柳先生傳〉、〈歸去來辭〉的思想主旨上，向前更跨躍一步。

　　「安貧樂道」只是君子修養身心的一個方面，得時行事則需要直道而行，王榮稱之為走「義路」，請看〈義路賦〉（附錄二之十一）：

　　　義則本在，路猶強名。雖無有而為有，亦時行而則行。人
　　　或未知，謂投足以山險；心如能制，信在躬而砥平。既絕
　　　回邪，無差正直。居則思之而可見，忽爾覓之而安得。默
　　　識終始，潛名南北。昧其所在，迷吾道之康莊；能此是敦，
　　　造先王之閭閭。然而視之者不為好徑，赴之者豈曰多歧。
　　　邁德而謂其達矣，立身而何莫由斯。聖人每脩，孰慮乎崩
　　　榛所塞；君子常喻，盍求其老馬能知。

「義路」與「禮門」是近義詞，《孟子・萬章下》：「夫義路也，禮門也。惟君子能由是路出入是門也。詩云：『周道如砥，其直如矢。君子所履，小人所視。』」「義路」與「利門」是反義詞，《後漢書》卷九十三〈李固傳〉：「夫義路閉則利門開，利門開則義路閉也。」王榮此賦正是主張君子堅持「義路」，摒棄「利門」，直道而行。

　　歸納上述賦作的思想內容，其篇目如下：

　　（一）德治思想：〈耀德不觀兵賦〉、〈武關賦〉、〈倒載干戈賦〉

　　（二）重農思想：〈牛羊勿踐行葦賦〉、〈耕弄田賦〉

　　（三）禮樂教化思想：〈黃鐘宮為律本賦〉、〈闕里諸生望東封賦〉

　　（四）修身思想：〈盛德日新賦〉、〈握金鏡賦〉、〈貧賦〉、〈義路賦〉、〈跬步千里賦〉〔註1〕

　　不論是用直述；或用比喻；或正用其意；或反用其意；或引用典

────────────

〔註1〕見第四章第三節。

故；或承襲思想，王棨都能隨手拈來，用得恰到好處，將儒家思想的精神發揮得淋漓盡致。

二、道家思想

中國所謂的「道家」，既包括先秦以老子、莊子為代表的原始道家，也包括後來的道教。道教自東漢創立以來，即尊老子為始祖，《老子》、《莊子》成為他們的重要經典。經過南北朝時期的演變發展，至唐代進入了興盛的時代。唐初，即利用道教為其統治製造合法的理論依據，尊道教始祖李耳為太上玄元皇帝，崇為李氏始祖，借此製造「君權神授」的輿論。故從整個唐代看來，道教大部分時間都受到統治者的尊奉，雖中間曾因武則天先佛後道而受挫，但中宗即位後又恢復了昔日盛況，而在玄宗時達于鼎盛。當時道士在社會上的地位大為提高，許多公主嬪妃也紛紛入道為女冠，接受道教封號，甚至道士升官晉爵者亦時有所聞，以至時人有「終南捷徑」之譏誚〔註2〕。然此盛況至安史之亂後，道教也如同唐朝的國運般，光芒漸漸消歇。

由於朝廷對道教的扶植尊崇，影響所及，文人士子有的信仰其宗教精神，有的探究其思想哲理，有的則把宗教思想攝入作品中，故反映在文學上，便是道家思想，神仙意識及其他相關的觀念的呈現。我們看王棨的賦作中，反映道家思想的作品有〈詔遣軒轅先生歸羅浮舊山賦〉、〈一賦〉、〈夢為魚賦〉、〈聖人不貴難得之貨賦〉等四篇。首先看〈詔遣軒轅先生歸羅浮舊山賦〉（附錄二之十二）：

> 帝以先生久駐長安，應思故山。新恩而綸綍云降，舊德而
> 嵩巒許還。今朝北闕之前，已辭丹陛；幾日南溟之下，再

〔註2〕《新唐書・卷一二三・盧藏用傳》：「藏用能屬文，舉進士，不得調。與兄徵明偕隱終南、少室二山，學練氣，為辟穀，登衡、廬，彷洋岷、峨。……始隱山中時，有意當世，人目為『隨駕隱士』。晚乃循權利，務為驕縱，素節盡矣。司馬承禎嘗召至闕下，將還山、藏用指終南曰：『此中大有嘉處。』承禎徐曰：『以僕視之，仕宦之捷徑耳。』藏用慚。」

啓元關。始者蒙穀傳眞，羅浮隱耀。造恬澹之深域，達希
夷之眾妙。來親玉輦，脣再禮于鵠書；去憶石樓，契初心
于鳳詔。

《舊唐書・宣宗紀》：「季年風毒，召羅浮山人軒轅集，訪以治國治身
之要……。十三年春，堅求還山。上曰：『先生少留一年，候於羅浮
山別創一道館。』集無留意。」此賦言軒轅先生當初因宣帝詔募而下
山至長安弘法，今見天下太平，故欲重返山林，乃曰：

陛下頃辱英明，旁求固陋。既容出入于仙禁，復許旋歸于
海岫。常慚羽服，相逢而道異君臣；益荷鴻私，欲別而情
深故舊。

此兩段乃借對話方式道出宣帝欲留之誠心及軒轅亟欲返之決心。

于是鏗風馭，奮電衣。千年之靈鶴將去，一片之閒雲欲飛。
有異二疏，出都門而惜別；宵同四皓，指商嶺而言歸。持
青囊兮，藥使旁隨；執絳節兮，橘僮先遣。道尊而不顧名
位，德重而如加黻冕。當九重之宮裏，思山之意則深；及
萬里之途中，戀闕之誠不淺。

此段言軒轅集在宣帝的慰留下仍選擇歸隱商嶺，本著「功成、名遂、
身退、天之道」的道家思想，不受外物羈絆，願如靈鶴、閒雲般悠遊
自在。

最後借景物描寫自然運行的規律，不會因爲某一個人而改變，故
世間的得失成敗亦勿需強求，充分顯露出宇宙自然「生而不有，爲而
不恃」的豁達精神。

宣宗十二年春：「羅浮山人軒轅集至京師，上召入禁中，謂曰：『先
生遐壽而長生可致乎？』曰：『徹聲色，去滋味，哀樂如一，德施周
給，自然與天地合德，日月齊明，何必別求長生也。』」（《舊唐書・
宣宗紀》）徹聲色、去滋味是道家的養生之道，而德施周給更是一個
爲政者應有的修養，在政治上能「以百姓心爲心」，本著「其政悶悶」
的態度，自然可以達到「其民淳淳」的功效。王榮用典重的態度抒發
自己對朝政的眞實情感，亦希望在位者能體會此道理。然這對唐末紛

亂的政治社會，無異是一大奢望。

本篇直接引述史傳所載的內容來制定題目，並以此展開，而以題中八字爲韵，王棨改以「山詔生舊，歸遣軒賦」四平四仄的方式排列，音韵鏗鏘協和。

李調元《賦話》卷四稱讚〈詔遣軒轅先生歸羅浮舊山賦〉：「『既臻蘿洞，乃闢松軒。別後而嵐光未老，來時之春色猶存。白鹿青牛，卻放煙霞之境；玉芝瑤草，終承雨露之恩。』兜裏全題，情味濃至。晚唐時有此好手，固文圍之兩雄。」

第二篇〈夢爲魚賦〉（附錄二之十三）則出自《南史‧梁元帝諸子傳》，梁世子嘗著論曰：「吾嘗夢爲魚，因化爲鳥。方其夢也，何樂如之，及其覺也，何憂斯類，良由吾之不及魚鳥者遠矣。故魚鳥飛浮，任其志性，吾之進退，恆在掌握。舉首懼觸，搖足恐墮。若使吾終得與魚鳥同遊，則去人間如脫屣耳。」文中首先言梁世子夜寐而夢見自己幻化爲魚，頗有道家物我兩忘，徜徉自適的心境。接著言：

> 是則彷彿川闊，依稀浪輕。始訝沈浮而在此，俄驚鬐鬣以俱生。恍兮忽兮，豈悟益刀之兆；今夕何夕，空懷畏網之情。由是涵泳無疑，噞喁未已。值良夜之寂寂，泝清波之唯唯。腹上之松俯暎，在藻雖殊；懷中之日旁明，銜珠稍似。

此段乃具體細膩描繪幻化爲魚後川濶浪輕，在水中悠遊自在的快樂心境，但隨後害怕被捕的心情亦接踵而至。

> 既掉頳尾，還張紫鱗。維熊維羆而自遠，有鱣有鮪以相親。沙際禽去，汀旁草春。遇周公而疑爲釣叟，逢傅說而謂是漁人。於時砌竹無風，庭梧有露。既異爲雲之事，空驚微雨之故。翻成浪跡，全忘枕上之身；卻憶浮生，豈異遼東之趣。

上一段則描寫在寬廣的水中有許多志同道合的朋友，岸上讓他害怕的敵人都已遠離，世間惱人的塵囂也都一掃而去，此時他與黃梁夢中的

主角一樣，渾然不知置身夢中，物我已相互泯合。「卻憶浮生，寧異遼東之趣」，引遼東丁令威事，謂自己夢中並未像丁氏那樣返家。

最後則由夢中回至現實，再一次面對爲人那種進退維谷的憂慮恐懼：「其夢也何樂如之，其覺也何愁若斯。」，此時方體會昔日莊子化蝶那種外界與自然融合，無拘無束的怡然自得。

梁世子此文當從莊周夢蝶一文脫胎而出。王棨此賦雖道出梁世子因不受寵而驚夢的憂患心理，其實何嘗不是藉此抒發自己在政治上「如臨深淵，如履薄冰」的感慨，並對道家能突破自我的局限，以開放的心靈與宇宙萬物合諧交感而冥合一體的精神境界，有無限的神往。

此賦想像力之豐富，用典之生動精切，非一般人能望其項背。李調元《賦話》卷一評云：「〈夢爲魚賦〉云：『莊生化蝶之言，昔時未信；公子爲鳥之驗，今日方知。』證佐典切，比擬精工。」。

第三篇〈聖人不貴難得之貨賦〉（附錄二之十四）的賦題出自《老子》第三章：「不尚賢，使民不爭；不貴難得之貨，使民不爲盜；不見可欲，使民心不亂。是以聖人之治，虛其心，實其腹，弱其志，強其骨。常使民無知無欲，使夫智者不敢爲也。爲無爲，則無不治。」《老子》一書，不只談宇宙萬物生成變化的原理，也談待人處世應對進退的道理，更因老子是位史官，深諳政治興亡盛衰的原因，故人君治國之道，更是其訴求的重點。他強調在位者要以身作則，爲民表率，不要倡導奇巧，追求私欲，使人民歸於純樸自然的生活。故本賦的首兩段即點出：

> 披老氏之遺文，見聖人之垂則。戒君上之所好，慮天下之爲惑。且物有藏之無用，求之難得。若其貴也，則廉貞之風不生；苟賤焉，庶嗜欲之原可塞。斯乃復道德之本，爲政化之端。雖聞乎無脛以至，曾忘其拭目而觀。於以息攘敓，激貪殘。皆重黃金，我則捐山而孔易；咸嘉白璧，我則抵谷以奚難。

只要是「君好之」則「民爭之」，而此亦是天下紛亂的原因，所以唯有爲政者能「不貴可欲之貨」，人民自然能「不欲不盜」，否則「民爭心亂」，國家也就無復太平。

> 莫問瑕瑜，詎論妍不。節儉之德既著，饕餮之名何有。裘因禁後，應無爲狗之勞；珠自鍛來，已絕伺龍之醜。只如照車于魏，徒稱徑寸之貴；易地于秦，虛重連城之珍。一則受欺于強國，一則見屈于聖人。豈若端耳目，寂形神。視彼瓊瑰之類，齊乎瓴甋之倫。義動貪夫，皆少私而寡欲；化移流俗，盡背僞以歸眞。

這裡用《後漢書‧儒林傳》、《游宦紀聞》及《史記‧列傳》中的藺相如及田敬仲完的典故來說明，所謂貴、賤、美、醜都是世俗的眼光所造成，只要能懂得節制、知止、知足，則不論是美玉或瓦片，其實都是同等值的東西，而世間的萬事萬物莫不如此，因此在上位者能恬淡無欲、清靜無爲，人民自然也會清心寡欲、反璞歸眞。

最後舉例反覆闡明本文的主旨「不貴難得之貨」的道理，不論是「美珊瑚」、「火浣布」或「淮夷之琛」、「王母之環」，只要爲政者能本著「淡泊名利」、「少私寡欲」的處世態度來治民，則相信欲達到和三皇五帝一樣的賢聖，是指日可待的。

除以上三篇，〈一賦〉（附錄二之十五）也是闡述道家思想的賦作：「萬物生焉，惟茲處先。況乃聞而知十，用以當千。名立兮卓爾，形標兮孑然。許子之瓢既棄，陳公之榻猶懸。或有錢囊譏世，芻束稱賢。改其月而爲正月，號其年而曰元年。」李調元說：「唐王棨〈一賦〉云：『鷃百鳥而匪匹，龍三人而共爲。』又：『雖云管仲能匡，因成霸業；未若蕭何如畫，永作邦基。』句句暗藏"一"字，說來仍有片段，良工鑲嵌，巧不可階。」（《賦話》卷三）。

結　語

大唐王朝是在民族大融合的基礎上建立起來的，由於統治者的

心胸開闊，故在整個唐代的思想文化上也表現出一種寬容大度的胸襟。此種兼容並蓄的氣度反映在宗教上更是明顯，不論是傳統的道教乃至外來的宗教，皆採任其發展、傳播的寬鬆態度，因而唐朝是我國古代社會宗教流傳非常廣泛的一個時代，影響所及，當時一般人的人生哲學、生活情趣、甚至心理性格中，既有儒，也有佛，也有道的痕跡。我們藉由宗教與文學互為表裡、相互交融的情形來欣賞王榮的賦作，發現可能是受韓愈反佛思想的影響，其作品中並無佛家思想的呈現，但其所受儒道影響的痕跡卻是顯而易見的，不論是重現實、重人事、重社會功能、社會秩序的儒家思想，或講求休養生息、逍遙無為、精神超越的道家學說，其內容所蘊含的深邃哲理，都可從作品中看出唐代思想文化發展的軌跡。

第二節　山水寫景賦

　　律賦雖然是科舉考試文體，但是士人在運用這種文體純熟之後，逐漸地將其運用於考試命題之外的其他題材，讓律賦在內容和形式上都出現與科舉考試分離的狀況〔註 3〕。李調元曾指出：「《文苑英華》所載律賦，至多者莫如王起，其次則李程、謝觀，大約私試所作而播於行卷者，命題皆冠冕正大。逮乎晚季，好尚新奇，始有《館娃宮》、《景陽井》，及《駕經馬嵬坡》、《觀燈西涼府》之類，爭奇鬥巧，章句益工。而《英華》所收，顧從其略，取捨自有定則，固以雅正為宗也。元和、長慶以後，工麗密緻而又不詭於大雅，無踰賈相者矣。」〔註 4〕由這段話可以推斷出，唐代律賦發展大致以「元和、長慶」為界，此前的律賦命題，大多「冠冕正大」；此後則興起「好尚新奇」之風。李調元等站在封建正統立場上，自然會提

〔註 3〕參見鄺健行：〈唐代律賦對科舉考試的粘附與偏離〉，見《科舉考試文體論稿》，頁 130～170。

〔註 4〕詹杭倫等：《雨村賦話校證》卷二《新話》二，臺北：新文豐出版公司，1993 年 6 月。

倡以「雅正」爲宗；但我們今天卻從中晚唐賦家的「好尚新奇」之中，發現律賦在一定程度上突破科舉考試的藩籬，在內容和形式方面都呈現出一些亮麗的新鮮色彩。山水寫景題材的興盛，便是中晚唐律賦呈現的新局之一，王棨正是這股新風中的弄潮兒。

　　在王棨四十六首律賦中，屬於山水寫景賦的作品計有〈迴雁峰賦〉、〈芙蓉峰賦〉、〈白雪樓賦〉、〈曲江池賦〉、〈多稼如雲賦〉、〈江南春賦〉等六篇。

（一）〈迴雁峰賦〉（附錄二之十六）

　　迴雁峰位於湖南衡陽市南區，湘江西岸。爲衡山七十二峰之首。峰名由來有二：一說山形如大雁引頸昂首，展翅飛翔；另一說則認爲北雁南飛，至此而歸。唐王勃〈滕王閣序〉名句：「雁陣驚寒，聲斷衡陽之浦。」，杜甫〈歸雁〉：「萬里衡陽雁，今年又北歸。」、「溟漲鯨波動，衡陽雁影徂。」〈舟出江陵南浦奉寄鄭少尹〉皆指此峰，此山得詩家推崇，因而名揚天下。

　　首段點出秋雁至此峰而止，冬盡而返的傳說：

> 衡嶽雲開，見一峰兮，秀出崔嵬。彼群雁以遙詣，抵重巒
> 而盡迴。豈非漸木有程，宜從茲而北嚮；隨陽既遠，不過
> 此以南來。

接著描寫迴雁峰的高聳及四周山水美景，但強調群雁至此待春暖而北返，決不是因被此峰之險峻所阻，其心就如「鴝鵒」、「鸊鶘」般心懷故土，至此避寒只是權宜，非要久留：

> 拂此穹崇，歸心忽同。遇瀑布而如驚飛繳，映垂藤而若避
> 虛弓。絕頂千仞，懸崖半空。遙觀增逝之姿，似隨風退；
> 潛究知還之意，不爲途窮。蓋以應候無差，來賓有則。歛
> 飄飄之雲翰，阻崇崇之黛色。亦猶鴝鵒，踰清濟以無因；
> 何異鸊鶘，渡澄江而不得。

五段以《世說新語》王徽之雪夜訪友及《史記》曾參聞勝母里之名而迴駕的典故，說明群雁至迴雁峰而回歸，亦有此種凡事隨性，不願強

求的原則。

接下來兩段則以「紫閣」、「香爐」等山峰來襯托迴雁峰之嶔崟：

> 若夫壁立天南，屏開空際。信紫閣以難匹，何香爐之可媲。
> 徒見其似恨山塹，如悲迢遞。邅旋遵渚之心，倏別參雲之
> 勢。殊不知識其分而不越，守其心而有常。若戢藻以咀菱，
> 可居彭蠡；若浮深而越廣，自有瀟湘。志在養毛羽，違雪
> 霜。何集九疑而棲息，歷五嶺以翱翔。

但山勢的高低、景色的優美與否，都不是使牠們棲息的因素，「養羽毛、違雪霜」，能度過嚴冬才是牠們留在此峰的主要原因。

最後以大鵬嘲笑鴻雁不能度越此峰作結，更突顯出主旨「識其分而不越，守其心而有常。」的自適心態。

李調元《雨村賦話》云：「題中正面無可刻劃者，勢不得不間見側出，以敷佐見奇。然須雋不傷雅，細不入纖，方為妙緒繭抽，巧思綺合。否則刻鵠類鶩，無所取焉。……王榮〈迴雁峰賦〉云：『亦猶鴝鵒，踰清濟以無因；何異鷦鴣，渡澄江而不得。』……證佐點切，比擬精工。凡此數聯，猶不失比興之遺意。」此篇賦中多用比體，且能適時側出，以敷佐見奇，故浦銑也稱讚說：「賦中最多比體，然以人比物如何著筆？王榮〈迴雁峰賦〉云：『稍類乎王子乘舟，以盡山陰之興；曾參命駕，因聞勝母之名。』得此三虛字，便絕死處皆活，實處皆虛，並不嫌其擬不於倫。余特為拈出，不惜金鍼度與之。」（《復小齋賦話》）

（二）〈芙蓉峰賦〉（附錄二之十七）

這是一篇詠山的律賦。芙蓉峰為南嶽衡山之一峰，據盛弘之《荊州記》記載：「衡山有三峰極秀，一峰名芙蓉峰，最為竦桀，自非清霽素朝，不可望見。」〔註5〕文章一開始即點出山峰的形態狀若芙蓉，並指出其地理位置是衡山之一峰：

> 疊翠重重，數千仞兮，峭若芙蓉。非華嶽之高掌，是衡山

〔註5〕歐陽詢：《藝文類聚》卷七，上海：上海古籍出版社，1999年。

之一峰。朝日耀而增鮮，嵐光欲坼；秋風擊而不落，秀色
常濃。懿乎疑若削成，端然傑起。雖千尋之直上，猶一朵
之孤峙。聳碧空而出水無別，倚斜漢而淩波酷似。吐榮發
秀，非因沼沚之中；固蔕深根，已在乾坤之裏。

然後將山峰與池塘中的芙蓉類比，謂此峰酷似一朵長在乾坤之間的芙
蓉花。接著引入九嶷、五嶺、紫蓋、香爐、熊耳、峨眉諸名山相互襯
托，突顯芙蓉峰之挺拔峻峭：

徒觀夫壁立莖直，霞臨彩鮮。上下邐迤而九疑失翠，傍側
參差而五嶺迷煙。秋夜彌高，宛在金波之側；晴光半露，
遙當玉葉之前。似吐江南，如開空際。高低鬥紫蓋之色，
向背異香爐之勢。劍雖合質，匪三尺之微莊；石縱同規，
殊一拳之瓊細。況乎高列五嶽，光留四時。名芳熊耳，影
秀蛾眉。然而只可登也，誠難採之。幾處樓中，送目有池
塘之景；誰家林表，凝情忘草樹之姿。

六段、七段：「娥皇曉望，潛憐覆水之規；虞帝南巡，暗起涉江之思。」
用「娥皇曉望」、「虞帝南巡」的典故，溶入動人的神話傳說，更顯此
峰之神秘莫測。末段：「見《國風》隰有之體，嘉《離騷》木末之狀。」
謂此峰體現《詩經》、《離騷》中的山水草木意趣，可以為王增壽，為
國增光。

本篇共 380 字，句式首尾用漫句，曾得到李調元的稱讚：「作賦
全在起首，須令冠冕涵蓋，出落明白。余最愛唐王棨〈芙蓉峰賦〉首
聯云：『疊翠重重，數千仞兮，峭若芙蓉。非華嶽之高掌，是衡山之
一峰。朝日耀而增鮮，嵐光欲坼；秋風擊而不落，秀色常濃。』點撇
明劃。末句云：『誇娥二子胡不移來，與蓮峰而相向。』繳應起處，
章法最密。」〔註6〕

中間各段遵循發、緊、長、隔的《賦譜》定式。發語或在段首，
或在段中，相對自由。隔句對主要採用輕隔和重隔的四六句，通篇對
仗工整，章法嚴密。

<hr>

〔註6〕詹杭倫等：《雨村賦話校證》卷二《新話》二。

（三）〈曲江池賦〉（附錄二之十八）

曲江在陝西西安大雁塔東南，又名曲江池，以江形曲折而得名。曲江原來是一個天然湖泊，唐玄宗開元年間重加疏鑿，範圍擴至七里，江岸殿宇樓閣亭榭林立，花卉環周，煙水明媚，是當時京都著名的遊覽勝地。唐玄宗曾在這裏的芙蓉別殿賜宴群臣；考中進士的人都聚集曲江亭慶賀；許多文人也在這裏留下精彩墨蹟。杜甫有〈曲江三章五句〉是其遊曲江時有感而發的詩篇。王榮的這首賦可以與杜甫的詩篇媲美：

> 帝裏佳境，咸京舊池。遠取曲江之號，近侔靈沼之規。東城之瑞日初昇，深涵氣象；南苑之光風纔起，先動淪漪。其他則複道東馳，高亭北立。旁吞杏圃以香滿，前喻雲樓而影入。嘉樹環繞，珍禽霧集。陽和稍近，年年而春色先來；追賞偏多，處處之物華難及。

首、二段，介紹曲江池的來歷和地理環境。

三段四段寫春天曲江的美色，並寫王孫公子乃至帝王遊賞曲江的盛況：

> 只如二月初晨，沿堤草新。鶯囀而殘風裊霧，魚躍而圓波蕩春。是何玉勒金策，雕軒繡輪。合合迻迻，殷殷轔轔。翠互千家之幄，香凝數裏之塵。公子王孫，不羨蘭亭之會；蛾眉蟬鬢，遙疑洛浦之人。是日也，天子降鑾輿，停彩仗。呈丸劍之雜伎，聞鹹韶之妙唱。帝澤旁流，皇風曲暢。固知軒後，徒遊赤水之湄；何必穆王，遠宴瑤池之上。

五段六段寫秋天曲江的景色，並寫文士狂客以及朝廷重臣遊賞曲江。

第七段：「冬則祁寒裂地，夏則晨景燒空。恨良時之共隔，惜幽致以誰同。徒見其冰連岸白，蓮照沙紅。蒹葭兮葉葉凝雪，楊柳兮枝枝帶風。」簡述冬天和夏天曲江的景況。

末段更引昆明池、太液池與曲江池對比：「豈無昆明而在乎畿內，豈無太液而在乎宮中？一則但畜龜龍之瑞，一則猶傳戰伐之功。」，

突顯曲江池「輪蹄輻輳，貴賤雷同」的性格，歌頌曲江可以彰揚國家
之興盛久長。

全文共 462 字，賦中第五段連用長句，有用散文句式入律賦的傾
向。李調元評云：「唐王棨〈曲江池賦〉中忽綴五字句云：『有日影雲
影，有鳧聲雁聲。』橫空盤硬，音韻鏗然，真千古絕唱；但一往皆輕
俊之氣，沈鬱渾古不逮前賢。蓋唐賦之後勁，宋賦之先聲也。」〔註7〕

（四）〈白雪樓賦〉（附錄二之十九）

白雪樓在郢州，其名源於宋玉《對楚王問》。宋沈括《夢溪筆談》
云：「世稱善歌者，皆曰『郢人』。郢州至今有白雪樓，此乃因宋玉
問曰：『客有歌於郢中者，其始曰《下里巴人》，次為《陽阿薤露》，
又為《陽春白雪》，引商刻羽，雜以流徵。』遂謂郢人善歌，殊不考
其義。其曰『客有歌於郢中者』，則歌者非郢人也。其曰『《下里巴
人》，國中屬而和者數千人；《陽阿薤露》，和者數百人；《陽春白雪》，
和者不過數十人；引商刻羽，雜以流徵，則和者不過數人而已。』
以楚之故都，人物猥盛，而和者止於數人，則為不知歌甚矣，故玉
以此自況。《陽春白雪》皆郢人所不能也，以其所不能者明其俗，豈
非大誤也？」〔註8〕王棨此賦，是賦史上第一篇描寫私家樓閣的律
賦，開啓了宋人寫私家樓閣賦作的先河。此賦首段交代白雪樓的地
理方位：「余嘗自雍南遊，經過郢州。此地曾歌乎白雪，後人因刱其
朱樓。」。

次段懷想創建樓閣之人：「何年結構，取宏制於庾公；此日登臨，
仰嘉名於郢客。」。

三段四段，具體描寫樓閣的壯觀景況：

> 其為狀也，寒嶻隆崇，攢煙過空。勢階晴蜃，梁橫曉虹。
> 偉殊規之罕及，猶清唱之難同。試問郢生，豈似梁王之館；

〔註7〕詹杭倫等：《雨村賦話校證》卷二《新話》二。
〔註8〕沈括：《夢溪筆談》卷五，江蘇廣陵古籍刻印社出版，1997 年 6 月，
頁 29。

如延孟子，何慚齊國之宮。莫不高與調侔，妙將雅比。籠輕霧以轉麗，帶微霜而增美。浮雲齊處，疊櫳檻之幾重；明月照時，引笙歌而四起。

五段六段寫不同氣候、不同時節的景觀特色：

斯則虛涼無匹，顯敞難名。天未秋而氣爽，景當夏以寒生。風觸芬楣，彷彿雜幽蘭之響；煙分井邑，依微聞下裏之聲。且樓之爲號也，有翠有紅，或瓊或玉。豈若表此名地，彰斯妙曲。況復楚山入座，黛千點而暮青；漢水橫簾，帶一條而春綠。

此種描寫自然的技巧，對宋代范仲淹寫《岳陽樓記》應當很有啓發。

第七段寫文人墨客登斯樓而暢懷：「任彼清暢，憑茲麗譙。掩露臺之高崎，東煙閣之孤標。似繼餘聲，謝朓閒吟於暇日；疑遺妙響，劉琨長嘯於清宵。」。

末段引入黃鶴樓、落星樓比對，認爲皆不如白雪樓神奇。全賦緊緊圍繞「表此名地，彰斯妙曲」的主題闡發，以彰顯此樓的特色。

李調元對此賦中的隔句對十分欣賞，讚道：「王棨〈白雪樓賦〉云：『楚山入座，黛千點而暮青；漢水橫簾，帶一條而春綠』此例六七聯，細膩風光，明艷欲絕。長其聲價，固當一字一縑。」〔註9〕

（五）〈多稼如雲賦〉（附錄二之二十）

此篇是王棨律賦中純粹以描寫農村景物爲主的賦作，由賦中可反映出作者心目中的理想社會，其田園風光應是一片欣欣向榮的祥和美景。

首段言放眼望去，綿亙的田疇，長滿如雲的禾稼：

暇日閒望，秋田遠分。彼盈疇之多稼，乃極目以如雲。墾隴畝以青連，乍疑散漫；疊畲畬而綠合，長帶氤氳。

第二段直陳由於風調雨順，田地肥沃，致使田中禾稼粒粒飽滿，農人們的欣喜之情溢於臉上：「幾多嘉穗，高低稍類於垂天；無限芳

〔註 9〕詹杭倫等：《雨村賦話校證》卷三《新話》三。

田，遠近有同于抱石。」。

第三段、四段具體描寫多稼如雲的興旺景象：「曼衍平川，綿延大田。接層阜而如從岫出，極低空而若與天連。」、「有地皆勻，無川不遍。何秋成之色可羨，疑暮斂之容斯見。」

五段以「帝堯」、「后稷」時人民生活之富足，說明農人對其上古社會生活的嚮往，且以「桀溺」、「樊遲」的安貧樂道來自勉：「生因桀溺之耕，甯由觸石；起自樊遲之學，豈肯思山。」。

第六、七段：「不稂不莠，同玉葉以紛敷；彌阜彌岡，異奇峰之邐迤。」，再次強調禾稼生長未遭自然災害，加上農夫們踏實的耕耘照顧，使得到處綠野盈疇，一片豐收的景象。

最後一段則描寫農人以載歌載舞來歡慶其豐年的愉悅心情作結，充分體現中國傳統的「民以食為天」的政治理念。

本篇共 377 字，全篇大量使用長句來舖述田中禾稼之美，刻劃禾稼尤其細緻，浦銑稱讚說：「作小賦不嫌纖巧，於詠物題尤宜。唐人〈多稼如雲賦〉有張仲素、王棨二作。張則略寫大意，王則刻劃盡致，便覺異樣警切。」《復小齋賦話》，此評實頗貼切。

（六）〈江南春賦〉（附錄二之二十一）

這首賦選擇六朝故地南京來描寫江南春色。首段破題，點明地理和時節：

> 麗日遲遲，江南春兮春已歸。分中元之節候，為下國之芳菲。煙冪歷以堪悲，六朝故地；景蔥蘢而正媚，二月晴暉。

次段原題指出南京之春色乃春風吹拂和長江潤澤的關係：

> 誰謂建業氣偏，句吳地僻。年來而和煦先遍，寒少而萌芽易坼。誠知青律，吹南北以無殊；爭奈洪流，互東西而易隔。

三段四段，具體寫以南京為代表的江南春色「有地皆秀，無枝不榮」的盛況：

> 當使蘭澤先暖，蘋洲早晴。薄霧輕籠於鍾阜，和風微扇於

　　臺城。有地皆秀，無枝不榮。遠客堪迷，朱雀之航頭柳色；
　　離人莫聽，烏衣之巷裏鶯聲。於時衡嶽雁過，吳宮燕至。
　　高低兮梅嶺殘白，邐迤兮楓林列翠。幾多嫩綠，猶開玉樹
　　之庭；無限飄紅，競落金蓮之地。

五段六段，寫景與詠史並重：

　　別有鷗嶼殘照，漁家晚煙。潮浪渡口，蘆筍沙邊。野葳蕤
　　而繡合，山明媚以屏連。蝶影爭飛，昔日吳娃之徑；楊花
　　亂撲，當年桃葉之船。物盛一隅，芳連千里。鬥暄妍於兩
　　岸，恨風霜于積水。冪冪而雲低茂苑，謝客吟多；萋萋而
　　草夾秦淮。王孫思起。

引用「吳娃」、「桃葉」、「謝客」、「王孫」等與建業有關的典故和人物，
讓景物帶上濃厚的歷史之感。

　　七段則以士大夫之享樂與農夫蠶婦的勞苦相對舉，藉景生情：

　　或有惜嘉節，縱良遊。蘭橈錦纜以盈水，舞袖歌聲而滿樓。
　　誰見其曉色東皐，處處農人之苦；夕陽南陌，家家蠶婦之
　　愁。

末段舉齊東昏與陳後主因荒淫而亡國作結：

　　悲夫豔逸無窮，歡娛有極。齊東昏醉之而失位，陳後主迷
　　之而喪國。今日併爲天下春，無江南兮江北。

此賦作於咸通二年（861），時距黃巢起義只有十五年的時間，唐王朝
已危機四伏，故王棨此賦實有借古以慨歎時局之意。

　　李調元評云：「唐王棨〈江南春賦〉云：『煙幕歷以堪悲，六朝故
地；景蔥蘢而正媚，二月晴暉。』又『幾多嫩綠，猶開玉樹之庭；無
限飄紅，競落金蓮之地。』又『蝶影爭飛，昔日吳娃之徑；楊花亂撲，
當年桃葉之船。』流麗悲倩，而句法處處變化，此爲律賦正楷。尤妙
於『有地皆秀，無枝不榮』字字寫盡江南春色，爲一篇之筋節。此賦
在當時極有名，《唐文粹》所載陳黯《送王郎中棨序》最擊賞賦末『今
日併爲天下春，無江南兮江北』二語。」〔註10〕陳黯在《送王郎中棨

─────────

〔註10〕詹杭倫等：《雨村賦話校證》卷二《新話》二。

序》云：「黯去歲自裒中還輦下，輔文出新試相示，其間有〈江南春賦〉，篇末云：『今日併爲天下春，無江南兮江北。』某即賀其登選於時矣。」〔註11〕

　　這首賦的韻腳原脫落，查各段所用的韻字如下：1 歸菲暉、2 僻圻隔、3 晴城榮聲、4 至翠地、5 煙邊連船、 6 里水起、7 遊樓愁、8 極國北。根據王棨律賦押韻規律來看，一般原限韻字都有揭示主題的連貫意義，王棨每每變動韻字原來次序，將其改爲平仄相間押韻，所以本賦可能原來是以「僻地晴暉，煙起樓北」爲韻，王棨將其次序變動爲「暉僻晴地，煙起樓北」，形成平仄相間的聲律效果。

結　語

　　通過對王棨六篇山水寫景律賦的分析，我們可以得出如下結論：

　　其一、王棨的山水寫景律賦描寫細膩，或狀名山秀峰，或描舊池曲水，或寫秋風秋色，這些作品都結構完整，用典精確，押韻諧暢，句法對偶工整，在對山川名勝、風物景色的描繪上，達到很高的創作成就，可以與唐代的山水詩歌創作相映生輝。

　　其二、唐代律賦發展到晚唐懿宗咸通年間，已經在很大程度上突破科舉命題「冠冕正大」的道德藩籬，作家對律賦的體式已經非常熟悉，可以自由地運用這種文學樣式來描寫景物，抒發情懷。律賦逐漸由單純的科舉文體演變成自足獨立的文學體裁。

　　其三、律賦至中晚唐由於創作的日趨熟鍊和藝術水準的提高，使律賦在形式上也產生轉變，除了韓柳所領導的古文運動，使律賦逐漸散文化，加上元白的推波助瀾，「律賦多有四六，鮮有作長句者；破其拘攣，自元、白始」（李調元《雨村賦話》），後人更有把古文變成以散句爲主的賦頌體。故到了晚唐，王棨即在賦中大量使用長句，如〈多稼如雲賦〉用了四種句型（緊、長、隔、發共 31 句），長句就用

〔註11〕見《唐文粹》卷九十八。

了 14 句，占約整首的一半，此種散文化的趨勢，開宋代散文賦的先河。

其四、王榮律賦對晚唐和宋代乃至清代的律賦製作都產生了很大的影響，因而受到後代選家和賦評家的高度重視。其山水亭閣律賦的描寫方法甚至對宋代的樓台亭閣序記類文體也有所影響，如〈白雪樓賦〉對照描寫作者在不同氣候、不同時節登樓所見的景觀特色，對宋代范仲淹寫《岳陽樓記》應當很有啓發。跨文類文體的相互影響研究應該成為文學史家關注的研究課題。

總之，律賦至中晚唐不管在形式或內容上都發生了變化，而在由唐律賦轉變至宋賦的文學發展歷程中，王榮扮演了承前啓後的重要角色。故其作品在晚唐的賦作中精彩紛呈，實值得後人肯定與重視。

第三節　詠物賦

詠物的作品一般包括兩種寫作模式：一是客觀的觀物寫物；一是主觀的借物抒情。而其運用的手法有起興、擬譬、託諭等方式。在中國的詩歌文化活動中，詩人或文學家常以「寄託」的方式來欣賞描繪自然萬物。但除巧構形貌外，其實中國詠物作品的特質不僅是在形貌上客觀的吟詠，有時更將客觀之物與主觀的情志綰合，形成中國託物言志的詩歌傳統。故從《詩經》、《楚辭》以降，此種特殊的表達方式，即成為中國詩歌文化中的一大題材。

此種借物興起或抒懷言志的寫作技巧，自六朝的巧構形似之後，至唐代更是踵事增華，作家倍出。唐人詠物不僅著重在刻畫具體事物，更抓住事物獨特的風采和個性，加以渲染烘托，其目的則在藉物抒寫個人情志或藉物寄託曲隱難達之意。現在我們透過此種詠物模式，來探討王榮的詠物賦其客觀物象摹寫背後的弦外之音。

（一）〈綴珠為燭賦〉（附錄二之二十二）

張衡在〈西京賦〉中對西京後宮的美大肆舖張，曾云：「流懸黎

之夜光，綴隨珠以爲燭。」王棨有感而發，即成此賦。首段以隔句對破題：

> 碧雲初合兮，金烏已藏；深宮欲暝兮，歡娛未央。因綴明珠之彩，將爲列燭之光。出寶匳以規圓，呈姿璀璨；入雕籠而豔發，委照熒煌。

雖「金烏已藏」，但「歡娛未央」，所以以珠代燭。珠一出匳，原本昏暗的宮中，頓放光明。

　　第二、三段續寫珠之珍貴，非一般明珠可及：「風來不動，凝四座之清輝；夜久逾明，貯一堂之虛白。由是價掩聯璐，形疑列錢。誠非其人火日火，可謂乎自然而然。本自蚌胎，翻爲龍銜於玉宇；從離蛇口，幾驚蛾拂於瓊筵。」，外形之美，夜久逾明之功用，都使它可與驪龍之魄、隋侯之珠相媲美。

　　第四段謂綴珠爲燭如清夜星列，如寒軒月上，比「見跋」（火炬）更美，讓寒士不生鑿壁偷光之想。（《禮記·曲禮上》：「燭不見跋。」，孔穎達《正義》：「古者未有蠟燭，唯呼火炬爲燭也。」）。

　　五段讚美珠燭揚彩金屋，增華桂宮，爲華麗的宮殿增光填彩。

　　第六段言珠之亮光可使美醜、大小無所遁形：「名擅夜光，功參庭燎。妍醜無隱，毫芒必照。故得結綠懸黎之寶，不敢稱珍；龍膏豹髓之燈，於焉寢耀。」，連結綠懸黎之寶、龍膏豹髓之燈亦相形失色。

　　第七段指出：「且飾履者于義尤侈，爲簾者其功未深。曷如傚此圓潔，資乎照臨。遂使或怨長宵，得縱秉遊之樂；有居幽室，不生欺暗之心。」，不論是以珠飾履或爲簾者，皆未若以珠爲燭來得有價值，除能照臨萬物，使人享秉燭夜遊之樂，並可讓人有不生欺暗之心。

　　最後以珠之功能雖多，但畢竟非一般人所能擁有：「終罹好寶之誚，不免窮奢之咎。」，若能善用其功能而忘卻其身價，才是能物盡其用的智者。揭示了道家「不貴難得之貨」的主旨。

　　全文篇幅雖不大，但多四六句式，最後以漫句結束：「燭兮燭兮，儒執智以爲之，視隨侯而何有。」李調元《賦話》卷一云：「王棨〈綴

珠爲燭賦〉云：『風來不動，凝四座之清輝；夜久逾明，貯一堂之虛白。』羌無故實，妙得神理。」浦銑亦甚欣賞此一聯，云：「唐賦亦有白描處，如王輔文〈綴珠爲燭賦〉云……不著一字，何等親切。」（《復小齋賦話》卷下）可知詠物雖題要切，然亦不可太著跡，否則用典沾滯，反毫無生動之趣，善用白描，亦有能顯其功力之處。

（二）〈珠塵賦〉（附錄二之二十三）

王嘉《拾遺記》卷一載：「舜葬蒼梧之野，有鳥如雀，丹州而來，吐五色之氣，氤氳如雲，名曰：『憑霄。』雀能群飛，銜土成丘墳……常遊丹海之際，時來蒼梧之野。銜青砂珠，積成壟阜，名曰：『珠丘』。其珠輕細，風吹如塵起，名曰：『珠塵』」〔註12〕王棨此賦，即據此典故而來。起首一、二段即點出珠塵之輕盈，並介紹其出處：

> 丹海之濱，青珠似塵。蓋輕細以無滯，遂飛揚而有因。或煦或吹，自得霏微之象；乍明乍滅，誰分圓潔之真。稽夫始自水涯，俄從風起。縈空而耀耀奚匹，散彩而冥冥相似。又雲來或鳥銜，積如丘崿。半穿圓鄻，影寒於雲母屏中；或委空床，光亂於水晶簾裏。

接著三、四段以大量的辭藻典故描繪出珠塵無限寬闊的活動空間，不管是「落淵客之盤」或「撲江妃之珮」，都生動的將珠塵的輕盈形態表露無餘。

第五、六段指出珠塵具有出污泥而不染的「朗潔」性質，「不逐軒車之後，不在京洛之中」，其悠遊天地間，不追逐功名利祿的自適心態，亦是作者的自我寫照。

第七段則引用《莊子》「白駒」、「野馬」，《史記·田敬仲完世家》「寶珠照車」及《南史·陳本紀》宋謝莊〈月賦〉（「陳王（曹植）初喪應劉，端憂多暇，綠苔生閣，芳塵凝榭。」）的典故，描寫珠塵騰飛的情狀：

> 況海日方盡，陰飆乍迴。與白駒而競起，將野馬以俱來。

〔註12〕《百部叢書集成》嚴一萍選輯，藝文印書館。

魏國飛時，頓失照車之體；陳王望處，全無凝榭之猜。

結尾：「懿夫朗潔難逾，飛騰自遂。非罔象之見索，異無脛而斯至。或曰泰山猶不讓微塵，況是珠璣之類。」，則表露出「泰山不讓微塵」的寬廣胸懷。

本篇共 356 字，全篇用典處多用四六句法呈現，如：「落淵客之盤，驚炫耀以同色；撲江妃之珮，訝依微而有聲。」、「闌干輕舉，同羅襪之生時；璀錯斜流，有歌梁之下勢。」、「自南自北，低瑤席以紛然；匪疾匪徐，拂璿題而炯若。」，對偶工整，然亦用其他句式穿插其間，最後再以漫句作結。浦銑云：「小賦多以成語做對偶，濫觴於唐人，至宋而益工。」（《復小齋賦話》）又云：「作詠物題，須於小中見大。」作者從珠塵中看出人生的處世哲學，並發而吟詠之，實與古人詠物言情的表現手法相符合。

（三）〈琉璃窗賦〉（附錄二之二十四）

據《漢書・西域傳》：「罽賓國出珠璣、珊瑚、虎魄、璧流離。」孟康注：「流離青色如玉」顏師古引《魏略》云：「大秦國出赤白黑黃青綠縹紺紅紫十種流離。」考《北史・大月氏傳》：「太武時，其國人商販京師，自云能鑄石為五色琉璃，於是採鑛山中，於京師鑄之，既成，光澤乃美於西方來者。」劉歆在《西京雜記》亦曾記載：「趙飛燕女弟居昭陽殿中……，窗扉多是綠琉璃，亦皆達照，毛髮不得藏焉。」由上可知，以鑛石鑄琉璃，由來已久，且色彩繽紛，廣受商賈權貴者的喜愛。賦一開始：「彼窗牖之麗者，有琉璃之製焉。洞徹而光凝秋水，虛明而色混晴煙。」，即點出窗因琉璃而增色，且因晶瑩剔透，故人的毛髮或容貌都可一覽無遺：「皓月斜臨，陸機之毛髮寒矣；鮮飆如透，滿奮之神容凜然。」，而其透明亮潔的程度，連龍麟、蟬翼都相形遜色：「龍麟不足專其瑩，蟬翼安能擬其薄。」。

接著三、四段則運用典故，說明琉璃可使繡戶增光、綺堂生白：「睹懸蝨之舊所，疑素蟾之新魄。碧雞毛羽，微微而霧縠旁籠；玉女容華，隱隱而銀河中隔。」，連遠處的青山、向晚的雲霞、園中的花

木，都因透過此窗而憑添秀色。

　　第五、六段描寫琉璃窗外之景，不論是迴視或遠望，都令人感受迥異，連石崇家的珊瑚、韓嫣床邊所飾的玟瑇，也比不上琉璃窗來得引人遐思。

　　最後二段先以王母之宮、大秦之璧突顯琉璃之美：「價垂璨闥，名珍綺疏。徹紗帷而晃朗，連角簟而清虛。倘徵其形，王母之宮可匹；若語其巧，大秦之璧焉如。」，然後話鋒一轉：「國以奢亡，位由侈失。」，言爲政者當施德澤於民，若只知愛惜瑰寶，窮極奢華，則殷鑒不遠，實應深思。

　　全文有 377 字，王榮此賦表面雖似讚頌琉璃窗之秀美，實則以「國以奢亡，位由侈失」抒發自己對朝政的真實感受。文中善用描寫、比喻、想像，隨筆點染，生動具體，而鎔鑄典故，更是妥貼精切，正如李調元《賦話》所云：「唐人體物最工，麼麼小題，卻能穿穴經史。」此說王榮實當之無愧。浦銑在《復小齋賦話》也稱讚說：「輔文〈琉璃窗賦〉一聯云：『碧雞毛羽，微微而霧穀旁籠；玉女容華，隱隱而銀河中隔。』上用宋處宗『雞窗』事，下用〈魯靈光殿賦〉『玉女闚窗』句，精切而無痕跡。」。

（四）〈延州獻白鵲賦〉（附錄二之二十五）

　　此篇乃借白鶴呈祥，來稱揚國運興盛，並希望國君能永保此無疆之休：

> 彩迥群類，名超百祥。播休徵于有截，昭聖祚之無疆。月
> 下南飛，過銀河而混色；風前東嚮，映瓊樹以增光。
> 是知斯鵲來儀，惟天瑞聖。俾爾羽之潔朗，彰我時之清淨。
> 臣聞雁有歌而雉有詩，又安得不形于贊詠。

李調元《賦話》卷四云：「唐王榮〈延州獻白鵲賦〉云：『望雲將獻，鵲歸齊使之籠；拜表初行，雉別越裳之國。』上三字必如此安頓，方不寂寞。」

（五）〈魚龍石賦〉（附錄二之二十六）

　　「魚龍石」是一種魚化石，宋杜綰撰《雲林石譜》卷中：「魚龍石，潭州湘鄉縣山之巔，有石臥生土中，凡穴地數尺，見青石，即揭去，謂之蓋魚石。自青石之下，微青或灰白者，重重揭取，兩邊石面，有魚形，類鰍鯽，鱗鬣悉如墨描。穴深三二丈，復見青石，謂之載魚石。石之下，即著沙土。就中選擇數尾相隨游泳，或石紋斑剝處，全然如藻荇。但百十片中，然一二可觀。大抵石中魚形，反側無序者頗多，閒有兩面如龍形，作蜿蜒勢。鱗鬣爪甲悉備，尤為奇異。土人多作僞，以生漆點綴成形，但刮取燒之，有魚腥氣，乃可辨。又隴西地名魚龍，掘地取石，破而得之，亦多魚形，與湘鄉所產無異。豈非古之陂澤，魚生其中，因山頹塞，歲久土凝爲石而致然歟。杜甫詩有：『水落魚龍夜，山空鳥鼠秋。』（《秦州雜詩》）正謂隴西爾。」王棨此賦描寫這種化石，刻畫細膩，想象奇特，且全文用了許多長句，如：「有石類魚龍之狀，成形匪追琢之功。」、「雖騎鯨之勢可類，而跳獸之規莫匹。」、「或似罷江湖之游泳，又如收雲雨之虛無。」、「設頳尾于五色，認胡髯於一拳。初驚獺祭于地，復謂劍化于川？」，給人變幻莫測之感，更讓行經此地的人驚訝迴眸。

結　語

　　王棨的詠物賦在數量上雖然不多，但甚有特色，其描寫的對象，多爲描寫宮廷中的美麗物體，或大自然的精巧奇麗，藝術上以描寫精細見長；且秉持中國文學托物言志的傳統，對統治者的驕奢淫侈作了恰當的諷喻；爲詠物文學園地增添了幾枝奇葩，值得後人珍視。

第四節　詠史賦

　　在古代詩歌史上，詠史的題材一直是不可忽視的一環，它是由咏嘆歷史事件與人物所形成的作品。自東漢班固以《詠史》爲題展

開創作以來，詠史的作品便從不同的角度與層面擴展開來，或單純的緬懷歷史；或借歷史人物來抒發胸懷；或引歷史事件來以古鑑今。不管是作品外貌風格的形成，或內容思想的充實，詠史作品的多樣性可謂集敍事、抒情、感懷、傷古、哲理於一身，而成爲中國古典文學中的一重要體裁。詠史詩的研究，一直受到學術界的重視，成果燦然。詠史賦，尤其是詠史律賦的研究，則尚存在不少可以開拓的空間。

　　王榮的賦作中以史事爲題材的不少，也是其律賦創作中較有成就的部分之一。這些賦作一方面繼承了以史寄意抒情的傳統，另一方面也兼顧當時賦作歌功頌德、宣揚教化的「頌聖」功能。現在，我們就來看其號稱「壓卷」的作品〈沛父老留漢高祖賦〉。

（一）〈沛父老留漢高祖賦〉（附錄二之二十七）

　　本賦以《史記・高祖本紀》所載：「高祖還歸，過沛，留。置酒沛宮，悉召故人父老子弟縱酒，發沛中幾得百二十人，教之歌……十餘日，高祖欲去，沛父兄固請留高祖。」之事爲題。首段破題，點出高祖因征淮而駐沛，欲去，家鄉父老不捨之情：

> 漢祖還鄉兮，鑾駕將還；沛中父老兮，留戀濟然。憶故舊
> 於干戈之後，敍綢繆於旌旃之前。白髮多傷鳳輦，願停於
> 此日；翠華一去皇恩，再返於何年。

　　次段言高祖之起義，實乃君權神授，眾望所歸：「昔以群盜並興，我皇斯起。英明天授其昌運，神武日聞於舊里。」。

　　第三段議論高祖由於身分轉變，即使情深閭里，仍不能久駐：「一則以情深閭里，一則以義重君臣。隆準龍顏，昔是故鄉之子；捧觴獻壽，今爲率土之人。」。

　　第四、五段描述沛父老留高祖之情誼及高祖「遂人心」，滿足鄉人之至性：

> 乃曰陛下創業定傾，順天立極；臣等犬馬難效，星霜屢逼。
> 窺泗水則淒若舊風，指芒碭則依然故色。眷戀難盡，沈瀾

易得。昔日望雲之瑞，豈有明言；當時貰酒之家，堪驚默識。帝乃駐天步，遂人心。戈矛山立，貔虎煙深。草澤初興，雲路而蛟龍奮翼；鄉園重到，煙空而鸞鶴歸林。

第六段寫高祖對故里的眷戀思慕，與父老之熱情相輝映：「縱兆民如子，恩更洽於故人；雖四海爲家，情頗深於舊意。」。

第七段言父老望澤情殷，希望高祖莫讓他們有桑榆之恨：「交遊既阻於秦時，堪悲今昔；黎庶正忻於堯日，自恨桑榆。」。

末段則以沛父老的殷殷請求作結：「請沛爲湯沐之邑，實臣愜生死之願。」，情感淳厚真摯。

全文共 372 字，王棨的律賦喜用典故，然此篇則純用白描，不假雕飾，使整篇更顯自然生動，情韻搖曳，且文中對偶精切，在句式上大量使用隔句對，使賦中呈現出散文化的氣息。

李調元相當推崇此篇，《賦話》卷四評云：「唐王棨〈沛父老留漢高祖賦〉，以題之曲折爲文之波磔，指點生動，不寂不喧，此妙爲王郎中所獨擅。如〈四皓輔太子〉、〈西涼府觀燈〉等作，意匠皆同，而此篇尤膾炙人口。」浦銑也說：「文以有情爲貴。余于輔文賦，以〈沛父老留漢高祖賦〉爲壓卷。……知音者，定不河漢斯言。」連顧蒓《律賦必以集》都認爲此賦虛字用得好，云：「文之有虛字，猶人之有血脈也。用得好，則骨節玲瓏；用不好，則皮肉鬆懈。」，可知此篇賦實頗得後人讚賞。

（二）〈四皓從漢太子賦〉（附錄二之二十八）

「四皓」事見《史記・留侯世家》，高祖劉邦欲廢太子，呂后情急向張良索計，張良設計請太子以書迎山中隱居者「四皓」：東園公、綺裏季、角裏先生、夏黃公。高祖宴，置酒，太子侍，四人從太子，年皆八十有餘，鬚眉皓白，衣冠甚偉。四人爲壽畢，趨去，高祖且送之，召戚夫人指示四人曰：「我欲易之，彼四人輔之，羽翼已成，難動矣。呂后真而主矣。」於是太子得保持地位。

首段概括說明因高祖欲易太子，故太子商請四皓出山相輔：

夏黃綺季，角裏園公。抗跡君臣之外，潛身商洛之中。高帝搜揚，竟不歸於北闕；儲皇搖動，皆來衛於東宮。

次段原題，交代更換太子之因及四皓現身宴會之情形：

漢之初也，鳳輦情乖，龍樓恩失。將謀廢嫡以立庶，欲易黃裳而元吉。呂后憂深，留侯計密。且曰四人可致，一匡永逸。洎安車奉迎之後，當彤庭侍宴之日。森爾離立，皤然間出。似八公而少半，疑五老而無一。

第三、四、五、六段乃借由高祖與四皓的對話道出高祖之疑惑及四皓出山輔佐太子之原由：

高皇問曰：「從者誰乎？安得鶴氅斯眾，霜髯與俱。」乃言曰：「臣等質同蒲柳，景迫桑榆。是商嶺臥雲之士，皆秦朝避難之徒。邦無道則隱，邦有道則愚。」

上曰：「自朕之興，待賢而用。顧朝廷之未治，念先生之所共。昔何遠跡，不為率土之臣；今乃辱身，盡作承華之縱。」

對曰：「陛下掃蕩寰宇，秦降楚平。未有稱臣之意，唯聞慢士之名。太子則卑謙守節，柔順利貞。理有承聖，斯宜繼明。臣等唯義所在，非道不行。雖蹈夷齊之潔，更無伊呂之情。

故得隨雞載之差肩，向龍墀而接武。星星於朝行之列，濟濟于王人之伍。」帝曰：「空勞逋客，來撫藐爾之孤；可謝周人，已有良哉之輔。」

第七段言四皓在達到鞏固太子地位後又瀟灑地歸隱故山：

既而問安之位克定，肥遁之心共還。其來也，鶴集丹陛；其去也，雲歸故山。

最後作者借《史記》、《左傳》之史事，讚美四皓之功勞：

懿夫出彼崑崙，成茲羽翼。一則免扶蘇之危，一則祛獻公之惑。誰知惠帝立而劉祚安，乃採芝公之德。

使得太子免步扶蘇之後塵，高祖亦不必如獻公因寵溺愛妾而落得不義之名，對安定邦家有極大的貢獻。

全文共 397 字，本篇律賦使用古賦主客問答的方式，多用故實，

但字句清麗，沒有漢賦那種堆垛鋪陳的習氣，古氣盎然而清新可誦。給後人「以古為律」的作賦方式樹立了典範。第五、六段四皓與高祖的對話因轉韻而分成二段，此乃意隨韻轉，過度自然，在律賦中也是創格。此賦在數目字運用上也有特長，浦銑說：「王輔文賦〈四皓〉，則曰：『視八公而少半，疑五老而無一。……』凡著數目皆宜如是，算博士何可少也？」

（三）〈端午日獻尚書為壽賦〉（附錄二之二十九）

此賦本事出自《隋書·蘇威傳》：「尋屬五月五日，百僚上饋，多以珍玩，威獻《尚書》一部，微以諷帝，帝彌不平。」五月五日的歷史背景為屈原因諫君而遭黜，其眼見朝政日非，宗社將頹，不勝憂思愁苦，終投江而死。蘇威見隋末王綱廢弛，因此欲藉獻書來提醒君王，要能殷憂屬國，勿蹈前朝覆轍。

首兩段言端午佳節，大臣們皆以奇珍異寶來討國君歡心，惟蘇威目光獨具，希望以尚書裡的義理來輔佐治國：「五日嘉辰，欲有裨于聖德；百篇奧義，敢將獻于皇居。」、「咸求玩好，冀竭盡于忠勤；競薦珍奇，願延長于睿聖。」。

三、四段蘇威見國運日衰，煬帝卻只顧縱情享樂，罔顧生民，於是欲藉此祭祀前賢的機會表達為臣之憂心：「前王之善惡足徵，歷代之安危可睹。然以禮無爽，於君有補。豈效辟兵之法，專用靈符；甯依續命之儀，只陳綵縷。」更冀望君臣同心治國，而非靠術士靈符來圖得國家安定。

五、六段蘇威表達願效屈平匡主之忠心，不願隨波逐流，粉飾太平：「且曰：臣有志匡主，無心徇時。竊以百王之典，可為萬歲之資。願陛下察其旨，究所以。豈不以枕推虎魄之珍，裘有雉頭之美。誠未若典謨訓誥，閱斯而北闕長存；虞夏商周，鑒此而南山相似。」並勸諫煬帝要虛心受納，效法聖君，如此才能「北闕長存」。

第七、八段強調「藉手惟臣」、「服膺在君」，若為臣能效犬馬之

力，爲君能法先王「甲夜視事，乙夜觀書」的精神治國，則國家定能長保太平。

賦文共 388 字，全文用了很多四六句法，殷殷期盼之旨甚明。浦銑《復小齋賦話》：「四六、六四等句法，須相間而行。唐人唯王輔文，曲盡其妙。」另外，文中也用了股對「其爲贄也，非雁非羔，非玉非帛；其爲書也，非易非傳，非禮非詩。」這是王榮賦中較少見的。

王榮此賦表面在寫前朝的史事，其實是藉史家之筆來抒發己見，委婉地表達出希望國君能「招賢容鯁，遠佞嫉邪」，因「祚之長短，必在天時，政或盛或衰，有關人事。」可謂曲盡其情，用心良苦。

其他如〈沈碑賦〉、〈手署三劍賜名臣賦〉、〈馬惜錦障泥賦〉、〈三箭定天山賦〉等也都屬詠史賦。略述如下：

（四）〈沈碑賦〉（附錄二之三十）

《晉書‧杜預傳》卷三十四：「預好爲後世名，常言高岸爲谷，深谷爲陵。刻石爲二碑，紀其勳績，一沈萬山之下；一立峴山之上，曰：『焉知此後不爲陵谷乎！』」杜預爲「播美於萬年之後」，所以處心積慮的希望能「垂名庶及於無窮」，但王榮對其沈碑水底使功名長傳的行爲卻不以爲然，認爲「伊尹之作阿衡，姬公之爲太宰。邁古之芳猷克著，迄今而英風未改。是知事若美于一時，語自流乎千載」，實不需藉由「沈豐碑」來使「功名長在」。此與儒家「不患人之不己知，患不知人也」的觀念相符。

（五）〈手署三劍賜名臣賦〉（附錄二之三十一）

此篇事見《後漢書‧韓稜傳》：「由是徵辟，五遷爲尚書令，與僕射郅壽，尚書陳寵，同時俱以才能稱。肅宗嘗賜諸尚書劍，唯此三人特以寶劍，自手署其名曰：『韓稜楚龍淵，郅壽蜀漢文，陳寵濟南椎成。』」，全文以三個長股對來歌頌韓稜、郅壽、陳寵三人的才華功績：

一則薛燭未逢，風胡不識。提攜可助於雄勇，佩服必資其
挺特。能使巨闕慚價，豪曹失色。乃署龍泉之名，以表韓
稜之德。一則龍藻星耀，霜鍔雪凝。麾之而氣祲以歇，帶
之則威儀可聆。斯亦制鍾難媲，斬馬奚稱。乃署漢文之號，
以旌郅壽之能。一則利可衛身，威能禁暴。愜項伯以將舞，
宜趙王之所好。豈羨乎五色奇形，千金美號。乃署推誠之
字，以彰陳寵之操。

最後以歌頌聖君因能「視人之賢」，故能「威被華夷」作結，突顯出
作者亦冀望能受君王重用，流芳萬世的心願。

（六）〈馬惜錦障泥賦〉（附錄二之三十二）

此篇為記載王濟事，見《世說新語・術解》：「王武子善解馬性。
嘗乘一馬，著連錢障泥，前有水，終日不肯渡。王云：『此必是惜障
泥。』使人解去，便徑渡。」，這裡言馬因愛惜錦障泥而不肯渡水的
行為：「念美錦以斯製，對深泉而不逾。」、「瞻前顧後，雖無還淖之
虞；時止時行，似有漸車之懼。」，雖然表面是批評馬，其實是對王
濟及當時奢侈貪婪之徒的一大諷刺。

（七）〈三箭定天山賦〉（附錄二之三十三）

「三箭定天山」是唐太宗時大將薛仁貴的故事：「醜虜侵塞，將
軍燿威。弓一彎而天山未定，箭三發而鐵勒知歸。驍騎來時，疊利鏃
以連中；宮人祭處，收黃塵而不飛。」，《舊唐書》卷八十二〈薛仁貴
傳〉：「時九姓有衆十餘萬，令驍健數十人逆來挑戰。仁貴發三矢射殺
三人，自餘一時下馬請降。仁貴恐為後患，並坑殺之。更就磧北安撫
餘衆，擒其偽葉護兄弟三人而還。軍中歌曰：『將軍三箭定天山，戰
士長歌入漢關。』九姓自此衰弱，不復更為邊患。」

黃璞所撰《王郎中傳》：「初就府薦，馮涓為試官，〈三箭定天山
賦〉當意，為涓所知，欲顯滯遺，明設科第，以宋言為解頭，公為第
二。」

結　語

　　王榮的史學修養深厚，故其詠史賦各篇都寫得非常精彩，常常藉史家之筆來抒發己見，委婉地表達出勸告國君以史爲鑒的殷切期望。其以古入律的手法，爲後世賦家改革律賦導夫先路。

第五節　抒情寫意賦

　　律賦由于與科舉考試的密切關係，一般說來，並不適合用于個人抒寫情懷。但熟能生巧，律賦大家往往能夠打破傳統，獨出心裁。王榮便有多篇賦作是描寫其在現實生活感觸的抒情作品。通過比較分析，我們認識到王榮這些打破常規，脫離功令的律賦，往往正是其律賦中的精華，如〈秋夜七里灘聞漁歌賦〉、〈離人怨遙夜賦〉、〈涼風至賦〉、〈鳥友求聲賦〉都是藝術性、技巧性極純熟的抒情寫意之作，以下我們即來分析此四篇賦：

（一）〈離人怨長夜賦〉（附錄二之三十四）

　　此乃一篇抒寫離愁別恨之作。一開始即點出離人在漫漫長夜中的相思之苦：「離思難任，良宵且深。坐感夫君之別，誰憐此夜之心。念雲雨以初分，何時促膝；俯衾裯而起怨，幾度沾襟。」。

　　次段回憶離別之日，在「東門」餞行，「南浦」送別：「歌罷東門，袂揮南浦。征車去兮塵漸遠，匹馬歸兮情自苦。」，而日暮酒醒後徒增欷歔。

　　第三、四、五段言夜深人靜，形單影隻，對著「空床」、「月暗」、「樹靜」不寐：「我展轉以空床，固難成夢；君盤桓於旅館，豈易爲腸。」、「觸目生悲，迴身弔影。雲積陰而月暗，鳥深棲而樹靜。」，窗外淒風苦雨，蛩聲不斷，更讓人觸景傷情，輾轉難眠。

　　第六、七段則感慨分隔兩地，自己因思念而紅顏衰老，希望能像蘇氏織綿寄情般，向夫君訴說情愫：「鄰機尚織，重增蘇氏之懷；詞客猶吟，更動江生之思。況乎燕宋程遠，關山道遙。怨復怨兮斯別，

長莫長乎此宵。使人玄髮潛變，紅顏暗彫。」。

　　最後以良人爲追求功名而遠行，感嘆自己卻只能困守愁城。此情此景，正如江淹〈別賦〉所云：「黯然銷魂者，惟別而已矣。」

　　本文共 356 字。元方回在《瀛奎律髓・送別類小序》中，曾區分「送行詩」與「送別詩」的抒情特色：「送行之詩有不必皆悲者，別則其情必悲。此類中有送詩，有別詩，當觀輕重。」〔註13〕辭賦中也有送行賦與送別賦之別，自六朝江淹〈別賦〉名作之後，此類賦作抒情一方面需要做到悲情深切，另一方面又需要做到含蓄婉轉。

　　全篇情意遙深，極盡抒情之能事，刻畫別離之苦既眞切厚重又含而不露，允稱江淹〈別賦〉之後的又一佳作。其抒情技巧與後來的戲曲作品如馬致遠《漢宮秋》、白樸《唐明皇秋夜梧桐雨》等對離情別恨的描寫，有異曲同工之妙。浦銑稱道：「黃文江〈送君南浦賦〉、王輔文〈離人怨長夜賦〉，眞深於情者。然王詞清麗，黃則加以哀豔，尤當玩其用意處，全在「長夜」、「南浦」二字也。」（《復小齋賦話》卷下），可知他對王棨此賦的清詞麗句頗爲欣賞。

（二）〈秋夜七里灘聞漁歌賦〉（附錄二之三十五）

　　七里灘又名七里瀨、七李瀧。在今浙江桐廬縣城南三十里，長七里，兩岸夾峙，水流湍急。俗諺：「有風七里，無風七十里。」而北岸的富春山，相傳即爲東漢嚴子陵隱居垂釣的地方。首段點出秋夜的七里灘傳來漁人的歌聲，時而振奮人心，時而脈脈含情：

　　七里灘急，三秋夜清。泊桂櫂于遙岸，聞漁歌之數聲。臨風斷續，隔水分明。初擊檝以興詞，人人駭耳；既艤舟而度曲，處處含情。

　　第二、三段則寫七里灘兩岸如圖畫般的美景，在漁人歌聲的烘托下，更顯漁人生活的悠遊自在：「逃名浪跡，始蕩槳以徐來；咀徵含商，俄扣舷而迴發。」

〔註13〕《瀛奎律髓》卷二十四。

第四、五段敘述漁人歌聲悠揚繚繞，不絕於耳：「初聞而彌覺神清，再聽而微憂鬢白。遠而察也，調且異于吳歌；近以觀之，人又非其郢客。」、「泛濫扁舟，逸興無慚于范蠡；沈浮芳餌，高情不減于嚴光。」，與柔媚之吳歌、善歌之楚人皆不同，反倒是與「范蠡」、「嚴光」之不慕榮利，曠達豪放相映成趣。

第六段則由景入情，寫離鄉的遊子，不得志的騷人隱士，皆因漁人的歌聲而引出離懷愁緒：「此時游子，只添歧路之愁；何處逸人，頓起江湖之趣。」。

第七段表達出作者對《莊子》中鼓腹而遊的無爲政治的嚮往之情：「究彼囀喉，似感無爲之化；察其鼓腹，因知樂業之心。」。

最後以漁人鼓枻而去與首段相呼應：「灘頭而猶唱殘曲，水際而尙聞餘響。漁人歌罷兮天已明，挂輕帆而俱往。」，餘韻綿邈，體現出晚唐抒情言志賦作的新風貌。

（三）〈涼風至賦〉（附錄二之三十六）

此篇賦堪稱情采並茂，不只描摹具體、細膩，在藝術技巧上亦逐步開展，層次分明。首段言蒼龍星宿帶來了蕭瑟的西風，桂香隨風飄散，暑氣盡收：「龍火西流，涼風報秋。屆肅殺而金方氣勁，奪赫晒而朱夏威收。五夜潛生，聞桂枝而騷屑；千門溥至，覺玉宇以颼飀。」。

第二、三段指出不論是代表節令的星斗或樂律，大自然的景觀都因秋天而改變：「俄而撤鬱蒸，揚慘慄。減庭草以芳靡，掠林梢而聲疾。繇是淅瀝晴景，浸淫暮天。起蘋葉而有準，應葭灰而罔愆。無近無遠，凄然凜然。」，不只「蘋葉」、「蒹葭」都已替換顏色，連「飛燕」、「鳴蟬」也都歸巢息聲。

第四段則以《史記》中荊軻慷慨赴義與屈原讒而被逐的故事寄寓作者的憂世之情：「恨添壯士，朝晴而易水寒生；愁殺騷人，落日而洞庭波起。」。

第五段以王孫公子與貧苦百姓在秋風中感受不同來對比：「虛檻清冷，頗愜開襟之子；衡門淒緊，偏驚無褐之人。」，令人不勝慨嘆。

第六、七段用「張季鷹」、「班婕妤」、「陳皇后」、「潘安仁」的典故說明面對季節的遞嬗，有人懷鄉、有人添恨：「張翰庭前暗度，正憶鱸魚；班姬帳下爰來，已悲紈扇。」、有人嘆逝、有人憂國：「悄絲管于上宮，陳娥翠斂；颭簪楹于華省，潘鬢霜凋。」，悲的內涵和對象或有不同，但觸景生情所興起的悲秋情緒卻是一致的。

最後以秋風無處不在：「冷遍中原，陰生兌位。幾人離避暑之所，何處斬悲秋之思。」，雖然每個人的遭遇歷練不同，但所呈現出「悲秋」的傷感卻古今不移。

全文共 372 字，此賦在宋玉〈風賦〉、李白〈悲清秋賦〉、劉禹錫〈秋聲賦〉等前人的作品基礎上更往前躍進，對後人描寫秋風秋聲的作品定有所啟發。李調元非常欣賞此賦的對句，云：「唐王棨〈涼風至賦〉，其警句云：『恨添壯士，朝晴而易水寒生；愁殺騷人，落日而洞庭波起。』，又『虛檻清冷，頗愜開襟之子；衡門淒緊，偏驚無褐之人。』，又『張翰庭前暗度，正憶鱸魚；班姬帳下爰來，已悲紈扇。』」（《賦話》卷二）。浦銑讚賞其用典貼切，云：「食古而化，乃為善用。故實若堆垛填砌，毫無生趣，奚取哉？王棨〈涼風至賦〉云：『悄絲管于上宮，陳娥翠斂；颭簪楹于華省，潘鬢霜凋。』，如此用〈長門〉、〈秋興〉二賦，令人無從下注腳，真上乘矣。」又云：「作賦貴得其神。謝觀之「梁苑庚樓」，賦〈白〉工矣；王棨之「陳娥潘鬢」，賦〈涼風〉工矣。」（《復小齋賦話》卷上），可知此賦誠抒情賦中的佳作。

（四）〈鳥求友聲賦〉（附錄二之三十七）

本篇出自《詩經‧小雅‧伐木》：「嚶其鳴矣，求其友聲。」主要在表達：「想伊鳥也，猶推故舊之心；矧乃人斯，忍棄朋友之道。」的慨嘆，連物都能興朋友之好，豈人而不求友乎？故若能像「莊子」、

「管仲」一樣，擁有一個推心置腹的知己，那就可「結授何慚，彈冠不惑」了。

結　語

　　鍾嶸《詩品・序》：「若乃春風春鳥，秋月秋蟬，夏雲暑雨，冬月祁寒，斯四候之感諸詩者也。嘉會寄詩以親，離群托詩以怨，至于楚臣去境，漢妾辭宮，或骨橫朔野，或魂逐飛蓬，或負戈外戎，殺氣雄邊，塞客衣單，孀閨淚盡，文士有解佩出朝，一去忘返，美女有揚蛾入寵，再盼傾國。凡斯種種，感蕩心靈，非陳詩何以展其義？非長歌何以騁其情！」他不僅談及四時節序是「感物而動」的因素之一，而且人在社會生活中的種種遭遇，也是「感物而動」的因素之一。王榮的賦作很好地體現了鍾嶸的觀點，〈涼風至賦〉是作者對氣候變化的敏銳反應，〈秋夜七里灘聞漁歌賦〉是作者在旅途中觸景生情的產物，〈離人怨長夜賦〉則是作者受社會生活遭遇感召，代思婦立言的作品，〈鳥求友聲賦〉則發交友之重要及知己難覓之感慨。這些作品顯然已經超越律賦作為科舉考試文體的本位職能，讓律賦成為一種可以自由抒情寫意的文體。

第六節　其它賦類

　　王榮的四十六首賦作中，其題材除山水寫景、抒情寫意、詠物、詠史幾種外，尚有一些方術、神仙、寓言等等，難以歸入上述各類的，我們將其歸在一起，且簡要說明之：

（一）〈吞刀吐火賦〉（附錄二之三十八）

　　「吞刀吐火」乃一種源於西域的雜技，故此為一篇描寫雜技的律賦。張衡在〈西京賦〉中描寫各種雜技藝術，其中就有「吞刀吐火，雲霧杳冥」的句子。而《晉書・隱逸傳・夏統傳》也載：「丹珠乃拔

刀破舌，吞刀吐火，雲霧杳冥，流光電發。」可知這種技藝在中國應是頗為盛行。此賦一開始即說明雜技藝人：「自天竺來時，當西京暇日。」接著描寫吞刀吐火之雜技表演云：「俄而精鋼充腹，烈燄交頤。罔有剖心之患，曾無爛額之疑。寂影滅以光沈，霜鋒盡處；烟霞舒而血噴，朱焰生時。素刃兮倏去于手，紅光兮邊騰其口。始蔑爾以虹藏，竟霍然以電走。隱乎語笑，回看而鞞琫皆空；出若咽喉，旁取而榆檀何有。」描繪實頗細膩傳神。可惜此類賦作在盛唐後即不多見。

（二）〈神女不過灌壇賦〉（附錄二之三十九）

張華《博物志》卷七：「太公為灌壇令，武王夢婦人當道夜哭，問之，曰：『吾是東海神女，嫁于西海神童，今灌壇令當道，廢我行。我行必有大風雨，而太公有德，吾不敢以暴風雨過，以毀君德。』武王明日召太公，三日三夜，果有疾風暴雨從太公邑外過。」此篇即賦此事。在古代，有些自然現象是當時的人所無法理解的，如日月星辰的運行、風雨雷電的出沒，於是先民就根據幻想，把自然力加以形象化、人格化，作出種種神奇的解釋或美麗的傳說。但本篇並非只是單純出自神話的賦，其背後實蘊含著希望國君能廣施德政，以免百姓遭受天災人禍的流離之苦的積極意義。

（三）〈水城賦〉（附錄二之四十）

> 呂公子兮誰與營，魚為庶兮水為城。雖處至柔之地，還深作固之情。不假人徒，構神功而日就；甯勞版築，疊素浪以雲平。

呂公子為河伯之名。此賦乃描寫水城四周的氛圍及其地勢上的優異：「乃與川后為鄰，陽侯共守。奚鮫室之能匹，信龍宮而是偶。」、「左負滄海，前臨孟津。樂毅將攻而莫可，魯連欲下以無因。」，論華麗實非「鮫室」、「龍宮」可媲，論堅固亦非「樂毅」、「魯連」可取。然此固若磐石的地理環境，若沒有一個聖君來治理，亦無法發揮其「都于坎，據於水」的險阻作用，國家自然也無法清平。

（四）〈玄宗幸西涼府觀燈賦〉（附錄二之四十一）

《太平廣記》卷二六引《集異記》及《仙傳拾遺》云：「開元初正月望夜，玄宗移仗于上陽宮觀燈，甚悅，遂召葉尊師（法善）于樓下。尊師曰：『西涼府今夕之燈，亦亞於此。』玄宗問之，曰：『適自彼來』玄宗請與同往游。尊師令玄宗閉目距躍，已在霄漢。俄而足及地，既睹影燈，連亘數十里。及請回，復閉目騰空而上，頃之已在樓下，而歌舞之曲未終。玄宗于涼州以鏤鐵如意質酒，翌日命中使使于涼州，果求如意以還，驗之非謬。」此雖是一篇賦傳說的作品，但作者加入了許多想像成分，描繪誇張渲染，生動精彩，如：「將越天宇，俄辭宣室。扶鳳輦以雲舉，揭翠華而颷疾。不假禦風之道，倏忽乘虛；如因縮地之方，逡巡駐蹕。已覺夫關隴途盡，河湟景新。到合雜繁華之地，見駢闐游看之人。千條銀燭，十里香塵。紅樓邐迤以如晝，清夜熒煌而似春。郡實武威，事同仙境。」浦銑《復小齋賦話》稱曰：「唐賦亦有白描處，如王輔文〈綴珠爲燭賦〉云……，又〈玄宗幸西涼府觀燈賦〉：『一遊一豫，忽此地以微行；不識不知，竟何人而望幸。』不著一字，何等親切。」

（五）〈蟭螟巢蚊睫賦〉（附錄二之四十二）

此爲一篇頗富哲理的寓言賦。《晏子春秋·不合經術者》：「（齊景）公曰：『天下有極細者乎？』晏子對曰：『有。東海有蟲，巢於蚊睫，再乳再飛，而蚊不爲驚。』」《抱朴子·外篇·刺驕》：「蟭螟屯蚊眉之中，而笑彌天之大鵬。」寓言源於先秦，誕生於《莊子》、《孟子》、《韓非子》等諸子散文和《戰國策》等歷史散文中。此篇乃借寓言以說理的方式，闡述了《莊子·齊物論》「天無私覆，地無私載」、「天地與我並生，而萬物與我爲一」的平等道理，此亦是儒家民胞物與的精神所在。作者對小生物的觀察深入細緻，對其特性的描寫形象鮮明，如描繪其微小：「離婁府視，莫得見其形容；師曠俛聽，曾未聞乎聲響。」而透過蟭螟的眼中看蚊子是：「仰觀厥首，

謂如山嶽之崇；旁睨其肩，意似叢林之大。」同時作者也寄託了深刻的人生啟示：「察其生而洪纖則別，論其分而物我何殊。似菌朝生，不羨千春之壽；如蝸秋起，無慚六月之圖。」但不禁也感慨道：「悲夫！謂無至道者多，信有茲蟲者少。蓋述齊物之域，未遂忘形之表。若能效三月以齊心，必見斯蟲而不小。」表達了對世事人生的諷刺和批評。

（六）〈樵夫笑士不談王道賦〉（附錄二之四十三）

此則乃假借樵夫之口來諷諭那些只知獨善其身，不知兼善天下的隱士；

> 方今君則唐虞，臣惟周召。稱揚者皆黃馬之辯，贊詠者盡雕龍之妙。可以流播千古，鏘洋八徼。若然則樵採之徒歟，又何由而竊笑。

方今國運昌隆，正是士人施展才華，勠力報國的大好時機，怎能循迹山林，混同於漁樵呢！此賦反映了王棨雖處於政治日益紛亂的唐季，但內心仍殷切的期望能有一番作爲來報效國家、名垂青史，而非只是消極的避世，徒留感慨。〔註14〕

結　語

王棨的這一類雜賦，選材相當特殊，已經遠離科舉考試命題的範圍，在擴大律賦題材方面作出了重要貢獻。

〔註14〕清乾隆皇帝有〈賦得樵夫笑士〉（得流字八韻，散館試題）詩云：「樵斧碧山侶，心希王道修。士如黔以處，彼得笑而尤。齒齲羹妨粲，舌藏寧不羞。行歌無降志，寢厝有深謀。詎讓江湖客，獨懷廊廟憂。蟬寒信何謂，菟獻可同不。束未曾因濕，負常戒反裘。芚然定誰氏，或是買臣流。」（《御製詩集二集》卷四十八）此詩或許是乾隆帝見王棨此賦後心有所感，因而發之爲詩也未定。

第四章　王棨律賦之形式

　　唐代律賦，是在六朝駢賦的基礎上，爲適應科舉試士需要而形成的。試賦在初唐只是一種單純的應試形式，尚未定型，而文人也僅是爲求取功名才偶然涉筆。至天寶年間進士試雜文專取詩賦成爲定制後，才出現文人以律賦爭勝的局面。此後專于此道者漸多，貞元以後士人出身獨重進士科，而進士又必試詩賦，所以作律賦的風氣日漸繁榮。加之許多很有特色的律賦作品，不僅出于官試，更主要來自試前所謂的「私試」，即爲準備應試和「播于行卷」的習作。官試、私試律賦並舉，由此形成唐代律賦創作的全盛局面。

　　清代李調元《賦話》中有段話談唐律賦從形成至興盛這段重要時期，云：

> 唐初進士試于考功，尤重帖經、試策，亦有易以箴論表贊，而不試詩賦之時，專攻律賦者尚少。大曆、貞元之際，風氣漸開；至大和八年，雜文專用詩賦，而專門名家之學，樊然競出矣。李程、王起最擅時名；蔣防、謝觀如駑之駢，大都以清新典雅爲宗。其旁驚別趨，元、白爲公。（賈餗之工整，林滋之靜細，王棨之鮮新，黃滔之生雋，皆能自樹一幟，躒躍文壇。而陸龜蒙以沉博絕麗之詞，獨開奧突，居然爲有唐一代之殿。）[註1] 下逮周繇、徐寅輩，刻酷鍛

[註1] 括號內文字據《律賦衡裁·序言》補，轉引自詹杭倫〈論《雨村賦話》對《律賦衡裁》的沿襲與創新〉。

—69—

> 鍊，眞氣盡漓，而國祚亦移矣。抽其芬芳，振其金石，亦
> 律體之正宗，詞場之鴻寶也。

律賦由于是朝廷用來作爲選取官吏的一種形式，所以其語言具有「雅正」的特點，命題也都「冠冕正大」。但到了晚唐，律賦不論在題材或風格上均有明顯變化，由前期的「雅正」步入後期的「纖巧」，此與社會動亂及自中唐以來律賦逐漸擺脫單純爲應試而變爲抒寫個人情志，表達對社會現實的感慨密切相關。縱觀律賦之演進，乃由文人之仕進工具，演變爲文學之新體式。而晚唐的作家中，作賦最多，成就最大的，當推王棨和黃滔。李調元《賦話》論二人的風格曰：

> 晚唐律賦較前人更爲巧密，王輔文（棨）、黃文江（滔），
> 一時之瑜、亮也。文江戛戛獨造，不肯一字猶人；輔文則
> 錦心繡口，豐韻嫣然，更有漸近自然之妙。湯惠休云：「顏
> 光祿如鏤金錯采，謝康樂如初日芙蓉。」藉以品藻二人，
> 確不可易。

又云：

> 晚唐時有此好手，固文圍之兩雄。

李調元對王棨的賦作可謂推崇備至，許爲「律賦正楷」、「千古絕唱」，可知其在晚唐的地位。

前面我們已討論過王棨賦作的內容、題材，這一章節，我們將從格律這一角度來分析其賦作在限韻、句法、段落結構、平仄上的運用技巧，並了解其對後代律賦產生了何種影響。

第一節 限 韻

律賦以「音律諧協，對偶精切爲工」（吳訥《文章辨體序說》），科舉考試更有「限韻之制」，因此作賦限韻，是律賦與其他類型賦作區隔的基本方式。

一、平仄次序更動

唐律賦將限韻用于科考始于何時？據《能改齋漫錄》引僞蜀馮鑒

《文體指要》云：「唐代最初以賦取士『止命以題，初無定韻』。至開元二年（714）王邱員外知貢舉，試〈旗賦〉，始有八字韻脚，所謂『風日雲野，軍國清肅』，其意似謂試賦限韻自開元二年王邱試〈旗賦〉始。」然鄺健行先生則持不同看法，認為：「早在律賦始創的初唐，從現存的十三首作統計，八字韻脚的共十一首，當中包括劉知幾的試賦和可能模仿試賦的梁獻〈大閱賦〉。這麼看來，以八字為韻早就接近常態或者就是常態。」〔註2〕可知試賦限韻其實不始于開元二年，起碼在初唐時已經出現。

試律限韻，一般來說，唐代還比較寬泛。

宋人洪邁《容齋續筆》卷十三《試賦用韻》條和《容齋四筆》卷六《乾寧覆試進士》條，詳述唐代律賦韻例，條理清晰，但仍有小誤。其後，彭叔夏《文苑英華辨證》卷一對洪邁之失誤有所糾正。比如洪邁云：「自（文宗）太和以後，始以八韻為常。」彭叔夏即云：「按《登科記》，太和六年試《君子之聽音賦》，以『審音合志鏗鏘』為韻，猶是六韻，第二、第三篇皆七韻。今云太和後八韻為常，未必然也。」彭叔夏又云：「其八韻則有四平四側者，今為定格。」說明自中唐之後，律賦限韻逐漸向四平四仄發展，至宋代成為定格。

彭叔夏在《文苑英華辯證》中對律賦用韻的情形有詳細的說明：

唐賦韻數平仄次序初無定格，今略舉一二：

有四韻者，〈泰階六符〉（元亨利貞）、〈秋月〉（至明周照）、〈蓂荚〉（呈瑞聖朝）、〈丹甑〉（國有豐年）諸篇是也。

有五韻者，〈五星同色〉（昊天有成命）、〈海上五色雲〉（餘霞散成綺）、〈金莖〉（日華川上動）、〈殘雪〉（明月照積雪）諸篇是也。

有六韻者，〈止水〉（清審洞澈涵容）、〈魑魅〉（道德仁義希夷）、〈信及豚魚〉（聖朝道孚微隱）、〈善師不陣〉（聖朝威

〔註 2〕鄺健行：〈初唐下限韻律賦形式的審查及引論〉，載《科舉考試文體論稿》，頁 48。

服遠人）諸篇是也。

有七韵者，〈日再中〉（漢文帝時數如此）、〈武藝絕倫〉（弧矢之利威天下）、〈觀紫極舞〉（大樂與天地同和）諸篇是也。

有八韵者（今為定格）

有九韵者，〈二氣合景星〉（其狀無常出有道之國）、〈竹宮望拜神光〉（上幸之日有事於圜丘）、〈大儺〉（命有司送寒氣肅京室）諸篇是也。

有十韵者，〈千秋鏡〉（鵲飛如向月龍盤似映光）、〈秦客相劍〉（決浮雲清絕塞通題為韵）、〈冰壺〉（清如玉壺冰何慙昔意）諸篇是也。

其八韵，則有四平四側者（今為定格）；有三平五側者，〈日月合璧〉（西曜相合候時不差）、〈先王正時令〉（四時漸差置閏以正）諸篇是也；有五平三側者，〈冰將釋〉（和風既至遲日初臨）、〈玉壺冰〉（堅白貞虛作人之則）諸篇是也；有二平六側者，〈泗濱浮磬〉（美石見質琢之成器）、〈圖畫功臣〉（立定爾功惟克永代）諸篇是也；有六平二側者，〈白雲無心〉（山川出雲天實為之）、〈鑿壁偷光〉（將欲貪于鱗角之成）諸篇是也；有以平上去入為韵者，如〈三無私〉、〈山公啓事〉諸篇是也；有平上去入周而復始者，如〈空賦〉、〈三足烏賦〉諸篇是也。

彭叔夏認為自中唐之後，律賦限韵逐漸向四平四仄發展，至宋代成為定格。我們從王榮的四十六首律賦來看，除三首缺題下韵字外，其餘都符合當時一般人常用的四平四仄來用韵。然而此所謂「官韵」雖以四平四仄為最常見，但八字韵的次序並無嚴格規定，可以依次或不依次。

元盛如梓撰《庶齋老學叢談》卷下：「唐以賦取士，韻數平仄元無定式。有三韻者，〈花萼樓賦〉以題為韻。有四韻者，〈蓂莢賦〉以「呈瑞聖朝」為韻；〈舞馬賦〉「奏之天庭」為韻。有五韻者，〈金莖賦〉以「日華川上動」為韻。有六韻者，〈止水〉、〈魍魎〉、〈人鏡〉

等賦。有七韻、八韻者。其韻有三平五仄者，有五平三仄者，有六平二仄者。至宋太平興國三年方定。」

李調元《賦話》卷二云：

> 唐人賦韻，有云次用韻者，始依次遞用，否則任以己意行之。晚唐作者，取音節之協暢，往往以一平一仄相間而出。宋人則篇篇順敍，鮮有顛倒錯綜者矣。

我們來看王棨的賦作：（扣除三首缺限韻字的作品）

〈耀德不觀兵賦〉原以「聖德照臨寰區清泰」為韻，易其次第，以「清聖區德寰泰臨照」平仄相間方式排列。

〈牛羊勿踐行葦賦〉原以「皇化所加德同周道」為韻，易其次第，以「同所皇道加德周化」平仄相間方式排列。

〈黃鐘宮為律本賦〉原以「究極中和是為天統」為韻，易其次第，以「天極中究和統為是」平仄相間方式排列。

〈貧賦〉原以「安貧樂道情旨逸然」為韻，易其次第，以「情道然樂安逸貧旨」平仄相間方式排列。

〈詔遣軒轅先生歸羅浮舊山賦〉以題中「山詔生舊歸遣軒賦」為韻。

〈夢為魚賦〉原以「故知人生不似魚樂」為韻，易其次第，以「魚不生似人故知樂」平仄相間方式排列。

〈聖人不貴難得之貨賦〉以題為韻，易其次第，以「得難不貴人貨之聖」平仄相間方式排列。

〈迴雁峰賦〉原以「色峙晴空迴翔此際」為韻，易其次第，以「迴峙空色晴際翔此」平仄相間方式排列。

〈芙蓉峰賦〉原以「峰勢孤異前望似之」為韻，易其次第，以「峰似前勢之異孤望」平仄相間方式排列。

〈曲江池賦〉原以「城中人日同集池上」為韻，易其次第，以「池集人上城日同中」平仄相間方式排列。

〈白雪樓賦〉原以「樓起碧空名標曲雅」為韻，易其次第，以「樓

碧空起名曲標雅」平仄相間方式排列。

〈多稼如雲賦〉原以「遍野連山如雲委積」爲韵，易其次第，以
　　「雲積連遍山委如野」平仄相間方式排列。

〈離人怨長夜賦〉原以「別思方深寒宵苦永」爲韵，易其次第，
　　以「深苦方永寒思宵別」平仄相間方式排列。

〈秋夜七里灘聞漁歌賦〉原以「明月白露光陰往來」爲韵，易其
　　次第，以「明月來白光露陰往」平仄相間方式排列。

〈涼風至賦〉原以「律變新秋蕭然遂起」爲韵，易其次第，以「秋
　　律然起新變蕭遂」平仄相間方式排列。

〈綴珠爲燭賦〉原以「有光照夕深宮朗然」爲韵，易其次第，以
　　「光夕然朗宮照深有」平仄相間方式排列。

〈珠塵賦〉以「輕細若塵風來遂起」爲韵，易其次第，以「塵起
　　輕細風若來遂」平仄相間方式排列。

〈琉璃窗賦〉原以「日爍煙融如無礙隔」爲韵，易其次第，以「煙
　　爍融隔無礙如日」平仄相間方式排列。

〈沛父老留漢高祖賦〉原以「願止前驅得申深意」爲韵，易其次
　　第，以「前止申得深意驅願」平仄相間方式排列。

〈四皓從漢太子賦〉原以「俱出山中共輔明德」爲韵，易其次第，
　　以「中出俱共明輔山德」平仄相間方式排列。

〈端午日獻尙書爲壽賦〉原以「誠以古書資乎聖壽」爲韵，易其
　　次第，以「書聖誠古資以乎壽」平仄相間方式排列。

〈武關賦〉原以「海內無事重關不修」爲韵，易其次第，以「關
　　內修海無不重事」平仄相間方式排列。

〈闕里諸生望東封賦〉原以「聖德光被人思告誠」爲韵，易其次
　　第，以「誠德光被思聖人告」平仄相間方式排列。

〈義路賦〉原以「言有君子得行斯路」爲韵，易其次第，以「行
　　得斯有言子君路」平仄相間方式排列。

〈跬步千里賦〉原以「審乎致遠行之在人」爲韵，易其次第，以

「行致乎遠之審人在」平仄相間方式排列。

〈盛德日新賦〉原以「脩乃無己堯舜何遠」為韻，王棨無異動其次序。

〈一賦〉原以「為文首出得數之先」為韻，易其次第，以「文得先出為數之首」平仄相間方式排列。

〈樵夫笑士不談王道賦〉以題為韻，易其次第，以「夫士樵不王道談笑」平仄相間方式排列。

〈吞刀吐火賦〉原以「方士有如此之術焉」為韻，易其次第，以「焉術之有如士方此」平仄相間方式排列。

〈握金鏡賦〉原以「聖人執持照臨寰宇」為韻，易其次第，以「臨照人宇持執寰聖」平仄相間方式排列。

〈耕弄田賦〉原以「宮裏為田勸率耕事」為韻，易其次第，以「田裏宮事耕率為勸」平仄相間方式排列。

〈三箭定天山賦〉原以「遠仗皇威大降番騎」為韻，易其次第，以「威仗番騎降大皇遠」平仄相間方式排列。

〈倒載干戈賦〉原以「聖功克彰兵器斯戢」為韻，易其次第，以「功克兵器斯戢彰聖」平仄相間方式排列。

〈鳥求友聲賦〉原以「人自得求友聲之道」為韻，易其次第，以「聲友人自求道之得」平仄相間方式排列。

〈蟭螟巢蚊睫賦〉原以「天壤之間大小殊稟」為韻，易其次第，以「天壤間大之稟殊小」平仄相間方式排列。

〈延州獻白鶡賦〉原以「聖德遐及靈禽表祥」為韻，易其次第，以「遐德靈及祥表禽聖」平仄相間方式排列。

〈魚龍石賦〉原以「一川中石無不似之」為韻，易其次第，以「中一無似川不之石」平仄相間方式排列。

〈水城賦〉原以「有言河伯因作水城」為韻，易其次第，以「城伯言作河有因水」平仄相間方式排列。

〈手署三劍賜名臣賦〉原以「特書嘉號用獎賢能」為韻，易其次

第，以「賢獎嘉特能號書用」平仄相間方式排列。

〈馬惜錦障泥賦〉原以「因立路旁愁濡美飾」爲韵，易其次第，以「濡飾旁路愁美因立」平仄相間方式排列。

〈神女不過灌壇賦〉原以「飄風疾雨慮傷仁政」爲韵，易其次第，以「仁雨風慮飄疾傷政」平仄相間方式排列。

〈玄宗幸西涼府觀燈賦〉原以「春夕游幸見天師術」爲韵，易其次第，以「師術春幸天見游夕」平仄相間方式排列。

〈沈碑賦〉原以「陵谷久遷名績終在」爲韵，易其次第，以「終績陵久名谷遷在」平仄相間方式排列。

大抵題下限韵的字都兼釋題義或提示出處。從上面賦作中不難看出每首題下限韵的字都有疏解題義的作用，但以上除〈盛德日新賦〉原本即平仄相間，故未異動其次序外，其餘都爲了聲韵上的協調，全易以平仄相間的方式排列。由此可看出，在內容與形式兩相權衡下，王榮仍保有「律賦應繼承駢賦講究音律諧協」的傳統觀念，且在其作品中表現出來。

二、限韵方式

唐賦限韵除上述八韵的平仄次序外，尚有「以題爲韵」和「以題中字爲韵」的規定。

（一）以題爲韵：又有押不押「賦」字的區別。浦銑《復小齋賦話》卷上：

> 唐賦限韵，有以題爲韵者，「賦」字或押或不押。姑舉一二：
> 如元稹〈郊天日五色祥雲賦〉、郭通〈人不易知賦〉、劉珣
> 〈渭水象天河賦〉，俱押「賦」字。王起〈元日觀上公獻壽
> 賦〉、王榮〈聖人不貴難得之貨賦〉、呂令問〈掌上蓮峯賦〉，
> 俱不押「賦」字。

呂令問〈掌上蓮峯賦〉和郭通〈人不易知賦〉題目同爲五字，題下均有「以題爲韵」字樣，但郭賦則連「賦」字入韵，全篇五韵；呂賦則只押「掌上蓮峯」四韵，不包括「賦」字。又元稹〈郊天日五色祥雲

賦〉和王起〈元日觀上公獻壽賦〉均「以題爲韵」，題目同爲八字。
但元稹押「賦」字，共八韵；王賦不包括「賦」字，共七韵。而王棨
〈聖人不貴難得之貨賦〉因前八字意已足，且成八韵，故「賦」字不
押。可知賦題形式雖同，但「賦」字的取捨並無嚴格規定。

（二）以題中字爲韵：浦銑《復小齋賦話》卷上也云：

> 有以題中八字爲韵者，如王棨〈詔遣軒轅先生歸羅浮舊山
> 賦〉，隨意檢八字用也。有截取題中上幾字者，如〈漢武帝
> 遊昆明池見魚銜珠賦〉以題上七字爲韵；〈皇帝冬狩一箭射
> 雙兔賦〉以題上六字爲韵；〈曲直不相入賦〉以題中「曲、
> 直」二字爲韵是也。有以題爲韵次用者，如〈聖人苑中射
> 落飛雁賦〉是也。有限韵而依次用者，如〈審樂知政賦〉
> 是也。有不限韵而注任用韵者，如〈霓裳羽衣曲賦〉是也。

〈詔遣軒轅先生歸羅浮舊山賦〉題目十二字，王棨取「詔遣軒生歸舊
山賦」八字爲韵，雖是隨意檢用，如李調元《賦話》卷四云：

> 唐人限韵有云：以題爲韵者，則字字叶之；以題中字爲韵
> 者，則就中任用八字，不必字字盡叶。

但卻也遵守著四平四仄的準則，而易以「山詔生舊歸遣軒賦」平仄
相間方式排列。無論限韵的方式如何改變，王棨均能以熟稔的文筆
寫出符合當時格律的賦作，無怪乎李調元讚美他的賦作是「律賦正
楷」了。

三、題下限韵脫落

律賦之所以稱爲律賦，主要的特點就在於它有限韵，其目的無非
是在某一程度上，它可杜絕或減少預作的弊端和統一錄取標準，使其
考試的公平性不被質疑。清人王芑孫在《讀賦卮言》中云：

> 官韵之設，所以注題目之解，示程式之意，杜抄襲之門，
> 非以困人束縛之也。

可知題下限韵是當時科舉考試的一大特點。因此題下凡注明限韵字
的，大抵可視爲律賦，然有一些唐人賦作沒有題下限韵的字，可是其

句法格式聲音都跟律賦無甚差別，其實也可視之爲律賦。如《全唐文》卷五百三十七收有中唐裴度的十二首賦作，其中僅〈白鳥呈瑞賦〉缺題下官韵，然視其句法結構，實與其他十一首無異，全賦亦分八段，故可視爲律賦無疑。

題下無限韵，也許本來未加規定，也許由於傳抄或刊刻時遺漏了，亦有可能是作者私下練習的作品，所以也就不那麼謹嚴。在王榮的《麟角集》四十六首賦作中，就有三首題下無限韵字，但這不表示這三首不是律賦，我們試著以《賦譜》的律賦結構概念來分析這三首，看是否合乎當時賦律的條件。

（一）〈江南春賦〉

第一段：歸、菲、暉──上聲微韵（漫、長、隔）

第二段：僻、坼、隔──入聲昔麥陌通韵（發、緊、長、隔）

第三段：晴、城、榮、聲──下平聲清庚通韵（發、緊、長、緊、隔）

第四段：至、翠、地──去聲至韵（發、緊、長、隔）

第五段：煙、邊、連、船──下平聲先仙通韵（發、緊、緊、長、隔）

第六段：里、水、起──上聲止旨通韵（緊、長、隔）

第七段：遊、樓、愁──下平聲尤侯通韵（發、壯、長、發、隔）

第八段：極、國、北──入聲職德通韵（發、緊、長、漫）

全首八韵，平仄四韵相間，且句法合於律賦格式，故視之爲律賦，自無不妥。且《麟角集》附錄有陳黯〈送王棨序〉（見唐文粹九十八卷）云：「黯去歲自褒中還輦下，輔文出新試相示，其間有〈江南春〉篇，末云：『今日併爲天下春，無江南兮江北。』某即賀其登選於時矣……今春果擢上第。」文中「新試」當如《唐摭言》中所謂的「私試」，指準備考試的舉子私下練習的作品，可知此篇〈江南

春賦〉是王棨爲了考進士而練習的作品，故自然是律賦了。

（二）〈燭籠子賦〉

1. 器假人舉，名因燭彰。（緊句）顧虛薄以中朗，亦輝華而外揚。（長句）銀燄始然，俟提攜而就列；香塵久暗，希拂拭以增光。（輕隔）

2. 懿夫（發語）煥爛潛融，周旋宥密。（緊句）含明而每讓清晝，處晦而寧欺暗室。（長句）由是（發語）常患影孤，終期勢出。（緊句）倘明時而不用，在手何年；或薄質以見知，升堂有日。（重隔）

3. 觀乎（發語）表裏無隱，方圓可分。（緊句）亦猶（發語）春晝而花藏穀霧，秋宵而月在羅雲。（長句）照環堵之中，雖孤潔以由己；置瓊筵之上，實高低而在君。（密隔）

4. 矧其（發語）稟量既宏，爲功亦倍。（緊句）韜光之義可見，內熱之情斯在。（長句）今則（發語）抱影求眞，虛心有待。（緊句）若此許設于高明，亦願發其光彩。（漫句）

此篇乃干謁行卷之作，全文雖不似〈江南春賦〉八段分明，但唐律賦押韻字數本就初無定格，且這篇也應是私下練習之作，故不是那麼遵循考場規矩了。

第一段：彰、揚、光——下平聲陽韻（緊、長、隔）

第二段：密、室、出、日——入聲質韻（發、緊、長、發、緊、隔）

第三段：分、雲、君——上平聲文韻（發、緊、發、長、隔）

第四段：倍、在、待、彩——上聲賄韻（發、緊、長、發、緊、漫）

全賦四韻分四段，平仄相間，題下原無限韻。如果考慮到押韻字意思連貫的因素，那麼我們可以推斷，本篇有可能是以「光出雲彩」四字爲韻。

表列總結如下：

段落	句　式							用　　韻	韻　部	字數
	名稱	壯	緊	長	隔	漫	發	送		
第一段	頭		1	1	1				彰、揚、光	下平聲陽韵	40
第二段	項		2	1	1			2	密、室、出、日	入聲質韵	54
第三段	腹		1	1	1			2	分、雲、君	上平聲文韵	48
第四段	尾		2	1			1	2	倍、在、待、彩	上聲賄韵	45
總計			6	4	3	1		6	14 韻字	4 韻，2 平韻，2 仄韻	187

（三）〈松柏有心賦〉（附錄二之四十四）

此爲一篇詠物之作。

第一段：持、之、時、期——上平聲支韵（緊、長、發、緊、隔）

第二段：直、側；棘、測、得——入聲職韵（發、緊、長、緊、長、隔）

第三段：搖、彫、飈——下平聲蕭韵（長、長、隔）

第四段：晚、損、本——上聲阮韵（發、緊、發、長、隔）

第五段：寒、攢、端——上平聲寒韵（緊、長、隔）

第六段：柳、否——上聲有韵（長、長）

第七段：凌、稱、增、弘——下平聲蒸韵（發、緊、長、發、緊、發、隔）

第八段：貴、謂——去聲末韵（發、緊、隔）

此賦一如〈江南春賦〉八韵段落分明，且平仄相間，依次排列。符合《賦譜》：「至今新體分爲四段，初三、四對……。都八段，段轉韵，發語爲常體。」的格式，所以也是一篇合符標準的律賦。

根據王棨律賦押韵，常常變動次序的規律推測，此賦也許是以「時

晚彫否，端直稱貴」爲韵。此外，在《文苑英華》卷一四五、《全唐文》卷九五六中還有一篇上官遜的〈松柏有心賦〉（附錄二之四十五），題下限以「君子得禮歲寒不變」爲韵。

上官遜此賦所押韵爲三平五仄，次序爲平仄仄仄仄平平仄，而王棨之賦爲四平四仄，平仄相間。從押韵整飭與否來看，上官之賦時代可能較早。由押韵情況推測，王棨此賦可能本是一首題下有限韵的賦作，只是限韵可能後人傳抄時缺漏，或當初王棨只是拿平仄相間的八個韵來私下練習，並無固定的八個韵字也未可知。總之，題下有限韵的字是律賦，但題下無限韵字的不見得就不是律賦，必須從賦體本身的聲律、句法結構、押韵方式等方面去判別，才不至造成遺珠之憾。

四、特殊用韵

上下聯不同韵而用一個對句解決兩韵字的方法稱之爲「解鐙」，此乃一種權宜之計而非常式。在王棨〈聖人不貴難得之貨賦〉中亦有此種情形：「只如照車于魏，徒稱徑寸之貴；易地于秦，虛重連城之珍。一則受欺于強國，一則見屈于聖人。豈若端耳目，寂形神。……」「魏」與「貴」協韻，「珍」與「人」協韻，在一聯隔句對中處理兩韵。唐抄本《賦譜》：「又有連數句爲一對，即押官韵兩個盡者，若〈駟不及舌賦〉云：『嗟夫，以駸駸之足，追言言之辱，豈能之而不欲；蓋喋喋之喧，喻駿駿之奔，在戒之而不言。』〔註3〕是則「言」與「欲」並官韵，而「欲」字故以「足」、「辱」協，即與「言」爲一對。如此之輩，賦之解鐙，時複有之，必巧乃可；若不然者，恐識爲亂階。」此種方式即爲「解鐙」，是律賦押韵取巧之隨機應變方法。

《文鏡祕府論》西卷引〈文筆十病得失〉：

賦頌有第一、第二、第三、第四，或至第六句相隨同類韵者，如此文句，倘或有焉，但可時時解鐙耳，非是常式；

〔註3〕載《文苑英華》卷九二。

　　　五三文內，時一安之，亦無傷也。

可見《賦譜》在律賦的正格之外，也允許變革合理存在，並非死究格法而不知變通的迂腐之作〔註4〕。

結　語

　　通過對王棨賦限韵的分析，我們可以得出如下結論：

　　其一、唐律賦以八字韻為主，且題下限韻的字大抵兼有解釋題義或提示出處的作用，綜觀王棨的四十六首律賦，除〈燭籠子賦〉僅四韻外，其餘皆為八字韻，與當時人用韻習慣相符。

　　其二、自中唐之後，律賦限韻逐漸向四平四仄發展，但八字韻的次序並無嚴格規定，可依次或不依次。然王棨主張律賦在押韻上應講究平仄交替，音律協暢，故其賦作改易原來的限韻字的次第，每一段全以平仄相間的次第排列，此法也開啓了晚唐和宋初律賦出題，限韻字以一平一仄相間而出的先河。

　　其三、律詩和律賦都是需要押韻的，但律賦押韻不似詩之刻板，而可「韻隨意轉」，王棨四十六首賦中，幾乎每篇都對偶精切，用韻繁密，四十六篇共用了 363 個韻，1236 個韻腳，平均每韻用 3.4 個韻字，可見其換韻換字之頻仍。這種情況說明，律賦用韻比律詩用韻顯得寬泛自由一些。

　　其四、一般認為《廣韻》代表唐人詩賦押韻習慣，宋金以後的平水韻反映宋人以後詩賦的押韻習慣。檢討王棨律賦用韻卻發現一個現象：在一個韻段中所用韻字，如果用《廣韻》檢驗，可能跨越了好幾個韻，有的在《廣韻》中注明可以通用，有的相隔甚遠，難以認定為同一韻部；而用平水韻系列的韻書，甚至清人所修的《佩文韻府》來檢驗，則大部分都在一個韻中。這種現象說明什麼？是否《廣韻》的韻部分類繼承了六朝韻書的韻部，比較刻板；而王棨等人律賦的用韻

〔註 4〕參見詹杭倫：《唐宋賦學新探講義》，頁 42。

更真實地反映了中晚唐以後實際的語音變化趨勢？這些問題本文尚不能解答，需要音韻學家通檢唐代律詩律賦用韻，並與前後韻書所分韻部作出詳細地比較分析，才能得出合理的結論。

第二節 句法與字數

一、句 法

律賦的句法，據《賦譜》所言：

> 凡賦句有壯、緊、長、隔、漫、發、送，合織成，不可偏舍。

所謂「壯」，指三字句，如「隴山下，汧水中」（〈魚龍石賦〉）；「經其所，感其事」（〈武關賦〉）；「循其軌，游其藩」（〈義路賦〉）；「宅八極，家四海」（〈盛德日新賦〉）。

所謂「緊」，指四字句，如「大自小成，遐因邇至」（〈跬步千里賦〉）；「皇德彌盛，宸心未休」（〈盛德日新賦〉）；「李陵呼時，荊軻去日」（〈一賦〉）；「德邁三代，功超百王」（〈樵夫笑士不談王道賦〉）。

所謂「長」，指五字至九字句。

五字句如「自天竺來時，當西京暇日」（〈吞刀吐火賦〉）；「懷德兮如斯，好生兮何已」（〈盛德日新賦〉）。

六字句如「詎端拱而見捨，諒臨朝而盡執」（〈握金鏡賦〉）；「既聞興國之言，亦有傾城之顧」（〈一賦〉）。

七字句如「高宗乃將鉞斯授，仁貴而君恩是仗」（〈三箭定天山賦〉）；「是山中拾箭之際，正洞裏觀棋之後」（〈樵夫笑士不談王道賦〉）。

八字句如「士非君則好爵奚取，君非士則休聲不揚」（〈樵夫笑士不談王道賦〉）；「至明者莫尚乎金鏡，可類者莫先乎聖心」（〈握金鏡賦〉）。

九字句如「以此行道而大道復隆，以此移風而元風再播」、「若

不去其奢而返其本，必將揭爾篋而控爾頤。」（〈聖人不貴難得之貨賦〉）。

《作文大體》長句：「從五字至九字用之，或云十餘字，有對，可調平，他聲。或施頭，或施腹，賦或尤見可施賦也。」在〈手署三劍賜名臣賦〉中有十字句：「非霜刃無以表汝之庸勳，非乾文無以重予之慶賞」；〈魚龍石賦〉中有十一字句：「徒使漁人川上而幾迴顧盼，仍令豢氏路旁而終日跼蹰。」；〈沈碑賦〉：「但覺潭邊春盡而遺芳不歇，更憐川上時移而茂躅難遷。」，誠如《賦譜》所云：「六、七者堪常用，八次之，九次之。」十字句以上的長句非常式，故一般賦作中甚少見，在王棨賦作中亦僅此幾句。

所謂「隔」，指隔句對；隔句對又可細分為「輕、重、疏、密、平、雜」六種；

「輕隔」，指上四字，下六字的對句，

> 如「始觀其文，徒謂憂于沒齒，終窺其理，方知叶于流名」（〈沈碑賦〉）。

「重隔」，指上六字，下四字的對句，

> 如「乍捕蟬于上苑，不羨鶯遷；或報喜于丹墀，何慚鳳集」（〈延州獻白鵲賦〉）。

「疏隔」，指上三字，下不限字數的對句，

> 如「其貴也，則廉貞之風不生；苟賤焉，庶嗜欲之原可塞」（〈聖人不貴難得之貨賦〉）。

「密隔」，指上五字以上，下六字以上的對句，

> 如「雖娉婷淑態，所行皆正直之心；而倏閃陰徒，在處有晦冥之苦」（〈神女不過灌壇賦〉）。

「平隔」，指上下句都是四字或五字的對句，

> 如「持青囊兮，藥使旁隨；執絳節兮，橘僮先遣」（〈詔遣軒轅先生歸羅浮舊山賦〉）。

「雜隔」，指上四字，下五七八字；或下四字，上五七八字的對
　　　　句，

　　　　如「頻頓紅縼，雖造父而寧知所以；潛憂綠地，縱孫
　　　　陽而莫究其由」（〈馬惜錦障泥賦〉）。

《賦譜》指出，隔句對是律賦中運用頻率最高的賦句：

　　此六隔皆爲文之要，堪常用，但務暈淡耳，就中輕、重爲
　　最，雜次之，疏、密次之，平爲下。

浦銑《復小齋賦話》卷上也云：

　　唐人律賦，不必八韻皆有四六、或六韻、或三韻、四韻不
　　等，亦有全不用四六者，如……。律賦句法不可但用四六、
　　或六四、或七四、或四七。試取王輔文榮、黃元江滔、吳
　　子華融、陸魯望龜蒙諸家觀之，思過半矣。

又云：

　　四六、六四等句法，須相間而行。唐人唯王輔文曲盡其妙。

縱觀王榮的賦作，用隔句對的情形很普遍，如〈沛父老留漢高祖賦〉
中就用了九個隔句對，且都能「曲盡其妙」，也難怪浦銑要對他推崇
備至了。

　　所謂「漫」，指不對之句，常常用在賦頭或賦尾。

　　如「有宏節先生，棲遲上京」（〈貧賦〉）；「漢昭帝之御乾，時猶
眇年」（〈耕弄田賦〉）；「日暖風輕，有黃鳥兮關關嚶嚶」（〈鳥求友聲
賦〉）即用在賦之起首。

　　如「賴吾唐之聖君，四郊清矣」（〈水城賦〉）；「臣知合天地而日
新又新，豈致君子云遠」（〈盛德日新賦〉）；「臣知六五帝而四三皇，
實由握乎斯鏡」（〈握金鏡賦〉）即用在賦之煞尾。

　　所謂「發」，指發端之辭。《賦譜》云：「發語有三種：原始、提
引、起寓。」

　　「起寓」，指「士有、客有、儒有、我皇、國家、嗟乎、至矣哉、
大矣哉」之類，用在賦的頭、尾部位。

如「我后！君臨九有，仁被諸華」（〈延州獻白鵲賦〉）即放在賦頭。

如「大矣哉！因爾仁天，用藏兵柄」（〈倒載干戈賦〉）即放在煞尾。

「原始」，指「原夫、若夫、觀夫、稽其、伊昔、其始也」之類，用在賦的第二段「項」的部位。

如「嘉夫！地出貞姿，天成詭質」（〈魚龍石賦〉）

「提引」，指「泊夫、且夫、然後、然則」等表示轉折、遞進或結果的連詞，用在賦的中間部位。

如「稽夫！近遠甚夷，往來無苟」（〈義路賦〉）

所謂「送」，指語終之詞，如「也、而已、哉」之類用於煞尾的語氣詞。

如「予云俱弗如也」（〈白雪樓賦〉）

以上各類的賦句，是組成一首律賦的基本元素，不同的句式有不同的作用。《賦譜》又將各類賦句的用途用人的身體作了個形象的比喻：

> 凡賦以隔為身體，緊為耳目，長為手足，發為唇舌，壯為粉黛，漫為冠履。苟手足護其身，唇舌叶其度，身體在中而肥健，耳目在上而清明，粉黛待其時而必施，冠履得其美而即用，則賦之神妙也。

能掌握各種賦句組合運用的法門，且位置得宜不偏舍，則要寫出一篇合格律又富有美感的作品，就不是難事了。

二、字　數

唐代試詩賦除限韵外，又有限字。據《賦譜》云：

> 約略一賦內用六、七緊，八、九長，八隔，一壯，一漫，六、七發；或四、五、六緊，十二、三長，五、六、七隔，三、四、五發，二、三漫、壯；或八、九緊，八、九長，七、八隔，四、五發，二、三漫、壯、長；或八、九隔，

三漫、壯；或無壯；皆通。計首尾三百六十字。

《賦譜》認爲律賦的篇幅應爲三百六十字，此與唐貞元十四年（798）禮部以〈鑒止水賦〉爲題試進士，當時進士呂溫的《呂衡州集》注下云：「以『澄虛納照，遇象分形』爲韵，任不依次用，限三百五十字以上成。」字數相差無幾。而李調元《賦話》也云：「唐時律賦，字有定限，鮮有過四百者。」我們試看王棨的四十六首賦作，除題下關韵的〈燭籠子賦〉僅一百八十七字、〈曲江池賦〉四百六十二字外，其餘四十五篇篇幅大致在三百五十字至四百字之間，與當時的試賦規定標準相符合。

結　語

　　律賦的句法，據《賦譜》所言，有壯、緊、長、隔、漫、發、送幾種，在一篇賦中，這些句式的作用是不同的。今將王棨四十六首律賦所使用的句形加以統計，發現壯句有 35 句；緊句有 390 句；長句有 429 句；有 275 個隔句對，平均每首律賦用了 0.7 個壯句；8.5 個緊句；9.3 個長句；6 個隔句對。在長句中最常使用的爲六言，共 255 句，佔長句總數的 59％，其次爲七言長句，共 150 句，佔長句總數的 35％。而在隔句對中，更是大量使用四六隔句對，共有 208 句，佔全部隔句對的 76％，可知律賦除深受六朝駢文的影響外，韓柳所領導的古文運動，及後來元白的推波助瀾，都使律賦受到影響。長句的運用有使賦作結構疏宕的效果，四六隔句對則有使賦作結構整飭的效果，多種賦句交織配合可使賦作語言結構疏密相間，暈淡有致，故晚唐王棨大量使用長句及四六隔句對，正是賦作語言結構美化的表現。

　　至於在字數方面，從《賦譜》及呂溫禮部試〈鑒止水賦〉中的觀點得知，唐人通常將試賦篇幅訂在三百五十字至四百字之間，以王棨的四十六首觀之，除〈燭籠子賦〉不足四百字，〈曲江池賦〉超過四百字外，其餘皆在此範圍內，合格率高達 98％，可知王棨在內容上雖已拓寬了律賦的內容題材，但在形式上則仍恪守時人的試賦規定。

第三節　段落結構

律賦的結構也有一定的規律可循，《賦譜》對律賦段落結構說道：

> 凡賦體分段，各有所歸。……至今新體分爲四段：初三、四對，約三十字爲頭；次三對，約四十字爲項；次二百餘字爲腹；最末約四十字爲尾。就腹中更分爲五：初約四十字爲胸，次約四十字爲上腹，次約四十字爲中腹，次約四十字爲下腹，次約四十字爲腰。都八段，段轉韵，發語爲常體。

> 近來官韵多勒八字，而賦體八段，宜乎一韵管一段，則轉韵必待發語，遞相牽綴，實得其便，若〈木鷄〉是也。若韵有寬窄，詞有短長，則轉韵不必待發語，發語不必由轉韵，逐文理體制以綴屬耳。

這段話把律賦的段落結構敘述得非常清楚，爲了理論與作品互證，下面即以〈蹞步千里賦〉（附錄二之四十六）爲例，作一具體剖析：

此篇乃出自《荀子·勸學篇》。〈勸學〉爲荀書的首篇，說明其教育思想，與強調爲學之重要。荀子主張性惡，而重視後天經驗之學，〈性惡〉曰：「人之性惡，其善者僞也。」「僞」者，人爲，即指爲學而言。所以荀子認爲「學」是通向善的唯一途徑，不僅才能方面如此，德性方面更是必須憑著後天的學習才能成就其道德上的偉大，可知學的重要性，而其方法即是「專一」。依荀子之意，人不能自善，必待「積習」而爲善，故云：『不積蹞步，無以致千里；不積小流，無以成江海。』學必由「積」而成。積成之後，便可無入而不自得。所以「積土成山，風雨興焉；積水成淵，蛟龍生焉；積善成德，而神明自得，聖心備焉。」由此可見「積習」在荀子成德之學中的重要性。因此《歷代賦彙》按照內容性質將之選入卷六十八《性道類》。

一、賦　頭

此賦以「審乎致遠，行之在人」爲韵。首段「行」字韵寫道：

彼道雖遠，唯人可行。（緊句）積一時之跬步，臻千里之遙程。（長句）亦如（發語）塵至微而結成山嶽，川不息而流作滄瀛。（長句）

以上爲「賦頭」，凡三十八字，包括發、緊、長三種句式。首段破題，直接點出「學以積成」的主旨。

二、賦　項

次段「致」字韻寫道：

是則（發語）大自小成，遐因邇至。（緊句）理苟均于積素，義必資乎馴致。（長句）莫不（發語）究其攸往，明其所自。（緊句）不因布武之間，那及同舟之地。（長句）終尋高躅，必可繼于飛鴻；不躡前蹤，安得齊乎赤驥。（輕隔）

以上爲「項」，凡六十四字，包括發、緊、長、隔四種句式。這一段亦緊扣「登高必自卑，行遠必自邇」此一主題，爲下文鋪墊。

三、賦　胸

三段「乎」字韻寫道：

是則（發語）欲追迢遞，無或踟蹰。（緊句）始謂（發語）與其進也，不亦遠乎！（緊句）玉趾勤遷，諒金城之可越；方城漸近，寧漢水之難逾。（輕隔）

以上爲「胸」，凡四十字，包括發、緊、隔三種句式。此段以勇於前行，便可致遠來印證主題，加強說理。

四、賦　腹

四段「遠」字韻寫道：

矧夫（發語）高以下爲著，顯以微爲本。（長句）既曳踵以將至，蓋執心而忘返。（長句）行行莫止，豈辭明月之程；去去不停，寧憚黃雲之遠。（輕隔）

以上爲「上腹」，凡四十四字，包括發、長、隔三種句式。這一段亦打好基礎，堅持前進來反覆論證主題，以達到深刻文意的作用。

五段「之」字韵寫道：

> 但勉行之，終能及 之 。（緊句）苟循途而坦坦，盍履道以孜
> 孜。（長句）如肯裂裳，自等聚糧之義；豈勞由徑，當齊命
> 駕之期。（輕隔）

以上為「中腹」，凡四十字，包括緊、長、隔三種句式。這一段亦承
上段的模式，以《莊子》「聚糧」的典故來呼應闡發次段的「行」。

六段「審」字韵寫道：

> 得非（發語）務進彌專，遄征有稟。（緊句）念踽踽以無怠，
> 故儦儦而茲甚。（長句）自勤跋涉，邯鄲之學全殊；不暇因
> 循，燕宋之遙可 審 。（輕隔）

以上為「下腹」，凡四十二字，包括發、緊、長、隔四種句式。
這一段以「邯鄲學步」的典故反襯，道出「專一」的重要性。

五、賦　腰

七段「人」字韵寫道：

> 然而（發語）志勿休者，雖難必易；行不止者，雖遠必臻。
> （平隔）亦由（發語）積水為瑩冰之始，層臺實累木之因。
> （長句）大道能遵，終及奔馳之子；中途儻廢，誠慚跛躄
> 之 人 。（輕隔）

以上為「腰」，凡五十四字，包括發、緊、長、隔四種句式。這一段
強調「積」與「行」的重要性，藉以論述儒家「鍥而不捨」的治學態
度。

六、賦　尾

八段「在」字韵寫道：

> 別有（發語）蹋躓負末，躊躇斯 在 。（緊句）將欲（發語）
> 拔跡霄漢，超蹤寰海。（緊句）或能（發語）開道路，解縶
> 維，則千里之途可待。（漫句）

以上為「賦尾」，凡三十五字，包括發、緊、漫等句式。以上總結，
希望後人能秉持「積微」、「專一」的態度來為學行事，既點出主題，

也收束全文。

全賦共三百五十七字，符合試賦要求〔註5〕。從立意方面來看，王棨將荀子論治學之方法從各個角度舉出歷史上眾人熟知的例證，使人備感親切而易於接受，並使人心生警惕而深切反省，達到荀子「勸」的目的。從技法錘鍊方面來看，此賦善於運用虛字，每段起首大都以虛字領起，使全文脈絡緊密相銜，文字前後彼此照應。且善於以典故為借鏡，不僅可突顯、烘托主題，還能達到加深印象，避免煩瑣的缺弊。在押韻上此賦也符合《賦譜》：「宜乎一韻管一段，則轉韻必待發語」的規定，但並未按照限韻依次用韻，而易以平仄相間的方式構段，這是王棨賦作為求聲律協調所做的改易，至使後代考官亦循此平仄相間，依次用韻的方式來為賦題限韻。

第四節　用　典

用典，也稱「事類」，《文心雕龍・事類篇》云：「事類者，蓋文章之外，據事以類義，援古以證今者也。」此種「據事類義」援用古今事典來渲染情感、徵驗理論的技巧，在辭賦中一直被廣泛運用，除了可使語言更加精鍊、風格典雅外，也可引發聯想、諷喻寄托、豐富內容，故自漢魏以後，用典成為文人炫示才學的方式之一，迨晉宋以後的駢文，用典更蔚為風尚。至唐宋律賦時，用典不僅「繁密」，更要求「巧妙」。李調元《賦話》卷五稱：「唐人雅善言情，宋人則極講使事。」此說雖然反映出唐宋律賦不同的時代特色，但並不能證明唐人賦就不講使事，宋人賦就不講言情。其實，唐人律賦在用典使事方面的成就也頗為可觀。至于要如何運用故實而「墨痕都化」，浦銑《復小齋賦話》卷上云：「食古而化，乃為善用故實，若堆垛填砌，毫無生趣，奚取哉！」今傳《濟南先生師友談記》亦載秦觀有關律賦用事

〔註 5〕關於試賦字數，宋承唐制。《宋史》卷一百五十六〈選舉二〉：「翰林學士洪邁言：貢舉令賦限三百六十字，論限五百字。」

的言論：

> 少游云：賦中用事，唯要處置。才見題便類聚事實，看緊
> 慢分布在八韻中。如事多者，便須精擇其可用者用之，可
> 以不用者棄之。不必惑于多愛，留之徒爲累耳。如事少者，
> 須于合用者先占下，別處要用，不可那輟。

> 少游言：賦中用事，如天然全具，對屬親確者，固爲上；
> 如長短不等，對屬不的者，須別自用其語而裁剪之，不可
> 全務古語而有疵病也。譬如以金爲器，一則無縫而甚陋，
> 一則有縫而甚佳，然則與其無縫而陋，不若有縫而佳也。

> 有縫而佳，且猶貴之，無縫而佳，則可知矣。〔註6〕

用事除「善於選擇」，且要「善於剪裁」，這兩段話既是秦觀的經驗之談，也是前人在律賦創作中使典用事的技巧傳承，如清人侯心齋在《律賦約言》中曾提到賦中用事的兩個要點，一是貴儲料：「平時多閱子史諸部，取其新麗可用，人人易曉者，分摘備用。杜韓詩句句有用，最宜熟讀。拈題後，就題之四面八方選料。正面之料原有限，妙于用比、用襯、用借、用附，便覺人苦幹索，我獨有餘。」二是貴用筆：「賦之不能使典，筆不活也。昔人作《腐草爲螢賦》，苦無典。有人戲以『青青河畔草』及『囊螢』事語之，便成一聯云：『昔日河畔，曾叨君子之風；此日囊中，還照聖人之典。』遂成好句。何憂腹儉耶？故知賦能用筆，則善取風姿，熟事都成異彩。無筆而妄填，欲逞博，徒取厭耳。」侯氏所論與秦觀之說可謂英雄所見略同〔註7〕。

可知律賦的用事，已擺脫前人那種堆垛填砌、盲目貪多的初始狀況，從而進入了能根據實際需求，擇優而用的自覺階段。

有關用典之種類，張仁青認爲大略分三種，一爲用事，即徵引古人古事以比況今人今事者；二爲用詞，即徵引古人之話語或擷取古籍

〔註6〕引自《百部叢書集成》之二《百川學海》李廌撰，台北：藝文印書館，頁6。

〔註7〕轉引自詹杭倫《唐宋賦學新探講義》，逢甲大學中文系博士班課程，2003年秋，頁110。

中之成語入文者；三爲事詞合用，即徵引古事及古語合並入文者。至
于用典之方法，張氏認爲可歸納爲五種，即明用、暗用、反用、借用
和活用〔註8〕。以下即以此方法分析王棨律賦中之用典：

一、明　用

明用即明言其人或明引其事，一望即知用典者，此乃最常用之用
典方法。今舉例說明如下：

1. 網不入于污池，斯言莫偶；斧以時于林藪，厥義難侔。（〈牛
羊勿踐行葦賦〉）

「網不入于污池」、「斧以時于林藪」乃明用《孟子‧梁惠王上》：
「數罟不入洿池，魚鱉不可勝食也；斧斤以時入山林，材木不可勝用
也。」來闡論王化之本，首在使民足食。

2. 荒涼三徑，重開蔣詡之蹤；寂寞一瓢，深味顏回之道。（〈貧
賦〉）

此乃明用蔣詡與顏回二人之史事。蔣詡事見《三輔決錄》卷一：「蔣
詡，字元卿，隱於杜陵。舍中三徑，惟羊仲、求仲從之游。二仲皆挫
廉逃名。」以此典形容退隱田園或寄情山水，不留戀塵世名利。顏回
事見《論語‧雍也》：「賢哉！回也，一簞食，一瓢飲，在陋巷，人不
堪其憂，回也不改其樂。賢哉！回也。」謂能安貧樂道，不改其志。

3. 播以樂章，八音而盡善盡美；導乎邦政，萬物而無偏無頗。（〈盛
德日新賦〉）

上句「八音」乃明用《周禮‧春官》：「播之以八音，金、石、土、
革、絲、木、匏、竹。」謂以和諧之樂音來薰陶教化人民。

下句「無偏無頗」語出《尚書‧洪範》：「無偏無頗（陂），遵王
之義。」謂當循先王之正義以治民。

4. 不羨石崇之館，樹列珊瑚；豈慚韓嫣之家，床施玳瑁。（〈琉

〔註 8〕張仁青《駢文學》，臺北：文史哲出版社，民國 73 年 3 月，頁 148，
153。

璃窗賦〉)

此乃明用石崇與韓嫣二人之史事。前者出自《晉書・石苞傳》卷三十三:「（崇）與貴戚王愷羊琇之徒以奢靡相尚……武帝每助愷,嘗以珊瑚樹賜之,高三尺許,枝柯扶疏,世所罕比。愷以示崇,崇便以鐵如意擊之,應手而碎。愷既惋惜又以為嫉己之寶,聲色方厲。崇曰:『不足多恨,今還卿。』乃命左右悉取珊瑚樹,有高三四尺者六七株,條幹絕俗,光彩耀日。」

後者出自晉・葛洪《西京雜記》卷下:「韓嫣以玳瑁為床。」二者皆用以形容人之豪富奢侈。

5. 泛濫扁舟,逸興無慚于范蠡;沈浮芳餌,高情不減于嚴光。(〈秋夜七里灘聞漁歌賦〉)

此明用范蠡與嚴光二人之史事。范蠡事見《國語・越語下》:「反至五湖,范蠡辭于王曰:『君王勉之,臣不復入越國矣。……』遂乘輕舟以浮於五湖,莫知其所終極。」嚴光事見晉・皇甫謐《高士傳》:「嚴光字子陵,會稽餘姚人也。少有高名,同光武游學。及帝及位,光乃變易姓名,隱逝不見。」二典皆以形容人不圖富貴,隱居山澤。

二、暗 用

暗用即徵引故實須渾然天成,驟視之不知其用典,詳察之乃知實有出處,亦即將典故融解于句中而不露痕迹,此乃運典之至高境界,其例說明如下:

1. 見魚水相逢之際,是雲龍契會之初。(〈手署三劍賜名臣賦〉)

此二句看似描述天上、水中的尋常之景,而實暗用典故。上句引自《三國志・蜀志・諸葛亮傳》:「先主與亮情好日密,關羽、張飛等不悅,先主曰:『孤之有孔明,猶魚之有水也。』」下句出自《易經・乾卦》:「雲從龍,風從虎,聖人作而萬物覩。」此二典皆用以喻君臣之遇合。

2. 春風澤畔，如生遂字之心；落日山邊，盡認下來之道。(〈牛
   羊勿踐行葦賦〉)

上聯暗用《漢書》卷六十四下《嚴朱吾丘主父徐嚴終王賈傳》：
「刑罰少，則陰陽和，四時正，風雨時，草木暢茂，五穀蕃孰，六
畜遂字，民不夭厲，和之至也。」下聯暗用《詩經‧王風‧君子于
役》：「日之夕矣，牛羊下來。」又杜甫詩《日暮》：「牛羊下來久，
各已閉柴門。」

3. 翻成浪迹，全忘枕上之身；卻憶浮生，窵異遼東之趣。(〈夢
   爲魚賦〉)

上聯暗用唐人沈既濟的傳奇〈枕中記〉。下聯暗用丁令威的故事，
《搜神記》載：「遼東城門有華表柱，忽有一白鶴集柱頭。時有少年
舉弓欲射之，鶴乃飛，徘徊空中而言曰：『有鳥有鳥丁令威，去家千
歲今來歸。城郭如故人民非，何不學仙冢壘壘。』遂高上沖天。」

4. 恨添壯士，朝晴而易水寒生；愁殺騷人，落日而洞庭波起。
   (〈涼風至賦〉)

上聯暗用荊軻的故事。下聯暗用《楚辭‧湘夫人》：「裊裊兮秋風，
洞庭波兮木葉下。」

5. 遙觀增逝之姿，似隨風退；潛究知還之意，不爲途窮。(〈迴
   雁峰賦〉)

上聯暗用《孟子‧離婁章句下》：「鳶鵲蒙害，仁鳥增逝。」，下
聯暗用「阮籍縱車於途，途窮輒慟。」(《歷代名賢確論》卷八十八)

三、反 用

反用即將典故之意義反轉過來運用，其例如下：

1. 頻頓紅纓，雖造父而甯知所以；潛憂綠地，縱孫陽而莫究其
   由。(〈馬惜錦障泥賦〉)

據《史記‧趙世家》載：「造父善御，王使造父御，西巡狩，樂
之忘歸。」伯樂事見《莊子‧馬蹄》：「及至伯樂，曰：『我善治馬。』」

釋文：「伯樂，姓孫，名陽，善馭馬。」作者反用二典，說明此時不渡水之馬，連善馭之造父、善治馬之伯樂也莫可奈何！

2. 況乎左負滄海，前臨孟津。樂毅將攻而莫可，魯連欲下以無因。（〈水城賦〉）

此乃運用《史記‧魯仲連列傳》：「燕將攻下聊城，聊城人或讒之燕，燕將懼誅，因保守聊城，不敢歸。齊田單攻聊城歲餘，士卒多死而聊城不下。魯連乃為書，約之矢以射城中，遺燕將。書曰：『……』燕將見魯連書，泣三日，猶豫不能自決……乃自殺。聊城亂，田單遂屠聊城。」《東周列國志》第九十五回：「獨樂毅自引燕軍，長驅深入，所過宣諭威德，齊城皆望風而潰，勢如破竹，大軍直逼臨淄。」二典，本指魯連與樂毅之謀略高妙，以智克敵，而作者在此乃用以反襯城之堅固，連魯連、樂毅亦無法攻下。

3. 離婁俯視，莫得見其形容；師曠俛聽，曾未聞乎聲響。（〈蟭螟巢蚊睫賦〉）

《孟子‧離婁上》漢‧趙歧注：「離婁，古之明目者，黃帝時人也。皇帝亡其玄珠，使離朱索之，離朱即離婁也，能視，于百步之外見秋毫之末。」、《左傳‧襄公十八年》：「晉人聞有楚師，師曠曰：『不害。吾驟歌北風，又歌南風；南風不競，多死聲，楚必無功。』」此以能見秋毫之末的離婁莫見其形體、聽覺特聰的師曠未聞乎聲響來反襯蟭螟之渺小。

4. 誠匪揠苗之後，猶疑荷鍤之初。（〈多稼如雲賦〉）

上句反用《孟子‧公孫丑上》「揠苗助長」的故事。下句反用《後漢書‧班彪傳》：「決渠降雨，荷臿成雲，五穀垂穎，桑麻敷棻。」

5. 魏國飛時，頓失照車之體；陳王望處，全無凝樹之猜。（〈珠塵賦〉）

上聯反用《史記‧田敬仲完世家》「寶珠照車」的典故。下聯反用宋謝莊〈月賦〉：「陳王（曹植）初喪應劉，端憂多暇，綠苔生閣，

芳塵凝榭。」（載《南史·陳本紀》）的典故。

四、借　用

借用即僅用古人詞語，而不用其文意，與對偶法之「借對」、「假對」有異曲同工之妙。其例如下：

1. 張翰庭前暗度，正憶鱸魚；班姬帳下爰來，已悲紈扇。（〈涼風至賦〉）

上句乃借用《世說新語·識鑒》：「張季鷹辟齊王東曹掾，在洛見秋風起，因思吳中菰菜羹，鱸魚膾，曰：『人生貴得適意爾，何能羈宦數千里以要名爵！』遂命駕便歸。」後以此典形容人不爲名利羈絆，適意放達；或用以形容人在外思鄉歸隱。

下句乃借用《漢書·外戚傳》：「班婕妤及許皇后皆失寵，……婕妤恐久見危，求供養太后長信宮，上許焉。」《文選·班婕妤〈怨歌行〉》：「新裂齊紈素，皎潔如霜雪。裁爲合歡扇，團團似明月。出入君懷袖，動搖微風發。長恐秋節至，涼風奪炎熱。棄捐篋笥中，恩情中道絕。」後以此典形容失寵遭受冷落或用以表現孤寂冷落，淒婉哀怨的情感。

然此作者僅用其詞語來描寫肅殺的秋風所帶給人的感受，與原典之意無關。

2. 中猶蘊玉，尚含呂望之璜；誰取支機，已在葉公之牖。（〈魚龍石賦〉）

上句乃引自《史記·齊太公世家》：「太公望呂尚者，東海上人。……周西伯獵，果遇太公于渭水之陽，與語大悅，曰：『……吾太公望子久矣。』故號之曰"太公望"，載與俱歸，立爲師。」後以此典表示賢士隱居，待時而動或描寫君臣遇合，共取天下。

下句乃出自漢·劉向《新序·雜事》，言子張以"葉公好龍"之故實暗指魯哀公之不好士，後以此典指表面上愛好，而並非眞的愛好。王棨此二句乃借用以描寫魚的神出鬼沒、動作靈活，並無原典之

寓意。

    3. 縱下客之雞鳴，將開莫可；任公孫之馬白，欲度無由。(〈武
      關賦〉)

上聯借用「燕丹去秦，夜到關。關門未開，丹爲雞鳴，衆雞皆鳴。
遂得逃歸」的故事(《藝文類聚》卷六)。又《史記》載孟嘗君事與此
類同。下句借用《公孫龍子》:「白馬非馬」的典故。二者皆僅僅借用
字面，與典故本意無關。

    4. 蝶影爭飛，昔日吳娃之徑；楊花亂撲，當年桃葉之船。(〈江
      南春賦〉)

「吳娃」爲春秋戰國時越地美女，白居易有〈憶江南〉詞云:「江
南憶，其次憶吳宮。吳酒一杯春竹葉，吳娃雙舞醉芙蓉。早晚複相逢?」
桃葉據說是王羲之的小妾，王有〈桃葉歌〉三首，其一云:「桃葉復
桃葉，渡江不用楫。但渡無所苦，我自迎接汝。」本賦借用「吳娃」、
「桃葉」之典，只是強調小路、游船之古老風雅，不必坐實爲原典之
人之地。

    5. 皓月斜臨，陸機之毛髮寒矣；鮮飆如透，滿奮之神容凜然。(〈琉
      璃窗賦〉)

上聯「陸機髮寒」之典源查無實據，唯有《太平禦覽》卷十二引
《陸機別傳》曰:「機誅日，平地尺雪，時人以爲冤。」或可產生聯
想。下聯典出《世說新語·言語》:「滿奮畏風，在晉武帝坐，北窗作
琉璃扇屏風，實密似疏，奮有難色。帝笑之，奮答曰:『臣猶吳牛，
見月而喘。』」由此可見，「畏寒」其實是與滿奮有關之典故，陸機在
此也許是借用來與滿奮配對。

五、活　用

活用即根據自己表達情意之需求，不拘時間和空間之限制，而將
典故翻新地靈活運用。其例如下:

    1. 纍纍交暎，曾無見跋之嫌；爛爛相鮮，誰起偷光之想。(〈綴

珠爲燭賦〉）

此乃活用《禮記·曲禮上》：「燭不見跋。」及晉·葛洪《西京雜記》卷二：「匡衡字稚圭，勤學而無燭。鄰居有燭不逮，衡乃穿壁引其光，以書映光而讀之。」之典，極言珠之亮光夜久逾明。

2. 不知我者，笑淪棄于目前；庶知我焉，諒昭彰於身後。（〈沈碑賦〉）

《詩經·王風·黍離》篇有云：「知我者，謂我心憂。不知我者，謂我何求。」本賦乃活用〈黍離〉篇之句式。

3. 我展轉以空床，固難成夢；君盤桓於旅館，豈易爲腸。（〈離人怨長夜賦〉）

上聯活用《詩經·周南·關雎》篇：「求之不得，寤寐思服。悠哉悠哉，輾轉反側。」

4. 此時游子，只添歧路之愁；何處逸人，頓起江湖之趣。（〈秋夜七里灘聞漁歌賦〉）

上聯活用王勃〈送杜少府之任蜀州〉：「無爲在歧路，兒女共沾巾。」，下聯活用唐人李隆基〈王屋山送道士司馬承禎還天臺〉詩：「紫府求賢士，清溪祖逸人。江湖與城闕，異迹且殊倫。」

5. 虛檻清泠，頗愜開襟之子；衡門淒緊，偏驚無褐之人。（〈涼風至賦〉）

上聯活用宋玉〈風賦〉：「楚襄王游于蘭台之宮，宋玉、景差侍。有風颯然而至，王乃披襟而當之，曰：『快哉此風！寡人所與庶人共者邪？』宋玉對曰：『此獨大王之風耳，庶人安得而共之！』」下聯活用《詩經·豳風·七月》：「無衣無褐，何以卒歲！」

結　語

總之，典故大量的被使用在律賦中已成爲一常態，且取材寬泛，遍及經、史、子、集各類文體。至于如何翻空出奇、求新避熟，以達妙筆生花、精巧奇麗，則需靠博學的素養和靈活的技巧，而這也

成爲文人較量才學的方式。王榮在賦作中除大量使用典故，且手法多變，或明用、或暗用；或借用、或活用；或以虛爲實，或虛實連用，信手拈來，都能隨勢而異，妙得神理，此對後人用典講究要能「點鐵成金」，當有啓迪之功。

第五節　平　仄

一、律賦平仄研究現狀考察

律賦是唐代新興的一種科舉考試文體。唐人一般將律賦稱爲「甲賦」，或稱爲「新賦」。如權德輿〈答柳福州書〉：「兩漢設科，本於射策，故公孫弘、董仲舒之倫痛言道理。近者祖習綺靡，過于雕蟲，俗謂之甲賦、律詩，儷偶對屬。」〔註9〕皇甫湜〈答李生第二書〉：「既爲甲賦矣，不得稱不作聲病文也。」〔註10〕舒元輿〈上論貢士書〉：「試甲賦、律詩，是待之以雕蟲微藝，非所以觀人文化成之道也。」〔註11〕唐抄本《賦譜》則稱：「故曰新賦之體，項者，古賦之『頭』也。」〔註12〕根據現存文獻考察，大約在五代時期，「律賦」的名稱便正式出現了。五代王定保《唐摭言》記載：「鄭隱者，其先閩人，徙居循陽，因而耕焉。少爲律賦，詞格固尋常。」〔註13〕入宋以後，律賦便成爲約定的通稱，如宋丁度等撰《貢舉條式》即稱：「第二場：律賦一首，限三百六十字以上成；律詩一首，限五言六韻成。」〔註14〕

〔註9〕權德輿〈答柳福州書〉。見《全唐文》卷四八九。

〔註10〕皇甫湜〈答李生第二書〉。見《全唐文》卷六八五。

〔註11〕舒元輿〈上論貢士書〉。見《全唐文》卷七二七。

〔註12〕見張伯偉《唐五代詩格論考》，西安：陝西人民教育出版社，1996年，「附錄三」。

〔註13〕見王定保《唐摭言》，臺北：商務印書館影印《四庫全書》本，卷九。

〔註14〕見臺北：商務印書館影印《四庫全書》本《附釋文互註禮部韻畧》之後。

　　一般所謂「律」或「格律」，包括押韻、對偶、平仄等多種要素，而「平仄」是諸種要素中最重要的因素。蓋古賦中也有押韻或對偶句式，而講究平仄聲律，則非律賦莫屬。如宋陳鵠撰《耆舊續聞》即說：「四聲分韵，始于沈約。至唐以來，乃以聲律取士，則今之律賦是也。凡表啓之類，近代聲律尤嚴。或乖平仄，則謂之失粘。」〔註15〕

　　今人鄺健行在〈唐代律賦與律〉一文中說：

　　　唐人說到作品之「律」的時候，往往跟聲音並提，而不是跟對偶或詞藻並提，所謂「聲律」「律調」者是。〔註16〕

他認爲賦到後來所以以「律」命名，主要由於聲音因素的作用之故。所以要判別是否爲律賦，首先就必須注意到聲音規律的運用，然後再看其他方面的配合。鄺健行在研究唐律賦的聲律上可說是先進的學者，他已注意到用「聲音規律」來做爲律賦與其他文體的區別；但他又說：「唐人心目中的律詩，有穩順聲勢，切於驪偶的特點。然則唐人對律詩的要求，跟對律賦的要求，基本無甚分別。」；「其實在唐人心目中，律詩律賦性質接近或相同，二者基本一理。適用於律詩的法則，很多時候適用於律賦。」〔註17〕這種說法強調律詩和律賦都講究格律，本身不錯的；但卻容易讓後學者誤以爲律賦是沿著律詩這一軌迹發展而來，所以就有律賦是賦體「詩化」這一觀念的產生。如王力堅在〈中古辭賦的詩化軌跡〉一文中說：「以詩爲賦，辭賦詩化，還表現爲辭賦從駢賦蛻變成律賦。辭賦發展到律賦，也就是『詩化』的極點。」；「辭賦律化的趨勢，其實即詩化的趨勢；而「限韵」，正是將辭賦的詩化推到了極端。……限韵作賦，不僅意味著賦家更重視韵這個「律」的因素，更意味著賦家是有意識地將作詩的方式移入作賦

〔註15〕見陳鵠《耆舊續聞》，臺北：商務印書館影印《四庫全書》本，卷四。
〔註16〕見鄺健行《科舉考試文體論稿》，臺北：台灣書局，1999 年，頁 9。
〔註17〕見鄺健行《科舉考試文體論稿》，臺北：台灣書局，1999 年，頁 8～15。

之中。」﹝註18﹞尹占華在〈唐宋賦的詩化與散文化〉一文中，認爲唐宋賦出現了一種「詩化」的現象。尹氏說：「賦的『詩化』主要表現在形式和格律兩個方面，賦形式上向詩學習主要體現在句式上。唐宋賦借鑒詩的格律，則主要體現在律賦上。」﹝註19﹞

雖然律賦和律詩都講究聲律平仄，但是律賦的平仄格式與律詩其實頗有不同，律賦是賦體「詩化」這說法，在賦學界引起了批評。

詹杭倫是繼廖健行之後，在律賦聲律研究上最有創見的學者，他有多篇文章討論律賦聲律問題，並對律賦是賦體「詩化」的論點提出反駁，他在〈唐宋賦學研究之我見〉一文中指出：

> 一般認爲，律賦的形成是賦體「詩化」的結果。根據我的研究，這一觀點值得商榷。我認爲，律賦句式之形成，不是賦體的「詩化」，而是賦體的「駢文化」的結果，表述如下：
>
> 駢賦＋駢文的隔句對偶句式＋限韻＝律賦
>
> 在六朝時期，駢賦中很少有隔句對，駢文中則頗多。在初唐，駢賦與駢文在句式上交融起來，就形成了律賦的句式。……律賦之形成，是由駢賦的句式加上駢文的句式，再加上限韻而構成的。詩、賦皆屬於「有韻之文」，而「格律」是詩、文皆有的形式特徵，律賦講究格律，不是賦體「詩化」的現象，而是賦體引進駢文質素的現象；換言之，律賦是賦體本身格律化的結果，而不是「律詩化」的結果。
>
> ﹝註20﹞

詹杭倫認爲律賦乃承駢文、駢賦這條線發展而成熟，而律賦與律詩最大的差異即在其「平仄節奏點」的不同。他在〈清代律賦平仄論〉一文中還具體指出：

﹝註18﹞ 見《第四屆國際辭賦學學術研討會論文集》，江蘇教育出版社，1999年12月，頁412～413。

﹝註19﹞ 尹占華〈唐宋賦的詩化與散文化〉，《西北師大學報》（社會科學版）第36卷第1期，1999年。

﹝註20﹞ 參見詹杭倫《唐宋賦學新探講義》，逢甲大學中文系博士班課程，2003年，頁13～15。

近體律詩五言七言句式的平仄節奏點與律賦是有所不同
的：

> 如五律之平平仄仄平，仄仄平平仄，其節奏點在二、四、
> 五字之上；七律之平平仄仄平平仄，仄仄平平仄仄平，其
> 節奏點在二、四、六、七字之上。而賦句之五言兩截句，
> 節奏點在二、五字上，或三、五字上；賦句之七言三截句，
> 節奏點在二、五、七字或二、四、七字之上。因此，由句
> 子之平仄節奏點差異，可以區分出何爲賦句何爲詩句。這
> 應該就是徐斗光在《賦學仙丹・賦學秘訣》中「論句法」
> 所說的：「凡五字七字句法，不可數成詩體。」同時，我們
> 還聯想到王芑孫在《讀賦卮言・審體》中所說的「七言五
> 言，最壞賦體」，在某種意義上恐怕也是告誡賦家不要用
> 五、七言詩句的平仄格律破壞賦句的平仄格律。明白了何
> 爲賦句，何爲詩句，我們便需要重新認識當今賦學者所謂
> 的「賦之詩化」傾向。〔註21〕

詹杭倫對律賦平仄的研究結論可以經由前輩學者古漢語專家王力對
駢文平仄的研究而得到佐證。王力在《古漢語通論》中提出：

> 駢文的五字句和詩句的節奏不同：詩句的節奏一般是二
> 三；駢體文五字句的節奏一般是二一二或一四。

又：

> 駢體文的七字句也和詩句的節奏不同：詩句的節奏一般是
> 四三；駢體文七字句的節奏一般是三四、三一三、二五、
> 四一二、二三二等。〔註22〕

由上可見，兩代學者在不同的時空下針對不同的文體卻論證出相同的
結果。這說明學術上的眞知灼見總會遇到知音同調而發揚光大。他們
的研究證明從六朝到唐朝，文學體裁之發展雖然從總體上說是走上了
一條格律化的道路，但是從古詩到律詩與從古賦到駢賦到律賦，各自

〔註21〕見詹杭倫《清代律賦新論》，北京：燕山出版社，2002年12月，頁
98。
〔註22〕王力《古漢語通論》，中外出版社，1976年1月，頁148。

有著不同的發展軌跡；具體而言，律詩遵循詩的平仄格律，律賦遵循文的平仄格律，由此形成各自不同的聲律特色。

二、王榮律賦平仄分析

清代賦論家徐斗光在《賦學仙丹・律賦秘訣》中曾論及把握律賦平仄的關鍵在於「凡律賦中所論平仄，則可於歇斷讀處調度。」〔註23〕所謂歇斷讀處指的就是句子中音節或音步節奏的重音之所在。詹杭倫曾根據徐斗光的論斷具體排列出清代律賦的平仄譜式。下面，我們就參考詹氏的平仄譜來具體分析王榮〈手署三劍賜名臣賦〉的平仄聲調，然後摘引王榮其它律賦句子，嘗試排列出王榮律賦的平仄譜式。（不計平仄字用＋號標誌）

（一）〈手署三劍賜名臣賦〉的平仄格式

這個題目是所謂的「古題」，本事出自《後漢書・韓棱傳》：「與僕射郅壽，尚書陳寵，同時俱以才能稱。肅宗嘗賜諸尚書劍，唯此三人特以寶劍，自手署其名曰：『韓棱楚龍淵，郅壽蜀漢文，陳寵濟南椎成。』」

原本以「特書嘉號用獎賢能」為韵，王榮易以「賢獎嘉特能號書用」為韻，用平仄相間的方式排列。

　　漢章帝以錫賚情重，君臣道全。

　　　　＋仄＋仄　＋平＋平

（「漢章帝以」四字為發語，不計平仄。此為兩截二二句式。節奏點在二、四字上。）

　　示署劍推恩之禮，表經邦佐命之賢。

　　＋＋仄＋平＋仄　＋＋平＋仄＋平

（此為兩截三四句式。「賢」為限韵字。節奏點在三、五、七字。）

〔註23〕引自詹杭倫《清代賦論研究》，台北：台灣書局，2002 年 2 月，頁310。

雖彼百官，分恩光之渙汗；唯茲三者，睹御墨以昭宣。

　＋仄＋平　＋＋平＋＋仄　＋平＋仄　＋＋仄＋＋平

（此爲上句兩截二二句式，下句兩截三三句式。上句節奏點在
二、四字，下句節奏點在三、六字。）

以上爲「賢」字韵第一段。首段破題，闡明賦題的來歷。

　　是知器挺臣功，名由天獎。

　　　　＋仄＋平　＋平＋仄

（「是知」二字爲發語，不計平仄。此爲兩截二二句式。「獎」爲
限韵字。節奏點在二、四字。）

　　非霜刃無以表汝之庸勳，非乾文無以重予之慶賞。

　　＋＋仄＋＋＋仄＋＋平　＋＋平＋＋＋仄＋＋仄

（此爲三截三四三句式。節奏點在三、七、十字。）

　　所以昭沖和，勸忠謹。

　　　　　＋＋平　＋＋仄

（「所以」二字爲發語，不計平仄。三字句節奏點在尾字。）

　　鮫函盡啓，決雲之狀盈眸；彩筆初題，垂露之文在掌。

　　＋平＋仄　＋平＋仄＋平　＋仄＋平　＋仄＋平＋仄

（此爲隔句對，上句兩截二二句式，下句兩截四二句式。上句節
奏點在二、四字，下句節奏點在二、四、六字。）

以上爲「獎」字韵第二段。原題，講述頒獎的原因。

　　豈不以良佐斯得，深謀可嘉。

　　　　　　＋仄＋仄　＋平＋平

（「豈不以」三字爲發語，不計平仄。此爲兩截二二句式。「嘉」
爲限韵字。節奏點在二、四字。）

　　或染翰而紀其敦朴，或揮毫而誌以文華。

　　＋＋仄＋＋平＋仄　＋＋平＋＋仄＋平

（此爲三截三三二句式。節奏點在三、六、八字。）

　　彼錫形旅，我乃頌其秋水；彼銘鐘鼎，我乃鏤以蓮花。

　　＋仄＋平　＋＋平＋＋仄　＋平＋仄　＋＋仄＋＋平

（此為上兩截二二句式，下兩截二四句式。上句節奏點在二、四字，上句「旅」字為平聲虞韻，下句節奏點在三、六字。）

以上為「嘉」字韻第三段，表彰將相的文武功勳。

一則薛燭未逢，風胡不識。

$\quad$ ＋仄＋平　＋平＋仄

（「一則」二字為發語，不計平仄。此為兩截二二句式。節奏點在二、四字。）

提攜可助於雄勇，佩服必資其挺特。

$\quad$ ＋平＋仄＋＋仄　＋仄＋平＋＋仄

（此為三截二三二句式。「特」為限韻字。節奏點在二、四、七字。上句「勇」字似當用平聲）

能使巨闕慚價，豪曹失色。

$\quad$ ＋仄＋仄　＋平＋仄

（「能使」二字為發語，不計平仄。此為兩截二二句式。節奏點在二、四字。上句「價」字似當用平聲。）

乃署龍泉之名，以表韓稜之德。

$\quad$ ＋仄＋平＋平　＋仄＋平＋仄

（此為三截二二二句式。上句的聲調以作「平仄平」為宜，但因「龍泉」為專有名詞，難以更換，故改用「仄平平」。）

以上為「特」字韻第四段，誇獎寶劍的功用。

一則龍藻星耀，霜鍔雪凝。

$\quad$ ＋仄＋仄　＋仄＋平

（「一則」二字為發語，不計平仄。此為兩截二二句式。節奏點在二、四字。）

麾之而氛祲以歇，帶之則威儀可聆。

$\quad$ 平＋＋＋仄＋仄　仄＋＋＋平＋平

（此為三截二三二句式。節奏點本應在二、、五、七字上，但因第二字重用，故平仄調適在第一字。）

斯亦刜鍾難媲，斬馬奚稱。

　　　＋平＋仄　＋仄＋平

（「斯亦」二字為發語，不計平仄。此為兩截二二句式。節奏點
在二、四字。）

乃署漢文之號，以旌邛壽之能。

　　＋仄＋平＋仄　＋平＋仄＋平

（此為三截二二二句式。「能」字為限韵字。節奏點在二、四、
六字。）

以上為「能」字韵第五段，繼續誇耀寶劍的功能。

一則利可衛身，威能禁暴。

　　　＋仄＋平　＋平＋仄

（「一則」二字為發語，不計平仄。此為兩截二二句式。節奏點
在二、四字。）

愜項伯以將舞，宜趙王之所好。

　　＋＋仄＋＋仄　＋＋平＋＋仄

（此為兩截三三句式。節奏點在三、六字。上句「舞」字當用平
聲。）

豈羨乎五色奇形，千金美號。

　　　　＋仄＋平　＋平＋仄

（「豈羨乎」三字為發語，不計平仄。此為兩截二二句式。「號」
字為限韵字。節奏點在二、四字。）

乃署推誠之字，以彰陳寵之操。

　　＋仄＋平＋仄　＋平＋仄＋平

（此為三截二二二句式。節奏點在二、四、六字。）

以上為「號」字韵第六段，仍然誇耀寶劍之功能。

故得光生環珮，榮冠簪裾。

　　　＋平＋仄　＋仄＋平

（「故得」二字為發語，不計平仄。此為兩截二二句式。節奏點
在二、四字。）

見魚水相逢之際，是雲龍契會之初。

＋＋仄＋平＋仄　＋＋平＋仄＋平

（此爲三截三二二句式。節奏點在三、五、七字。）

數比夢刀，各獲君前之賜；功齊神筆，長呑天上之書。

＋仄＋平　＋仄＋平＋仄　＋平＋仄　＋平＋仄＋平

（此爲上兩截二二句式，下三截二二二句式。「書」字爲限韵字。
上兩截節奏點在二、四字，下三截節奏點在二、四、六字。）

以上爲「書」字韵第七段，讚美君臣契合之美。

洎吾皇威被華夷，德安岐雍。

　　　＋仄＋平　＋平＋平

（「洎吾皇」三字爲發語，不計平仄。此爲兩截二二句式。節奏
點在二、四字。下句「雍」字當用仄聲。）

鋒鋙不自其手署，頒賜盡歸其公共。

＋平＋仄＋＋仄　＋仄＋平＋＋仄

（此爲三截二二三句式。節奏點在二、四、七字。上句「署」字
當用平聲。）

蓋以韓魏爲鋏兮宋爲鐔，異漢朝之所用。

＋＋＋＋＋＋＋＋＋平　＋＋＋＋＋仄

（結尾漫句，不拘平仄，但句末字也最好平仄協調。「用」字爲
限韵字。）

以上爲「用」字韵第八段，謂當朝帝王賞賜辦法與漢朝不同。

總觀王榮此賦的平仄聲調，大部分可謂順適協調，只有大約五個
句子用字之平仄聲調似稍有未安。這種情況是偶爾出現，還是常例？
需要考察王榮其它賦作的用例來綜合判斷。

（二）其它賦作平仄句式分析

以下就王榮其他的律賦來分析其句式是否符合平仄格式。爲了簡
便起見，我們在王榮總共四十六首律賦中任選二十首來作統計分析，
相信可以代表王榮律賦平仄聲律用例的總體面貌。其律賦的句式約有
下列幾種：

1. 三字句

三字句的節奏點只講尾字，可有仄起平收及平起仄收兩種平仄譜式：

（1）仄起平收：

隴山下，汧水中。（〈魚龍石賦〉）

＋＋仄　＋＋平

游元氣，入無間。（〈蟭螟巢蚊睫賦〉）

＋＋仄　＋＋平

臻鳳闕，進彤庭。（〈延州獻白鵲賦〉）

＋＋仄　＋＋平

循其軌，游其藩。（〈義路賦〉）

＋＋仄　＋＋平

（2）平起仄收：

整溝塍，修耒耜。（〈耕弄田賦〉）

＋＋平　＋＋仄

駕疾風，鞭暴雨。（〈神女不過灌壇賦〉）

＋＋平　＋＋仄

請宸游，憑妙術。（〈玄宗幸西涼府觀燈賦〉）

＋＋平　＋＋仄

讋波神，駭水族。（〈沈碑賦〉）

＋＋平　＋＋仄

2. 四字句

四字兩截句，可有下列幾種平仄譜式：

文脩武偃，國泰時雍。（〈武關賦〉）

平平仄仄　仄仄平平

繞樹星飛，依枝玉立。（〈延州獻白鵲賦〉）

仄仄平平　平平仄仄

自可國肥，詎徒身潤。（〈盛德日新賦〉）

＋仄＋平　＋平＋仄

有夫則野，其業唯樵。(〈樵夫笑士不談王道賦〉)

＋平＋仄　＋仄＋平

(僅以王棨二十首律賦作統計，共一百七十三個緊句，合符上述
格式的句型有九十一句。)

密聚鱗次，孤標介然。(〈魚龍石賦〉)

＋仄＋仄　＋平＋平

憑岸爰舉，臨川載傾。(〈沈碑賦〉)

＋仄＋仄　＋平＋平

取則愈遠，流音在茲。(〈鳥求友聲賦〉)

＋仄＋仄　＋平＋平

李陵呼時，荊軻去日。(〈一賦〉)

＋平＋平　＋仄＋仄

(在王棨二十首律賦中，符合上述格式的的句型有四十四句。)

有女維神，徘徊恨新。(〈神女不過灌壇賦〉)

＋仄＋平　＋平＋平

路入商山，中橫武關。(〈武關賦〉)

＋仄＋平　＋平＋平

將越天宇，俄辭宣室。(〈玄宗幸西涼府觀燈賦〉)

＋仄＋仄　＋平＋仄

厥象有二，其堅惟一。(〈魚龍石賦〉)

＋仄＋仄　＋平＋仄

(在王棨二十首律賦中，只講究第二字平仄相對，而第四字平仄
相同者，有二十三聯。)

彩迴群類，名超百祥。(〈延州獻白鵲賦〉)

＋平＋仄　＋平＋平

互深仁宅，遙通禮闈。(〈義路賦〉)

＋平＋仄　＋平＋平

錢囊譏世，芻束稱賢。(〈一賦〉)

＋仄＋仄　＋仄＋平

深貯乾坤，大極區宇。（〈握金鏡賦〉）

　＋仄＋平　　＋仄＋仄

（在王棨二十首律賦中，上下句第二字平仄相同，只講究第四字
平仄相對者有十句。其它類型的句子都在十句以下，不再列舉。）

3. 五字句

（1）五字兩截句（三二），有下列幾種平仄譜式：

　①自天竺來時，當西京暇日。（〈吞刀吐火賦〉）

　　＋＋仄＋平　　＋＋平＋仄

（在王棨二十首律賦中，合上列格式者有一聯。）

　②高以下爲著，顯以微爲本。（〈跬步千里賦〉）

　　＋＋仄＋仄　　＋＋平＋仄

　　來萬國之好，去百王之病。（〈耀德不觀兵賦〉）

　　＋＋仄＋仄　　＋＋平＋仄

（在王棨二十首律賦中，仄仄，平仄的句型共二聯）

　③復道德之本，爲政化之端。（〈聖人不貴難得之貨賦〉）

　　＋＋仄＋仄　　＋＋仄＋平

　　邦無道則隱，邦有道則愚。（〈四皓從漢太子賦〉）

　　＋平仄＋仄　　＋仄仄＋平

（節奏點是三五，但因三字重用，故平仄調適在第二字。在王棨
二十首律賦中，此種句型有二聯。）

　④獻君王之壽，助山河之壯。（〈芙蓉峰賦〉）

　　＋＋平＋仄　＋＋平＋仄

（在王棨二十首律賦中，此種句型一聯。）

　⑤有日影雲影，有鳧聲雁聲。（〈曲江池賦〉）

　　＋＋仄＋仄　＋＋平＋平

（在王棨二十首律賦中，此種句型一聯。）

（2）五字三截句（二一二），有下列幾種平仄譜式：

　①懷德兮如斯，好生兮何已。（〈盛德日新賦〉）

　　＋仄＋＋平　＋平＋＋仄

稟氣于無形，成功於至妙。(〈握金鏡賦〉)

　＋仄＋＋平　　＋平＋＋仄

(在王棨二十首律賦的五言長句中，合上例的有二聯。)

②名立兮卓爾，形標兮孑然。(〈一賦〉)

　＋仄＋＋仄　　＋平＋＋平

訪注于安國，求篇于伏生。(〈端午日獻尚書為壽賦〉)

　＋仄＋＋仄　　＋平＋＋平

(在王棨二十首律賦中，仄仄，平平的句型有二聯。)

③神仙兮不常，變化兮多方。(〈吞刀吐火賦〉)

　＋平＋＋平　　＋仄＋＋平

(在王棨二十首律賦中，平平、仄平句型有一聯。)

按：王棨二十首律賦共有十二聯五字長句，完全合符平仄，仄平格式的僅有三聯。這種情況說明，王棨的時代，五言長句的平仄格式在平仄聲調要求方面相對寬鬆。

4. 六字句

(1) 六字兩截句（三三），可有下列幾種平仄譜式：

①就彼蚊而棲宛，止其睫以迴環。(〈蠓螟巢蚊睫賦〉)

　＋＋平＋＋仄　　＋＋仄＋＋平

伊炳靈之白鵲，倏效祉于皇家。(〈延州獻白鵲賦〉)

　＋＋平＋＋仄　　＋＋仄＋＋平

想黃屋以心傾，歛青襟而目極。(〈闕里諸生望東封賦〉)

　＋＋仄＋＋平　　＋＋平＋＋仄

幸麟角以成功，庶桂枝而在手。(〈一賦〉)

　＋＋仄＋＋平　　＋＋平＋＋平

(在王棨二十首律賦中，此類型句子共八十聯，共有二十九聯合上例。)

②既奄有其涯涘，遂恢張于基墌。(〈水城賦〉)

　＋＋仄＋＋仄　　＋＋平＋＋仄

雖設險而如在，顧戒嚴而則不。（〈武關賦〉）

　＋＋仄＋＋仄　＋＋平＋＋仄

吞詞鋒者可尚，吐智燭者爲是。（〈吞刀吐火賦〉）

　＋＋平＋＋仄　＋＋仄＋＋仄

目所加而可取，毛不拔而何有。（〈一賦〉）

　＋＋平＋＋仄　＋＋仄＋＋仄

（在王棨二十首律賦中，上下句僅有第三字平仄相對者，共有二十四聯）

　③俟南面之鸞駕，問西來之路人。（〈闕里諸生望東封賦〉）

　　＋＋仄＋＋仄　＋＋平＋＋平

念美錦以斯製，對深泉而不逾。（〈馬惜錦障泥賦〉）

　　＋＋仄＋＋仄　＋＋平＋＋平

雖無有而爲有，亦時行而則行。（〈義路賦〉）

　　＋＋仄＋＋仄　＋＋平＋＋平

能首率于農務，遂躬耕乎弄田。（〈耕弄田賦〉）

　　＋＋仄＋＋仄　＋＋平＋＋平

（在王棨二十首律賦中，仄仄，平平的句型有十五聯。）

　④懸魏宮者難侔，挂秦臺者莫及。（〈握金鏡賦〉）

　　＋＋平＋＋平　＋＋平＋＋仄

既將轉而揚鬐，亦因泐而無首。（〈魚龍石賦〉）

　　＋＋仄＋＋平　＋＋仄＋＋仄

誠淺深之未測，晒侍從以如愁。（〈馬惜錦障泥賦〉）

　　＋＋平＋＋仄　＋＋平＋＋平

異丹雀之呈質，同素鳥之效靈。（〈延州獻白鵲賦〉）

　　＋＋仄＋＋仄　＋＋仄＋＋平

（在王棨二十首律賦中，上下句僅第六字平仄相對者有六聯。）

（2）六字三截句（二二二），可有下列幾種平仄譜式：

　①既入文王之夢，方明尚父之仁。（〈神女不過灌壇賦〉）

　　＋仄＋平＋仄　＋平＋仄＋平

雖處至柔之地，還深作固之情。(〈水城賦〉)

　＋仄＋平＋仄　　＋平＋仄＋平

謂無至道者多，信有兹蟲者少。(〈蟭螟巢蚊睫賦〉)

　＋平＋仄＋平　　＋仄＋平＋仄

衝蒙行險之徒，曷不遵乎此路。(〈義路賦〉)

　＋平＋仄＋平　　＋仄＋平＋仄

(在王棨二十首律賦中，此種類型句子共四十二聯，合上例的有十六聯。)

　②彩搖金像之色，光奪玉蟾之影。(〈玄宗幸西涼府觀燈賦〉)

　＋平＋仄＋仄　　＋仄＋平＋仄

潛符切切之義，爰發嘐嘐之口。(〈鳥求友聲賦〉)

　＋平＋仄＋仄　　＋仄＋平＋仄

西連蜀漢之險，北接崤函之塞。(〈武關賦〉)

　＋平＋仄＋仄　　　＋仄＋平＋仄

鳥嶺之烽已息，靈臺之伯斯偃。(〈三箭定天山賦〉)

　＋仄＋平＋仄　　　＋平＋仄＋仄

(在王棨二十首律賦中，上下句第二、四字平仄相對，第六字平仄相同者共有十二聯)

　③將以鞗革之盛，遂備連乾之飾。(〈馬惜錦障泥賦〉)

　＋仄＋仄＋仄　　＋仄＋平＋仄

似宏三益之旨，足驚寡聞之抱。(〈鳥求友聲賦〉)

　＋平＋仄＋仄　　＋平＋平＋仄

(在王棨二十首律賦中，只有第四字平仄相對的有四聯。其它句型的句子數量很少，不再列出。)

5. 四六、六四隔句對

(1)四六隔句對，可有下列幾種平仄譜式：

　①半隱蕭瀹，若喑喁而斯在；餘依磧礫，將蟠蟄以攸同。

　(〈魚龍石賦〉)

　＋仄＋平　＋＋平＋＋仄　＋平＋仄　＋＋仄＋＋平

月下南飛，過銀河而混色；風前東嚮，映瓊樹以增光。

（〈延州獻白鵲賦〉）

　＋仄＋平　＋＋平＋＋仄　＋平＋仄　＋＋仄＋＋平

言乎蚊也，則是睫而可知；向彼巢焉，乃斯形而因審。

（〈蟭螟巢蚊睫賦〉）

　＋平＋仄　＋＋仄＋＋平　＋仄＋平　＋＋平＋＋仄

終尋高躅，必可繼于飛鴻；不躡前蹤，安得齊乎赤驥。

（〈跬步千里賦〉）

　＋平＋仄　＋＋仄＋＋平　＋仄＋平　＋＋平＋＋仄

②爲山用簣，魯論之義足徵；載鬼以車，周易之文斯出。

（〈一賦〉）

　＋平＋仄　＋平＋仄＋平　＋仄＋平　＋仄＋平＋仄

懸河健口，未開袞袞之辭；擲地清才，不述便便之美。

（〈樵夫笑士不談王道賦〉）

　＋平＋仄　＋平＋仄＋平　＋仄＋平　＋仄＋平＋仄

自昔庸君，多昧三時之務；惟茲少主，能分五地之宜。

（〈耕弄田賦〉）

　＋仄＋平　＋仄＋平＋仄　＋平＋仄　＋平＋仄＋平

王氏櫪中，空有代勞之用；晉朝書上，全無稱德之因。

（〈馬惜錦障泥賦〉）

　＋仄＋平　＋仄＋平＋仄　＋平＋仄　＋平＋仄＋平

（2）六四隔句對，可有下列平仄譜式：

　　①鳳隱形于眾鳥，眾鳥莫知；龍匿影于群魚，群魚不見。

　　　（〈玄宗幸西涼府觀燈賦〉）

　　＋＋平＋＋仄　＋仄＋平　＋＋仄＋＋平　＋平＋仄

凝影滅以光沈，霜鋒盡處；炯霞舒而血噴，朱燄生時。

（〈吞刀吐火賦〉）

　＋＋仄＋＋平　＋平＋仄　＋＋平＋＋仄　＋仄＋平

睹岸草以旁生，不殊在藻；遇春流而乍沒，又若潛淵。

（〈魚龍石賦〉）

　＋＋仄＋＋平　＋平＋仄　＋＋平＋＋仄　＋仄＋平

乍捕蟬于上苑，不羨鶯遷；或報喜于丹墀，何慚鳳集。
（〈延州獻白鵲賦〉）

＋＋平＋＋仄　＋仄＋平　＋＋仄＋＋平　＋平＋仄

②豈料御衝之所，此日全平；未知擊析之徒，當時安在。
（〈武關賦〉）

＋仄＋平＋仄　＋仄＋平　＋平＋仄＋平　＋平＋仄

曉遇撇波之子，稍類登埠；夜聞鼓枻之音，終疑擊析。
（〈水城賦〉）

＋仄＋平＋仄　＋仄＋平　＋平＋仄＋平　＋平＋仄

常懷姑務之情，漸宏帝道；轉見增光之美，益闡王猷。
（〈盛德日新賦〉）

＋平＋仄＋平　＋平＋仄　＋仄＋平＋仄　＋仄＋平

雖云管仲能匡，因成霸業；未若蕭何如畫，永作邦基。
（〈一賦〉）

＋平＋仄＋平　＋平＋仄　＋仄＋平＋仄　＋仄＋平

（按：檢查王榮的隔句對，平仄調適都非常工穩，也許在王榮的
時代，律賦調平仄的功夫主要體現在隔句對上。）

6. 七字句

（1）七字三截句（二三二），有下列幾種平仄譜式：

①于國而棟梁斯喻，于民而父母攸同。（〈神女不過灌壇賦〉）

＋仄＋＋平＋仄　＋平＋＋仄＋平

髣髴而方離邊郡，斯須而已在神州。（〈玄宗幸西涼府觀
燈賦〉）

＋仄＋＋平＋仄　＋平＋＋仄＋平

九重之鳳詔缺敷，四海之鴻恩未被。（〈闕里諸生望東封
賦〉）

＋平＋＋仄＋平　＋仄＋＋平＋仄

（統計王榮二十首律賦，此類句型共二十五聯，有七聯平仄格式
完全合符上例。）

②韶光媚原野之始，宿雨霽池塘之後。(〈鳥求友聲賦〉)

　＋平＋仄＋仄　　＋仄＋＋平＋仄

　高宗乃將鉞斯授，仁貴而君恩是仗。(〈三箭定天山賦〉)

　＋平＋＋仄＋仄　　＋仄＋＋平＋仄

　食鍼既可以增愧，噢酒亦宜乎讓美。(〈吞刀吐火賦〉)

　＋平＋＋仄＋仄　　＋仄＋＋平＋仄

（在王棨二十首律賦中，上下句二五字平仄相對，第七字平仄相
同的句型共有七聯）

（2）七字三截句（二二三），有下列幾種平仄譜式：

　①五兵從此以皆弭，七德于焉而復立。(〈倒載干戈賦〉)

　　＋平＋仄＋＋平　　＋仄＋平＋＋仄

　魑魅于焉而遠矣，姦邪無所以藏之。(〈握金鏡賦〉)

　　＋仄＋平＋＋仄　　＋平＋仄＋＋平

　或有不談于王道，終知取笑于樵夫。(〈樵夫笑士不談王
道賦〉)

　　＋仄＋平＋＋仄　　＋平＋仄＋＋平

（在王棨二十首律賦中，此類型句子共二十二聯，有十聯符合
上列平仄格式。）

　②小臣伏睹乎纂纘，敢不歌揚于明聖。(〈倒載干戈賦〉)

　　＋平＋仄＋＋仄　　＋仄＋平＋＋仄

　不惟流麥以斯恐，抑亦偃禾而是慮。(〈神女不過灌壇賦〉)

　　＋平＋仄＋＋仄　　＋仄＋平＋＋仄

　九姓猶憑其桀驁，六鈞亦昧于戎番。(〈三箭定天山賦〉)

　　＋仄＋平＋＋平　　＋平＋仄＋＋平

　③周迴未愜於睿旨，歷覽尚勞于宸眷。(〈玄宗幸西涼府觀
燈賦〉)

　　＋平＋仄＋＋仄　　＋仄＋平＋＋仄

　咽喉苟有于九曲，襟帶詎雄乎千里。(〈水城賦〉)

　　＋平＋仄＋＋仄　　＋仄＋平＋＋仄

（在王棨二十首律賦中，此類型句式有五聯，上下句二四字平仄
相對，第七字平仄相同。）

（3）七字四截句（一二二二），有下列幾種平仄譜式：

　①當新歲月圓之夜，是上元燈設之時。（〈玄宗幸西涼府觀
　　燈賦〉）

　　平＋仄＋平＋仄　仄＋平＋仄＋平

（在王棨二十首律賦中，此類四截句式共有九聯，完全符合上例
平仄格式的僅有一聯。）

　②到合雜繁華之地，見駢闐游看之人。（〈玄宗幸西涼府觀
　　燈賦〉）

　　仄＋仄＋平＋仄　仄＋平＋仄＋平

　　改其月而爲正月，號其年而曰元年。（〈一賦〉）

　　仄＋仄＋平＋仄　仄＋平＋仄＋平

（在王棨二十首律賦中，此種上下句僅首字平仄不對的有二聯。）

　③苟嘶風之信斯惠，豈戀主之名空立。（〈馬惜錦障泥賦〉）

　　仄＋平＋仄＋仄　仄＋仄＋平＋仄

　　得東征西怨之體，見師出凱旋之盛。（〈倒載干戈賦〉）

　　仄＋平＋仄＋仄　仄＋仄＋平＋仄

　　苟犬羊之眾斯舍，則衛霍之功不大。（〈三箭定天山賦〉）

　　仄＋平＋仄＋仄　仄＋仄＋平＋仄

（在王棨二十首律賦中，此種上下句首尾字平仄相同，中間三六
字平仄相對的句型有四聯）

7. 七四、四七隔句對

（1）七四隔句對有下列平仄譜式：

　①上句爲二三二句式，下句爲二二句式：

　　有如入顏巷之中，恬然自樂；復以經桃蹊之上，寂爾
　　無言。（〈義路賦〉）

　　＋平＋＋仄＋平　＋平＋仄　＋仄＋＋平＋仄　＋仄
　　＋平

②上句為一二二二句式，下句為二二句式：

灣狐手妙于主皮，大降虜眾；騁伎心同於掩月，遂靜
沙場。（〈三箭定天山賦〉）

　平＋仄＋＋＋平　＋平＋仄　仄＋平＋＋＋仄　＋仄
＋平

當河清海晏之時，宜遵古典；是率土普天之幸，豈但
素臣。（〈闕里諸生望東封賦〉）

　平＋平＋仄＋平　＋平＋仄　仄＋仄＋平＋仄　＋仄
＋平

（2）四七隔句對有下列平仄譜式：

①上兩截二二，下三截二三二句式：

日往月來，顧我而因依自得；晨趨暮見，覺伊而瞬息
長閒。（〈蟭螟巢蚊睫賦〉）

　＋仄＋平　＋仄＋＋平＋仄　＋平＋仄　＋平＋＋仄
＋平

鼙鼓無喧，一水之秋聲決決；旌旗常卷，千巖之暮色
重重。（〈武關賦〉）

　＋仄＋平　＋仄＋＋平＋仄　＋平＋仄　＋平＋＋仄
＋平

惕如御朽，化行克協于明哉；憂若納隍，令出必資乎
慎乃。（〈盛德日新賦〉）

　＋平＋仄　＋平＋仄＋＋平　＋仄＋平　＋仄＋平＋
＋仄

②上兩截二二句式，下三截三二二句式：

嚥卻鋒鋩，不患乎洞胸達腋；噓成艴赫，俄驚其飛燄
浮煙。（〈吞刀吐火賦〉）

　＋仄＋平　＋仄＋＋平＋仄　＋平＋仄　＋平＋＋仄
＋平

千里還師，迴刀于戎車之上；一朝偃伯，垂仁于王道

之中。(〈倒載干戈賦〉)

+仄+平　+仄++平+仄　+平+仄　+平++仄
+平

8. 八字句

（1）八字三截句（二三三）有下列平仄譜式：

①或似罷江湖之游泳，又如收雲雨之虛無。(〈魚龍石賦〉)

+仄++平++仄　+平++仄++平

（統計王榮律賦二十首中，八字三截句共五聯，僅有一聯合符本
句平仄相間，對句平仄相對格式）

②執德感幽者繫乎眞，操心譬物者由乎正。(〈神女不過灌
壇賦〉)

+仄+平+仄+平　+平+仄+平+仄

（此聯雖然仍可判定爲二三三句式，但第五字「者」字爲助詞，
且上下句同用，故節奏點上移爲第四字；而「繫」字與「由」
字亦由誦讀時之強調而形成平仄相對的節奏點。）

（2）八字三截句（三三二）有下列平仄譜式：

①察其生而洪纖則別，論其分而物我何殊。(〈蠨蛸巢蚊睫
賦〉)

++平++平+仄　++仄++仄+平

②於以闢百家之蔽塞，於以洞五帝之旨趣。(〈義路賦〉)

++仄+平++仄　++仄+仄++仄

③稱揚者皆黃馬之辯，贊詠者盡雕龍之妙。(〈樵夫笑士不
談王道賦〉)

+平+++仄+仄　+仄+++平+仄

④至明者莫尚乎金鏡，可類者莫先乎聖心。(〈握金鏡賦〉)

+平++仄++仄　+仄++平++平

（3）八字四截句（一二三二）有下列幾種平仄譜式：

想王睢兮從吾所好，知斥鷃兮爲我何求？(〈鳥求友聲
賦〉)

仄＋平＋＋平＋仄　平＋仄＋＋仄＋平

①始乘春而出自幽谷，俄擇木而求其友聲。(〈鳥求友聲賦〉)

仄＋平＋＋仄＋仄　平＋仄＋＋平＋平

士非君則好爵奚取，君非士則休聲不揚。(〈樵夫笑士不談王道賦〉)

仄＋平＋＋仄＋仄　平＋仄＋＋平＋平

②得鸚鵡之流言不信，見靈烏而白首如新。(〈鳥求友聲賦〉)

仄＋仄＋＋平＋仄　仄＋平＋＋仄＋平

(統計王榮律賦二十首中，八字四截句共十句)

9. 九字句

（1）節奏點是落在第四、七、九字上，譜式如下：

以此行道而大道復隆，以此移風而元風再播。(〈聖人不貴難得之貨賦〉)

＋＋＋仄＋＋仄＋平　＋＋＋平＋＋平＋仄

（2）節奏點是落在第二、五、七、九字上，譜式如下：

若不去其奢而返其本，必將揭爾簏而控爾頤。(〈聖人不貴難得之貨賦〉)

＋仄＋＋平＋仄＋仄　＋平＋＋仄＋仄＋平

10. 十字句

十字的節奏點落在第三、七、十字上，譜式如下：

非霜刃無以表汝之庸勳，非乾文無以重予之慶賞。(〈手署三劍賜名臣賦〉)

＋＋仄＋＋＋仄＋＋平　＋＋平＋＋＋仄＋＋仄

11. 十一字句

十一字的節奏點落在第二、四、六、九、十一字上，譜式如下：

徒使漁人川上而幾回顧盼，仍令蔡氏路旁而終日踟躕。(〈魚龍石賦〉)

＋仄＋平＋仄＋＋平＋仄　＋平＋仄＋平＋＋仄＋平

（下句「令」字有平、仄聲兩讀，此用爲平聲。）

　　但覺潭邊春盡而遺芳不歇，更憐川上時移而茂躅難邊。

　　（〈沈碑賦〉）

　　＋仄＋平＋仄＋＋平＋仄　　＋平＋仄＋平＋＋仄＋平

結　語

　　通過總結迄今爲止學術界對律賦研究的狀況和具體考察王榮律
賦的平仄聲律用例，我們可以得出如下一些結論：

　　其一、學術界對賦體從六朝到唐代的聲律演變規律，有「詩化」
和「賦體自身格律化」兩種看法，應該說後一種看法言之成理，符合
賦體發展演變的實際狀況。

　　其二、對律賦平仄聲律的研究，較早有王力從駢文角度作出的分
析。其次則有鄺健行明確地指出唐代律賦是一種講究平仄聲律的文
體。詹杭倫在前此基礎上，參考清人的論述，總結出各種律賦句式的
平仄譜式，將律賦平仄聲律的研究推進到一個新的水準。

　　其三、將詹杭倫總結的清人律賦平仄譜式與王榮律賦的平仄用例
相對照，發現王榮對四字句和五字句的安排平仄相對寬鬆，七言以上
長句的平仄安排也比較隨意，只是在隔句對中安排平仄較爲謹嚴。這
種情況說明兩個事實：一是唐人律賦平仄著力點在隔句對，那恐怕也
是科舉考試所要求的重點。二是清人律賦在平仄聲律方面的要求比唐
人更爲精密。

　　其四、儘管律詩與律賦在句法節奏點上有不同的要求，但都遵循
大體相近的聲律規範。自從南朝沈約在《宋書・謝靈運傳論》中提出
「一簡之內，音韵盡殊；兩句之中，輕重悉異」〔註24〕之後，這一論
斷便成爲檢驗詩句或賦句是否合律的金科玉律。在賦句的節奏點上，
一句之內，能夠做到平仄交替；一聯之中，能够做到平仄相對的句子，

〔註24〕見《宋書》卷六十七。

應當認爲是合律的句式，反之，便應當認爲是平仄聲調調適不盡妥善或有瑕疵的句子。所以，雖然王棨的律賦製作在晚唐具有典範的地位，但是其律賦中某些賦句平仄不合規律的地方，即使當時不以爲病，站在今人的角度也應該予以指出，而不必爲賢者諱，以免留下以訛傳訛的基因。

第五章　結　論

　　律賦在唐代的發展，大致可分爲三階段。一是初盛唐時期，科舉試賦尙未定制，文人爲仕進偶然涉筆，故律賦體制未備。二是中唐時期，考賦定制，律體爭勝，文士趨之若鶩，風氣大開。胡震亨《唐音癸籤》卷二七云：「唐試士初重策，兼重經，後乃騎重詩賦，中葉後……，士益競趨名場，殫工韵律。」，李調元《賦話》卷一也云：「不試詩賦之時，專攻律賦者尙少。大歷、貞元之際，風氣漸開。至大和八年，雜文專用詩賦，而專門名家之學樊然競出矣。」三是晚唐五代文人律賦創作與科舉關係的黏附與偏離，即在繼續考試律賦的同時，也出現了抒心寫志，自造藝境的作品〔註1〕。

　　可知律賦的別開生面是在晚唐，而王棨正是處于律賦由中唐的「雅正」步入晚唐「精巧」的時期，因而不論是題材或內容上，都已產生變革。據黃璞《王郎中傳》記載，王棨「十九年內三捷」，所試賦體分別爲〈倒載干戈賦〉、〈三箭定天山賦〉、〈玉不去身賦〉，除此三篇外，命題「冠冕正大」的尙有〈耀德不觀兵賦〉、〈聖人不貴難得之貨賦〉等，其實王棨賦作的成就乃是那些在前人基礎上另闢蹊徑，匠心獨運，與考試偏離的抒情寫景之作，如〈涼風至賦〉、〈離人怨長

〔註 1〕參自許結《中國賦學歷史與批評》，南京：江蘇教育出版社，2001 年 7 月，頁 75～77。

夜賦〉、〈秋夜七里灘聞漁歌賦〉、〈江南春賦〉等，都流露出相當濃厚
的傷感氣氛。而受時代現實和風氣的影響，關注現實，借託歷史來弔
古傷今，或委婉表達出勸告國君以史爲鑒的殷切期望的，有〈端午日
獻尚書爲壽賦〉、〈四皓從漢太子賦〉、〈沈碑賦〉、〈沛父老留漢高祖
賦〉、〈手署三劍賜名臣賦〉等，其諷時喻世的用意是顯而易見的。除
內容題材的多元深刻，在形式技巧上，對仗工整，好用誇飾典故，遵
循當時以八字韻爲主的風氣，字數符合唐律賦 320 至 400 字之間的限
制，句式大量使用四六隔句對，且爲使聲律諧和，而改變題韻的次第，
這些技巧都使其賦作更加靈活多變、精彩紛呈，在整體上呈現出一種
自然、文雅的藝術風格。正因其題材、內容和形式技巧諸方面都有不
同於前人的創新特色，故不僅在當時名揚四方，就文學創作而言，無
異又向前邁進一步，對後人有不可磨滅的貢獻。透過對王棨賦作的分
析，我們可以看出其在賦學上的成就及對後代的影響：

　　（一）王棨的律賦描寫細膩，結構完整，用典精確，押韻諧暢，
句法對偶工整，符合唐抄本《賦譜》所規定的律賦正格，達到很高的
創作成就。

　　（二）唐代律賦發展到晚唐懿宗咸通年間，在題材上已經在很大
程度上突破科舉命題「冠冕正大」的道德藩籬，作家對律賦的體式已
經非常熟悉，可以自由地運用這種文學樣式來描寫景物，抒發情懷。
律賦逐漸由單純的科舉文體演變成自足獨立的文學體裁。

　　（三）王棨律賦在聲律的運用上展現出一個明顯的特色，即改變
原先限韻字的次序，用一平一仄，平仄相間的押韻方式來構段。這種
作法開啓了晚唐和宋初律賦四平四仄，平仄相間，依次用韻的先河，
證明一種文學樣式的官方或寫作界約定俗成的規定，首先來自于作家
在作品中的實際運用，而不是毫無根據的憑空產生。

　　（四）律賦至中晚唐在形式上有兩個方向的發展：一則堅持駢偶
原則，如李商隱四六駢文一樣精工巧麗；另一方面是在韓柳古文運動
倡導下，使律賦逐漸散文化。元稹、白居易爲散體化的代表，「律賦

多有四六，鮮有作長句者；破其拘攣，自元、白始」（李調元《雨村賦話》）。王棨、王起、黃滔等人雖然在內容上已突破傳統的束縛，形式上也走向精美、散體化，但都仍堅持律賦正格，維護賦體正統。兩個方向互有交叉，也互有得失，不必厚此薄彼。

　　（五）王棨律賦對晚唐和宋代乃至清代的律賦製作都產生了很大的影響，因而受到後代選家和賦評家的高度重視。其山水亭閣律賦的描寫方法甚至對宋代的樓台亭閣序記類文體也有所影響，如〈白雪樓賦〉對照描寫作者在不同氣候、不同時節登樓所見的景觀特色，對宋代范仲淹寫《岳陽樓記》應當很有啟發；又如〈離人怨長夜賦〉中刻畫別離之苦既真切厚重又含而不露的抒情技巧，對後來的戲曲作品，如馬致遠的《漢宮秋》、白樸《唐明皇秋夜梧桐雨》等對離情別恨的描寫，都有啟迪之功。跨文類文體的相互影響研究應該成為文學史家關注的研究課題。

　　總之，在王棨的筆下，律賦不再僅是為了應試的一種工具，而成了運用自如的抒情文體，無論是傷時詠史、寓言神話，還是寫景言事，都具有一定的思想內容和情感色彩，與那種完全為適應于應試程式而寫的正統律賦不同。王棨不但拓展了題材，開拓了晚唐律賦的領域，更使律賦擺脫了「冠冕正大」、歌功頌德的羈絆，成為一種不受約束、能隨意抒寫情懷及描繪山川風物的文體，這種內容新穎、形式精美的作品，對晚唐及宋代律賦的貢獻和影響是巨大的。

參考書目

一、古籍（依朝代排列）

1. 十三經注疏，重刻宋本，藝文印書館。

2. 〔漢〕司馬遷《史記》，台北：藝文印書館。

3. 〔漢〕班固《漢書》，鼎文書局新校本，民 70 年四版。

4. 〔晉〕張華《博物志》，台北：台灣中華書局，民 59 年。

5. 〔南朝宋〕劉義慶《世說新語》，台北：藝文印書館。

6. 〔梁〕劉勰《文心雕龍注》，台北：台灣開明書局，民 47 年 4 月臺一版，民 67 年 9 月臺 14 版。

7. 〔唐〕房玄齡等奉敕撰《晉書》，鼎文書局新校本，民 65 年初版。

8. 〔後晉〕劉昫《舊唐書》，洪氏出版社印行。

9. 〔五代〕王定保《唐摭言》，台北：世界書局，民 48 年。

10. 〔宋〕王溥《唐會要》，台北：世界書局，1982 年。

11. 〔宋〕王讜《唐語林》，北京：中華書局，1955 年。

12. 〔宋〕司馬光《資治通鑑》，《四部備要》本據鄱陽胡氏仿元刊本校刊，台灣中華書局。

13. 〔宋〕洪邁《容齋隨筆》，《四部叢刊》續編子部，台灣商務印書館。

14. 〔宋〕歐陽修、宋祁撰《新唐書》，洪氏出版社印行。

15. 〔宋〕鄭起潛《聲律關鍵》，台北：台灣商務印書館影苑委別藏。

16. 〔宋〕羅大經《鶴林玉露‧劉錡贈官制》，北京：新華書局北京發行所發行，1997 年 12 月湖北第 2 次印刷。

17. 〔元〕祝堯《古賦辯體》，台北：台灣商務印書館影四庫全書。

18. 〔明〕胡震亨《唐音癸籤》，台北：世界書局，民 66 年。

19. 〔明〕何喬遠編撰《閩書》，福建人民出版社，1995 年 12 月。

20. 〔明〕徐師曾《文體明辨》，《四庫全書存目叢書》，齊魯書局，1997 年 7 月 1 版 1 刷。

21. 〔清〕李調元《賦話》，台北：世界書局，1962 年。

22. 〔清〕徐松《登科記考》，驚聲文物供應公司印行。

23. 〔清〕陳元龍等編《歷代賦彙》，台北：世界書局。

24. 〔清〕孫梅《四六叢話》，台北：世界書局，1962 年。

25. 〔清〕董誥等編《全唐文》，上海：上海古籍出版社，1990 年。

26. 〔清〕劉熙載《藝概》，廣文書局，民 16 年 12 月印行。

27. 〔清〕王先謙《莊子集解》，台北：三民書局，民 88 年 5 月四版二刷。

二、近人著作（依姓名筆劃排列）

1. 中國社會科學院世界宗教所道教研究室《道教文化面面觀》，齊魯書社出版，1996 年 3 月。

2. 尹占華《律賦論稿》，成都：巴蜀書社出版，2001 年 5 月第一版。

3. 王力《古漢語通論》，香港：中外出版社，1976 年 1 月。

4. 王叔岷《鍾嶸詩品箋證稿》，台北：中央研究院中國文哲研究所發行，民國 81 年 3 月初版。

5. 王國維《宋元戲曲史》，台北：商務印書館，民國 28 年。

6. 王夢鷗《禮記校證》，台北：藝文印書館，民國 65 年 12 月。

7. 丘瓊蓀《詩賦詞曲概論》，台北：台灣中華書局出版社，民國 72 年 1 月臺三版。

8. 曲德來等主編《歷代賦廣選‧新注‧集評》，瀋陽市：遼寧人民出版社，2001 年。

9. 何文煥《歷代詩話》，台北：漢京出版社，民國 72 年。

10. 何沛雄編《賦話六種》，香港：三聯書店，1982 年。

11. 何新文《中國賦論史稿》，北京：開明出版社，1993 年 4 月第一版。

12. 吳庚舜、董乃斌主編《唐代文學史》，北京：人民文學出版社，2000 年 6 月。

13. 李曰剛《中國辭賦流變史》，台北：國立編譯館，民國 86 年 7 月初

版。

14. 季明華《南宋詠史詩研究》，台北：文津出版社，1997 年 11 月。

15. 林蕙《中國音樂史講義》，台北：七燈出版社，民國 70 年 2 月。

16. 俞紀東《漢唐賦淺說》，上海：東方出版社，1999 年 12 月第一版第一次印刷。

17. 袁行霈主編《中國文學史》，北京：高等教育出版社，1999 年 8 月。

18. 馬積高、萬光治主編《賦學研究論文集》，成都：巴蜀書社，1991 年。

19. 馬積高《賦史》，上海：上海古籍出版社，1987 年 7 月。

20. 馬積高《歷代辭賦研究史料概述》，北京：中華書局，2001 年 4 月第一版。

21. 國立政治大學文學院《第三屆國際辭賦學學術研討會論文集》，台北：國立政治大學文學院編印，1996 年 12 月。

22. 張仁青《駢文學》，台北：文史哲出版社，民國 73 年 3 月初版。

23. 曹明綱《賦學概論》，上海：上海古籍出版社出版，1998 年 11 月第一版。

24. 許結著《中國賦學歷史與批評》，江蘇教育出版社，2001 年 7 月。

25. 郭紹虞《中國文學批評史》，台北：臺灣商務印書館，民國 23 年 5 月初版，民國 59 年 10 月臺二版。

26. 郭維森、許結著《中國辭賦發展史》，江蘇教育出版社，1996 年 8 月。

27. 陳良運主編《中國歷代賦學曲學論著選》，南昌：百花洲文藝出版社，2002 年 4 月第一版第一次印刷。

28. 陳慶元著《賦：時代投影與體制演變》，桂林：廣西師範大學出版社，2000 年 1 月。

29. 陶敏、李一飛合著《隋唐五代文學史料學》，北京：中華書局出版，2001 年 11 月。

30. 傅璇琮、郁賢皓主編《唐代文學研究年鑑‧1999》，桂林：廣西師範大學出版社，2000 年。

31. 傅璇琮《唐代科舉與文學》，陝西：陝西人民出版社出版，1995 年 6 月第二次印刷。

32. 湖北大學中國古代文學學科編《中國古代文學論集》，北京：中華書局，2002 年 1 月。

33. 黃水雲《六朝駢賦研究》，台北：文津出版社，1999 年 10 月。

34. 葉幼明《辭賦通論》，湖南：湖南教育出版社，1991 年 5 月第一版。

35. 詹杭倫、沈時蓉校證《雨村賦話校證》，台北：新文豐出版社，1993年6月。

36. 詹杭倫《唐宋賦學新探講義》，逢甲大學中文系博士班課程，民國93年3月。

37. 詹杭倫《清代賦論研究》，台北：臺灣書局，2002年2月初版。

38. 鈴木虎雄著，殷石臞譯《賦史大要》，台北市：正中書局，民國81年。

39. 廖國棟《魏晉詠物賦研究》，台北：文史哲出版社，民國79年3月初版。

40. 劉大杰《中國文學發展史》，台北：華正書局，1987年。

41. 簡宗梧《賦與駢文》，台北：臺灣書局發行，民國87年10月初版。

42. 鄺健行《科舉考試文體論稿：律賦與八股文》，台北：臺灣書局發行，民國88年5月初版。

43. 羅宗強《隋唐五代文學思想史》，北京：中華書局，1999年8月第一版。

三、期刊論文

1. 王基倫〈中晚唐賦體創作趨向新議〉，《第三屆國際辭賦學學術研討會論文集》，台北：國立政治大學，1996年12月。

2. 何新文〈近二十年大陸賦學文獻整理的新進展〉，《辭賦文學論集》，南京：江蘇教育出版社，1999年12月，頁750～768。

3. 洪順隆〈初唐賦的三教思想風貌〉，《辭賦論叢》，文津出版社，2000年9月一刷。

4. 馬積高〈唐代的科舉考試與詩的繁榮〉，《唐代文學論叢》第三期，1982年7月。

5. 許結〈二十世紀賦學研究的回顧與瞻望〉，《文學評論》，1998年6期。

6. 許結〈古律之辨與賦體之爭：論後期賦學壇變之理論軌跡〉，政治大學文學院編《第三屆國際辭賦學學術研討會論文集》，台北：政治大學，1996年。

7. 陳萬成〈《賦譜》與唐賦的演變〉，南京大學中文系主編《辭賦文學論集》，南京：江蘇教育出版社，1999年。

8. 詹杭倫〈唐鈔本《賦譜》初探〉，《四川師範大學學報》增刊7期，1993年。

9. 詹杭倫〈清代賦格著作《賦學指南》考論〉，第五屆國際辭賦學學術

研討會論文，漳州師範學院，2001 年 11 月。

10. 簡宗梧〈試論唐賦之發展及其特色〉，《第二屆國際唐代學術會議論文集》，台北：文津出版社，1993 年 6 月，頁 109～127。

11. 簡宗梧〈唐文辭賦化之考察〉，《第四屆唐代文化學術研討會論文集》國立成功大學中國文學系主編、出版，1999 年 1 月初版，頁 69～91。

12. 簡宗梧《唐代文學與文化子計畫一：唐律賦典律之研究》逢甲大學研究群專題計畫成果報告，民國 91 年 7 月 31 日，計畫編號：FCU-RD-90-02-01。

13. 簡宗梧、游適宏〈律賦在唐代「典律化」之考察〉，《逢甲人文社會學報》第一期，2000 年 11 月，頁 1～16。

14. 羅聯添〈唐代進士科試詩賦的開始即其相關問題〉，《中國歷史學會史學集刊》第 17 期，1985 年 5 月，頁 9～20。

四、學位論文

1. 白承錫《初唐賦研究》，1994 年政治大學中文所博士論文。

2. 馬寶蓮《唐律賦研究》，民國 82 年文化大學中文所博士論文。

3. 陳成文《唐代古賦研究》，1998 年政治大學中文所博士論文。

4. 游適宏《由拒唐到學唐：元明清賦論趨向之一考察》，2001 年政治大學中文所博士論文。

附　錄

附錄一：王棨賦作出處表

賦　名	麟角集	全唐文	文苑英華	歷代賦彙	古今圖書集成
四皓從漢太子賦	頁 1	卷七百六十九		卷四十二治道	
涼風至賦	頁 2	卷七百七十		卷七天象	曆象彙編乾象典／風部／藝文◇卷號→乾象典第 66 卷
詔遣軒轅先生歸羅浮舊山賦	頁 3	卷七百六十九		卷一○五仙釋	
武關賦	頁 4	卷七百七十	卷四五邑居	卷三十九都邑	方輿彙編→職方典→西安府部→藝文 方輿彙編→坤輿典→關隘部→藝文
闕里諸生望東封賦	頁 5	卷七百六十九		卷五十七臨幸	
一賦	頁 6	卷七百六十九		卷六十六性道	
義路賦	頁 7	卷七百六十九		卷六十八性道	理學彙編→經籍典→四書部→藝文 理學彙編→學行典→義部→藝文
鳥求友聲賦	頁 8	卷七百六十九		卷六十八性道	
夢為魚賦	頁 9	卷七百七十		卷一一三寓言	曆象彙編→庶徵典→夢部→藝文

綴珠爲燭賦	頁10	卷七百七十	卷九十七玉帛	經濟彙編→食貨典→珠部→藝文
沈碑賦	頁11	卷七百七十	卷一一一覽古	
迴鴈峯賦	頁12	卷七百七十	卷十四地理	
延州獻白鵲賦	頁13	卷七百六十九	卷五十六禎祥	曆象彙編→庶徵典→禽異部→藝文 博物彙編→禽蟲典→鵲部→藝文
魚龍石賦	頁14	卷七百七十	卷二十三地理	方輿彙編→坤輿典→石部→藝文
芙蓉峯賦	頁15	卷七百七十	卷十四地理	
白雪樓賦	頁16	卷七百六十九	卷七十九室宇	經濟彙編→考工典→樓部→藝文
珠塵賦	頁17	卷七百七十	卷二十三地理	方輿彙編→坤輿典→灰塵部→藝文
耕弄田賦	頁18	卷七百六十九	卷五十一典禮	經濟彙編→食貨典→農桑部→藝文
燭籠子賦	頁19	卷七百七十	卷八十八器用	
三箭定天山賦	頁20	卷七百七十	卷六十四武功	
秋夜七里灘聞漁歌賦	頁21	卷七百七十	外集卷十行旅	
貧賦	頁22	卷七百七十	外集卷十九人事	明倫彙編→人事典→貧賤部→藝文
離人怨長夜賦	頁23	卷七百七十	外集卷八懷思	
琉璃窗賦	頁24	卷七百七十	卷九十八玉帛	經濟彙編→食貨典→琉璃部→藝文 經濟彙編→考工典→窗牖部→藝文
曲江池賦	頁25	卷七百七十	卷二十八地理	方輿彙編→山川典→曲江部→藝文 經濟彙編→考工典→池沼部→藝文

水城賦	頁26	卷七百七十		卷三十地理	方輿彙編 → 坤輿典 → 水部 → 藝文
聖人不貴難得之貨賦	頁27	卷七百六十九		卷四十三治道	
吞刀吐火賦	頁28	卷七百七十	卷八二雜技	卷一○四巧藝	博物彙編 → 藝術典 → 幻術部 → 藝文
手署三箭賜名臣賦	頁29	卷七百六十九		卷四十二治道	
端午日獻尙書爲壽賦	頁30	卷七百六十九	卷六三儒學	卷六十文學	理學彙編 → 經籍典 → 書經部 → 藝文
元宗幸西涼府觀燈賦	頁31	卷七百六十九		卷一○五仙釋	經濟彙編 → 考工典 → 燈燭部 → 藝文
江南春賦	頁32	卷七百七十		卷十歲時	曆象彙編 → 歲功典 → 春部 → 藝文
神女不過灌壇賦	頁33	卷七百六十九		卷四十二治道	
樵夫笑士不談王道賦	頁34	卷七百六十九		卷四十六治道	
蟭螟巢蚊睫賦	頁35	卷七百七十		卷一一三寓言	
耀德不觀兵賦	頁36	卷七百六十九		卷四十四治道	
倒載干戈賦	頁37	卷七百六十九		卷四十四治道	
握金鏡賦	頁38	卷七百六十九		卷四十五治道	明倫彙編 → 皇極典 → 治道部 → 藝文
黃鐘宮爲律本賦	頁39	卷七百七十		卷十三歲時	經濟彙編 → 樂律典 → 律呂部 → 藝文
松柏有心賦	頁40	卷七百六十九		卷六十八性道	
跬步千里賦	頁41	卷七百六十九		卷六十八性道	理學彙編 → 學行典 → 愼微部 → 藝文
牛羊勿踐行葦賦	頁42	卷七百六十九		卷四十三治道	
多稼如雲賦	頁43	卷七百七十		卷七十農桑	曆象彙編 → 庶徵典 → 豐歉部 → 藝文 博物彙編 → 藝術典 → 農部 → 藝文

馬惜錦障泥賦	頁 44	卷七百七十		卷一三五鳥獸	博物彙編 → 禽蟲典 → 馬部 → 藝文
盛德日新賦	頁 45	卷七百六十九		卷四十一治道	明倫彙編 → 皇極典 → 君德部 → 藝文
沛父老留漢高祖賦	頁 46	卷七百六十九	卷五九行幸	卷四十二治道	

附錄二：王棨賦作押韻、結構表

一、〈耀德不觀兵賦〉，以「聖德照臨寰區清泰」為韵

1. 聲教斯播，戎夷自平。（緊句）只在推賢而耀德，豈由命將以觀兵。（長句）垂彼衣裳，示朝廷之有序；櫜其弓矢，俾海內以惟[清]。（輕隔）

2. 皇帝以（發語）眇屬前聞，遐觀列[聖]。（緊句）謂修文而可致其肅穆，謂立武（則）必傷乎性命。（長句）將欲（發語）來萬國之好，去百王之病。（長句）鴻私元澤，常昭天子之仁；豹略龍韜，不授將軍之柄。（輕隔）

3. 故得（發語）地協三無，風清八[圌]。（緊句）混軌文以殊俗，銷劍戟于洪爐。（長句）況其（發語）德乃車也，兵由火乎？（緊句）豈宜執以二三，臨于下土；安可封其十萬，擾彼邊隅。（重隔）

4. 所以（發語）修之爲勤，戢之不惑。（緊句）湯脩而葛伯斯服，舜舞而有苗自格。（長句）是知（發語）失德者由乎縱五兵，偃兵者在乎興七[德]。（長句）

5. 今則（發語）朔野烽滅，遼陽戍閒。（緊句）堯心非樂乎丹浦，周馬已歸乎華山。（長句）使跂行喙息之微，咸躋壽域；見執銳被堅之役，盡復人[寰]。（雜隔）

6. 然後（發語）澤溢區中，塵消塞外。（緊句）四方忘覆載之力，百姓免殺傷之害。（長句）雕題辮髮，傾心而俱喜子來；率土普天，鼓腹而悉歌時[泰]。（雜隔）

7. 蓋由（發語）煦嫗仁廣，含宏道深。（緊句）慕羲農之化洽，鄙湯武之君[臨]。（長句）曉月彤庭，共睹乾坤之量；秋風榆塞，不聞金革之音。（輕隔）

8. 斯乃（發語）帝道潛融，宸襟洞[照]。（緊句）得允文允武之體，

臻一張一弛之要。（長句）可謂（發語）超五帝而越三皇，合
二儀而齊兩曜。（長句）

表列總結如下：

段落	句　式								用　韻	韻　部	字數
	名稱	壯	緊	長	隔	漫	發	送			
第一段	頭		1	1	1				平、兵、清	下平聲庚韻	42
第二段	項		1	2	1			2	聖、命、病、柄	去聲敬韻	60
第三段	胸		2	1	1			2	區、爐、乎、隅	上平聲虞韻	52
第四段	上腹		1	2				2	惑、格、德	入聲藥職通韻	42
第五段	腹 中腹		1	1	1			1	閒、山、寰	上平聲刪韻	46
第六段	下腹		1	1	1			1	外、害、泰	去聲泰韻	46
第七段	腰		1	1	1			1	深、臨、音	下平聲侵韻	42
第八段	尾		1	2				2	照、要、曜	去聲嘯韻	40
總計			9	11	6			12	26韻字	8韻，4平韻，4仄韻	370

二、〈武關賦〉，以「海內無事重關不修」為韻

1. 路入商山，中橫武關。（緊句）呀重門之固護，屹峭壁以厚顏。
   （長句）昔在危時，屯千夫而莫守；今當聖日，致一卒以長
   閒。（輕隔）

2. 觀乎（發語）地勢爭雄，山形互對。（緊句）西連蜀漢之險，
   北接崤函之塞。（長句）巢百二都，綿幾千代。（緊句）世亂
   則陋限區宇，時清乃通同外內。（長句）

3. 想其（發語）六國連謀，關防日修。（緊句）則斯地也，（發
   語）雲屯貔虎，雪耀戈矛。（緊句）張儀出以行詐，懷王入而

竟留。（長句）縱下客之雞鳴，將開莫可；任公孫之馬白，欲度無由。（重隔）

4. 洎夫（發語）塵起九州，波搖四海。（緊句）秦鹿失而襟帶難保，漢龍興而山河詎改。（長句）豈料御衝之所，此日全平；未知擊柝之徒，當時安在。（重隔）

5. 所謂（發語）以兵而備之，莫之能守；以道而居者，無得而踰。（雜隔）千里之金城湯池，終爲漢有；二世之土崩魚爛，自是秦無。（雜隔）

6. 今則（發語）要害何虞，隆平已久。（緊句）雖設險而如在，顧戒嚴而則不。（長句）蕭條故壘，豈臧文之廢來；歷漠空扉，似楊僕之移後。（輕隔）

7. 斯蓋（發語）文脩武偃，國泰時雍。（緊句）濬四溟而作塹，廓八極以爲墉。（長句）遂使（發語）鼙鼓無喧，一水之秋聲決決；旌旗常卷，千巖之暮色重重。（雜隔）

8. 嗟夫（發語）昔謂洪樞，今成鄙地。（緊句）信無外以斯見，實善閉之猶至。（長句）儒有（發語）經其所，感其事。（壯句）乃曰：（發語）「今朝西去，苟無隨老氏之人，他日東來，誰是識終童之吏。（雜隔）」

表列總結如下：

| 段　落 | 句　　式 | | | | | | | 用　　韻 | 韻　部 | 字數 |
	名　稱	壯	緊	長	隔	漫	發	送			
第一段	頭		1	1	1				關、顏、閒	上平聲刪韻	40
第二段	項		2	2			1		對、塞、代、內	去聲隊韻	44
第三段	胸		2	1	1		2		修、矛、留、由	下平聲尤韻	54
第四段	腹	上腹	1	1	1		1		海、改、在	上聲賄韻	46
第五段		中腹			2		1		踰、無	上平聲虞韻	42

第六段	下腹	1	1	1	1	久、不、後	上聲有韻	42
第七段	腰	1	1	1	2	雍、墉、重	上平聲多韻	46
第八段	尾	1	1	1	3	地、至、事、吏	去聲置韻	54
總計		1	9	8	8	11	26韻字	8韻，4平韻，4仄韻	368

三、〈倒載干戈賦〉，以「聖功克彰兵器斯戢」為韻

1. 欲廓文德，先韜武功。（緊句）倒干戈而是載，鑄劍戟以攸同。（長句）千里還師，迴刃于戎車之上；一朝偃伯，垂仁于王道之中。（雜隔）

2. 皇上以（發語）心宅八絃，威加四極。（緊句）有罪必伐，無征不克。（緊句）旌旗西嚮，競納欵于中原；鼙鼓東臨，咸獻俘於上國。（輕隔）

3. 然後（發語）軫宸慮，惻皇情。（壯句）萬姓苟宜于子視，三邊可俟其塵清。（長句）由是（發語）罷師旅，休甲兵。（壯句）千櫓勢傾，壓雙輪而委積；戈鋌色寢，滿十乘以縱橫。（輕隔）

4. 蓋以（發語）戰乃危事，兵惟凶器。（緊句）欲令永脫于禍機，必使先離乎死地。（長句）所以（發語）前鐏俄睹，迴轅繼至。（緊句）虞舜舞而曾用，比此窊同；魯陽揮以負來，于斯則異。（重隔）

5. 既不授其豹略，乃長苞于虎皮。（長句）諒櫜弓而若此，詎返旆以如斯。（長句）徵彼禮經，柝軸苟聞于山立；考諸易象，盈車徒見其離爲。（雜隔）

6. 豈慮自焚，誠同載戢。（緊句）五兵從此以皆弭，七德于焉而復立。（長句）遂使頑兇之子，無日可尋；更憐忠烈之臣，徒云能執。（重隔）

7. 故得（發語）殺氣潛息，嘉猷孔彰。（緊句）以此懷柔，而何

人不至；以此亭育，而何俗不康。（雜隔）罷刃銷金，道無慚
于齊帝；放牛歸馬，德甯愧于周王。（輕隔）

8. 大矣哉！（發語）因爾仁天，用藏兵柄。（緊句）得東征西怨
之體，見師出凱旋之盛。（長句）小臣伏睹乎橐鞬，敢不歌揚
于明 聖 。（長句）

表列總結如下：

| 段落 | 句　　式 | | | | | | | | 用　　韻 | 韻　部 | 字數 |
	名　稱	壯	緊	長	隔	漫	發	送			
第一段	頭		1	1	1				功、同、中	上平聲東韻	42
第二段	項		2		1			1	極、克、國	入聲職韻	39
第三段	胸	2		1	1			2	情、清、兵、橫	下平聲庚韻	50
第四段	上腹		2	1	1			2	器、地、至、異	去聲置韻	54
第五段	中腹			2	1				皮、斯、爲	上平聲支韻	46
第六段	下腹		1	1	1				戢、立、執	入聲緝韻	41
第七段	腰		1	2				1	彰、康、王	下平聲陽韻	48
第八段	尾		1	2				1	柄、盛、聖	去聲敬韻	39
總計		2	8	8	8			7	26韻字	8韻，4平韻，4仄韻	359

（腹：第四段～第六段）

四、〈牛羊勿踐行葦賦〉，以「皇化所加德同周道」為韻

1. 育物恩廣，垂衣道豐。（緊句）流德澤于行葦，示人心于牧
   （長句）且曰：（發語）「驅爾牛羊，勿近萋萋之道；恐其蹄
   角，踐傷泥泥之叢。」（輕隔）斯乃（發語）家國攸用，華夷
   所 同 。（緊句）俾遂生榮之性，仍登忠厚之風。（長句）

2. 是以（發語）發自睿情，指乎幽渚。（緊句）伊方苞方體之地，

匪或寢或訛之所。(長句) 未逢至化，其生有類于蒿萊；今被仁風，所貴不殊於稷黍。(雜隔)

3. 懿夫（發語）拂水沙際，搖煙路旁。(緊句) 安可（發語）縱三犧而蹂躪，放千足以跳踉。(長句) 莫不（發語）欽聖教，感吾皇。(壯句) 戒彼畜之奔逸，免斯條之折傷。(長句)
4. 由是（發語）綠野分驅，蒼葭共保。(緊句) 但踞桃林之板，自齕金華之草。(長句) 春風澤畔，如生遂字之心；落日山邊，盡認下來之道。(輕隔)
5. 況乎（發語）挺本方茂，爲航可嘉。(緊句) 靃靡而爭芳荇葉，參差而競秀蘭芽。(長句) 若使（發語）大武斯履，柔毛所加。(緊句) 則（發語）八月洲前，無復凝霜之葉；三秋江上，難逢似雪之花。(輕隔)
6. 是以（發語）咸仰嘉猷，式遵元德。(緊句) 牧者既以承其教，虞人得以脩其職。(長句) 故能（發語）隔瑩蹄于平野，莫往莫來；限墳首于荒郊，自南自北。(重隔)
7. 然後（發語）澤靡不洽，恩無不周。(緊句) 國有殷充之實，家無罄匱之憂。(長句) 網不入于污池，斯言莫偶；斧以時于林藪，厥義難侔。(重隔)
8. 偉夫（發語）至理彌彰，前經可駕。(緊句) 遠符大雅之什，允協文王之化。(長句) 因知皇王之教，所憂不唯禾稼。(漫句)

表列總結如下：

段落	句式								用韻	韻部	字數
	名稱	壯	緊	長	隔	漫	發	送			
第一段	頭		2	2	1		2		豐、僮、叢、同、風	上平聲東韻	64
第二段	項		1	1	1		1		渚、所、黍	上聲語韻	46
第三段	腹 胸	1	1	2			3		旁、踉、皇、傷	下平聲陽韻	44

第四段	上腹		1	1	1		1	保、草、道	上聲皓韻	42
第五段	中腹		2	1	1		3	嘉、芽、加、花	下平聲麻韻	55
第六段	下腹		1	1	1		2	德、職、北	入聲職韻	46
第七段	腰		1	1	1		1	周、憂、侔	下平聲尤韻	42
第八段	尾		1	1		1	1	駕、化、稼	去聲禡韻	34
總計		1	10	10	6	1	14	28韻字	8韻，4平韻，4仄韻	373

五、〈耕弄田賦〉，以「宮裏為田勸率耕事」為韻

1. 漢昭帝之御乾，時猶眇年。（漫句）能首率于農務，遂躬耕乎弄田。（長句）理叶生知，益識邦家之本；事殊兒戲，斯爲教化之先。（輕隔）

2. 當其（發語）天駟既端，土膏初起。（緊句）命開鉤盾之側，將幸上林之裏。（長句）有司于是（發語）整溝塍，修耒耜。（壯句）別置膏腴之所，取法百廛；旁觀齷齪之間，如方千里。（重隔）

3. 帝乃（發語）駕雕輦，出深宮。（壯句）展三推而不異，籍千畝以攸同。（長句）且曰：（發語）「朕（發語）位極元首，身慚幼沖。（緊句）每訪皇王之業，無先播殖之功。（長句）未遂躬親，于彼神皋之內；聊將樹藝，於茲禁苑之中。（輕隔）」

4. 然後（發語）俯天顏，擁農器。（壯句）向畎澮以懋力，對鋤耰而多思。（長句）豈無宴樂，不如敬順于天時；亦有游畋，莫若勤勞於農事。（雜隔）

5. 是則（發語）非同學稼，粗表親耕。（緊句）既留心於東作，甯無望於西成。（長句）環衛近臣，盡起西疇之興；宮闈侍女，微生南畝之情。（輕隔）

6. 于時（發語）稼政既修，稻人是率。（緊句）千牛之列有序，

九扈之官咸秩。（長句）神農舊務，嘗廢于他年；后稷餘風，復興于此日。（雜隔）

7. 嘉夫（發語）戲或是戲，爲勝不爲。（緊句）審殷阜之由此，知艱難之在斯。（長句）自昔庸君，多昧三時之務；惟茲少主，能分五地之宜。（輕隔）

8. 故得（發語）教化下敷，皇猷上建。（緊句）人忘荷鍤之苦，俗靡帶牛之願。（長句）因知翦桐葉以命封，未若畎斯田而天下勸。（漫句）

表列總結如下：

段落	句　式								用　韻	韻　部	字數
	名　稱	壯	緊	長	隔	漫	發	送			
第一段	頭			1	1	1			年、田、先	下平聲先韻	42
第二段	項	1	1	1	1		2		起、裏、耜、里	上聲紙韻	52
第三段	胸	1	1	2	1		3		宮、同、沖、功、中	上平聲東韻	63
第四段	上腹	1		1	1		1		器、思、事	去聲寘韻	42
第五段	中腹		1	1	1		1		耕、成、情	下平聲庚韻	42
第六段	下腹		1	1	1		1		率、秩、日	入聲質韻	40
第七段	腰		1	1	1		1		爲、斯、宜	上平聲支韻	42
第八段	尾		1	1		1	1		建、願、勸	去聲願韻	39
總計		3	6	9	7	2	10		27韻字	8韻，4平韻，4仄韻	362

六、〈黃鐘宮為律本賦〉，以「究極中和是為天統」為韻

1. 玉律奚始，黃鍾實先。（緊句）潛應仲多之候，仍居大呂之前。（長句）聲既還宮，初協八音七政；數從推歷，終由兩地參

天。（輕隔）

2. 當其（發語）黃帝命官，太師授職。（緊句）參六呂以迭用，本一陽而立則。（長句）八風自此以條暢，萬物于焉而動植。（長句）權衡有準，知累黍之無差；寒暑相生，諒循環而不極。（輕隔）

3. 是知（發語）召呂者律，爲君者宮。（緊句）既從無而入有，可原始而要終。（長句）聲雖發外，氣本從中。（緊句）或煦或吹，根初九爻而立紀；日來月往，首十二管以成功。（雜隔）

4. 懿夫（發語）肇啓乾坤，潛分節候。（緊句）見歷數以無紊，顧萌芽而欲秀。（長句）革彼應鐘，先乎太簇。（緊句）克諧韶濩，唯子野以能知；自得厚均，匪伶倫而莫究。（輕隔）

5. 故得（發語）洪織溥暢，上下無頗。（緊句）騰葭灰而漸散，映緹幕以方多。（長句）初感于人，復京房之氣性；終晷于地，成燕谷之陽和。（輕隔）

6. 俾玉燭以調勻，與璇璣而錯綜。（長句）于以宣于四序，于以貞乎三統。（長句）

7. 自然（發語）功歸不宰，理叶無爲。（緊句）蓋陰陽之變化，信氣序之推移。（長句）雄鳳鳴而雌相應，盡皆類此；商爲君而徵爲事，未足方斯。（雜隔）

8. 爲律之本兮既如彼，爲天之統兮又如此。（長句）明庭樂協，寧俟于李延年；皇上聲撝，豈慚于夏后氏。（輕隔）既而（發語）榮發枯槁，春流逶邐。（緊句）願一變于寒枝，獲生成兮若是。（漫句）

表列總結如下：

段落	句　　式							用　　韻	韻　部	字數
	名　稱	壯	緊	長	隔	漫	發	送			
第一段	頭		1	1	1				先、前、天	下平聲先韻	40

段	部位						韻字	韻	字數
第二段	項	1	2	1		1	職、則、植、極	入聲職韻	56
第三段	胸	2	1	1		1	宮、終、中、功	上平聲東韻	52
第四段	上腹	2	1	1		1	候、秀、究	去聲宥韻	50
第五段	腹 中腹	1	1	1		1	頗、多、和	下平聲歌韻	42
第六段	下腹		2				綜、統	去聲送韻	24
第七段	腰	1	1	1		1	為、移、斯	上平聲支韻	44
第八段	尾	1	1	1	1	1	此、氏、邇、是	上聲紙韻	58
總計		9	10	7	1	6	26韻字	8韻，4平韻，4仄韻	366

七、〈闕里諸生望東封賦〉，以「聖德光被人思告誠」為韻

1. 魯國諸生，欣逢聖明。（緊句）咸西嚮以迎睇，望東封而勒誠。（長句）習禮空勞，日日而徒瞻嶽色；凝旒何處，年年而尚鬱人情。（雜隔）

2. 豈不以（發語）兵偃三邊，塵清萬里。（緊句）欲行登禪之事，猶執勞謙之德。（長句）是使（發語）想黃屋以心傾，歛青襟而目極。（長句）

3. 乃相謂曰：（發語）「自古帝王，功成業昌。（緊句）盡皆（發語）增博厚，報穹蒼。（壯句）所以（發語）山呈瑞應，水出榮光。（緊句）國泰財阜，時豐俗康。（緊句）」固合（發語）陳俎豆，捧珪璋。（壯句）高踐天壇之上，遙昇日觀之傍。（長句）

4. 而乃（發語）闕其儀，寢其議。（壯句）蓋（發語）九重之鳳詔缺敷，四海之鴻恩未被。（長句）空令漢史，願陪檢玉之行；更切孔徒，渴見泥金之事。（輕隔）

5. 莫不（發語）引領延佇，凝情盡 思 。（緊句）未遂相如之請，空吟叔寶之詩。（長句）夫子壇邊，恐雲龍之會晚；顏生巷裏，憂日月以來遲。（輕隔）

6. 況可（發語）後示百王，前觀萬姓。（緊句）三千徒兮，今日斯懇；七十君兮，當時稱 盛 。（平隔）潛期山下，得聞萬歲之呼；每想封中，獲仰千年之聖。（輕隔）

7. 嗟夫！（發語）跡居洙泗，魂斷咸秦。（緊句）俟南面之鸞駕，問西來之路 人 。（長句）當河清海晏之時，宜遵古典；是率土普天之幸，豈但素臣。（雜隔）

8. 近雖（發語）下國梟鳴，邊夷鼠盜。（緊句）既有征而無戰，盡摧凶而翦暴。（長句）宜允儒者之心，登泰山而昭 告 。（漫句）

表列總結如下：

段落	句　　式 名稱	壯	緊	長	隔	漫	發	送	用　　韻	韻　部	字數
第一段	頭		1	1	1				明、誠、情	下平聲庚韻	42
第二段	項		1	2			2		里、德、極	入聲職韻	37
第三段	胸	2	3	1			4		昌、蒼、光、康、璋、傍	下平聲陽韻	58
第四段	上腹	1		1	1		2		議、被、事	去聲寘韻	45
第五段	腹 中腹		1	1	1		1		思、詩、遲	上平聲支韻	42
第六段	下腹		1		2		1		姓、盛、聖	去聲敬韻	54
第七段	腰		1	1	1		1		秦、人、臣	上平聲眞韻	44
第八段	尾		1	1		1	1		盜、暴、告	去聲號韻	34
總計		3	9	8	6	1	12		27 韻字	8 韻，4 平韻，4 仄韻	356

八、〈盛德日新賦〉，以「脩乃無已堯舜何遠」為韻

1. 皇德彌盛，宸心未休。（緊句）雖昭昭而光啓，猶日日以勤修。（長句）常懷姑務之情，漸宏帝道；轉見增光之美，益闡王猷。（重隔）

2. 豈非（發語）潛契無爲，思齊不宰。（緊句）誠蕩蕩之可及，故汲汲而罔怠。（長句）所以（發語）宅八極，家四海。（壯句）實憲文之道長，信鑒武之功倍。（長句）惕如御朽，化行克協于明哉；憂若納隍，令出必資乎慎乃。（雜隔）

3. 是故（發語）將致丕洽，克勤誕敷。（緊句）亭育旁覃于九有，英明上合于三無。（長句）每儼形容，建前王之標表；未嘗晷刻，廢哲后之規模。（輕隔）

4. 懷德兮如斯，好生兮何已。（長句）承昌運兮咸稱鼎盛，在聖躬兮甯唯玉比。（長句）區（發語）旋立後圖，亟更前軌。（緊句）蓋垂法于列辟，非取規於君子。（長句）

5. 由是（發語）祚既超漢，仁惟纂堯。（緊句）式孚已及于千品，克懋匪由乎一朝。（長句）振三代之風，咸知允叶；紹百王之業，是謂光昭。（雜隔）

6. 自可國肥，詎徒身潤。（緊句）焦思無慚于夏禹，犢行遠符乎虞舜。（長句）遂使（發語）卿雲瑞露，皆感之以呈祥；鑿齒雕題，具懷之而納賮。（輕隔）

7. 況乎（發語）混文軌，倒干戈。（壯句）惟馨之義斯在，既飽之人若何。（長句）播以樂章，八音而盡善盡美；導乎邦政，萬物而無偏無頗。（雜隔）

8. 大矣哉，（發語）垂拱端居，風行草偃。（緊句）全臻教化之要，漸積邦家之本。（長句）臣知合天地而日新又新，豈致君子云遠。（漫句）

表列總結如下：

段落	句式								用　韻	韻　部	字數
	名稱	壯	緊	長	隔	漫	發	送			
第一段	頭		1	1	1				休、修、猷	下平聲尤韻	40
第二段	項	1	1	2	1			2	宰、怠、海、倍、乃	上聲賄韻	64
第三段	胸		1	1	1			1	敷、無、模	上平聲虞韻	44
第四段	上腹			1	3			1	已、比、軌、子	上聲紙韻	47
第五段	中腹		1	1	1			1	堯、朝、昭	下平聲蕭韻	42
第六段	下腹		1	1	1			1	潤、舜、賁	去聲震韻	44
第七段	腰	1		1	1			1	戈、何、頗	下平聲歌韻	44
第八段	尾		1	1		1	1		偃、本、遠	上聲阮韻	39
總計		2	7	11	6	1		8	27韻字	8韻，4平韻，4仄韻	364

九、〈握金鏡賦〉，以「聖人執持照臨寰宇」為韵

1. 至明者莫尚乎金鏡，可類者莫先乎聖心。（長句）既施之于日用，如握此以君**臨**。（長句）有象必昭，含萬靈于睿聖；無幽不燭，若百煉於宸襟。（輕隔）

2. 稽夫（發語）稟氣于無形，成功于至妙。（長句）苟取喻于在掌，誰有疲于屢**照**。（長句）外發皇明，中凝德耀。（緊句）克符磨瑩之體，允叶提攜之要。（長句）

3. 故能（發語）洞達千里，高臨兆**人**。（緊句）尋元而光彩盈手，考理而貞明在身。（長句）雖跂行喙息之微，形容無隱；信率土普天之士，肝膽俱陳。（雜隔）

4. 莫不（發語）深貯乾坤，大極區**宇**。（緊句）誠非出匣以斯舉，詎誰臨臺而下取。（長句）潔澈在心，深沈似古。（緊句）笑

飛鵲以將繞，鄙芳菱而欲吐。（長句）

5. 懿夫（發語）皎皎斯在，兢兢自持。（緊句）異樞衡之是秉，見藻鑑之無私。（長句）所以（發語）辨愚智，洞華夷。（壯句）豈惟（發語）分大小，別妍嬙。（壯句）塵垢不染，英明在茲。（緊句）魑魅于焉而遠矣，姦邪無所以藏之。（長句）

6. 是知（發語）懸魏宮者難侔，挂秦臺者莫及。（長句）詎端拱而見捨，諒臨朝而盡執。（長句）孕玉燭以光動，寫珠庭而影入。（長句）

7. 蓋以（發語）持察群品，非窺聖顏。（緊句）迥出聲身之表，如存指掌之間。（長句）事異軒皇，得元珠于物外；功逾羲叔，御白日于人寰。（輕隔）

8. 宜乎（發語）永保清平，長稱明聖。（緊句）當宣室以潔朗，逗皇圖而輝映。（長句）臣知六五帝而四三皇，實由握乎斯鏡。（漫句）

表列總結如下：

段落	句　式							用　韻	韻　部	字數
	名稱	壯	緊	長	隔	漫	發	送			
第一段	頭			2	1				心、臨、襟	下平聲侵韻	48
第二段	項		1	3			1		妙、照、耀、要	去聲嘯韻	44
第三段	胸	1	1	1	1		1		人、身、陳	上平聲眞韻	46
第四段	上腹		2	2			1		宇、取、古、吐	上聲麌韻	44
第五段	腹 中腹	2	2	2			3		持、私、夷、嬙、茲、之	上平聲支韻	60
第六段	下腹			3			1		及、執、入	入聲緝韻	38
第七段	腰		1	1	1		1		顏、間、寰	上平聲刪韻	42

第八段	尾		1	1		1	1		聖、映、鏡	去聲敬韻	37
總計		2	8	15	3	1	9		29 韻字	8 韻，4 平韻，4 仄韻	359

十、〈貧賦〉，以「安貧樂道情旨逸然」為韵

1. 有宏節先生，棲遲上京。(漫句) 每入樵蘇之給，長甘藜藿之羹。(長句) 或載渴以載飢，未忘挫念；雖無衣而無褐，終自怡情。(重隔)
2. 其居也，(發語) 滿榻凝塵，侵階碧草。(緊句) 衡門度日以常掩，環堵終年而不掃。(長句) 荒涼三徑，重開蔣詡之蹤；寂寞一瓢，深味顏回之道。(輕隔)
3. 則有 (發語) 溫足公子，繁華少年。(緊句) 共造繩樞之所，相延甕牖之前。(長句) 但見其 (發語) 縕袍露肘，曲突沈煙。(緊句) 僮不粒以愁坐，馬無芻而困眠。(長句) 俱曰：「先生 (發語) 跡似萍泛，家如罄懸。(緊句) 且何道而自若，復何心而宴然？ (長句)」
4. 先生曰：「子不聞 (發語) 蜀郡長卿，漢朝東郭。(緊句) 器雖滌以無愧，履任穿而自樂。(長句) 斯蓋以 (發語) 順理居常，冥心處約。(緊句) 當年而雖則羈旅，終歲而曾無隕穫。(長句)
5. 又不聞 (發語) 前唯曾子，後有袁安。(緊句) 或蒸藜而取飽，或臥雪以忘寒。(長句) 斯亦 (發語) 性善居易，情無怨難。(緊句) 不汲汲以苟進，豈孜孜而妄干。(長句)
6. 盡能 (發語) 一榮枯，齊得失。(壯句) 顧終窶以非病，縱屢空而何恤。(長句) 是以 (發語) 原憲匡坐而不憂，啓期行歌而自逸。(長句)
7. 況乎 (發語) 否窮則泰，屈久則伸。(緊句) 負薪者榮于漢，鬻畚者相于秦。(長句) 更聞楊素之言，未能圖富；苟有陳平之美，安得常貧。(重隔)」

8. 矍然二子，相顧而起。（漫句）乃曰：「幸承達者之論，深見賢哉之旨。（長句）而今而後，方知君子固窮，小人窮斯濫矣。（漫句）」

表列總結如下：

段落	句　式							用　韻	韻　部	字數
	名稱	壯	緊	長	隔	漫	發	送			
第一段	頭			1	1	1			京、羹、情	下平聲庚韻	41
第二段	項		1	1	1		1		草、掃、道	上聲皓韻	43
第三段	胸		3	3			3		年、前、煙、眠、然	下平聲先韻	69
第四段	上腹	腹	2	2			2		樂、約、郭、穫	入聲藥鐸通韻	51
第五段	中腹		2	2			2		安、寒、難、干	上平聲寒韻	45
第六段	下腹	1		2			2		失、恤、逸	入聲質韻	78
第七段	腰		1	1	1		1		伸、秦、貧	上平聲眞韻	22
第八段	尾			1		2			起、旨、矣	上聲紙韻	16
總計		1	9	13	3	3	11		28韻字	8韻，4平韻，4仄韻	365

十一、〈義路賦〉，以「言有君子得行斯路」為韻

1. 義則本在，路猶強名。（緊句）雖無有而為有，亦時行而則行。（長句）人或未知，謂投足以山險；心如能制，信在躬而砥平。（輕隔）

2. 既絕回邪，無差正直。（緊句）居則思之而可見，忽爾覓之而安得。（長句）默識終始，潛名南北。（緊句）昧其所在，迷吾道之康莊；能此是敦，造先王之闉闍。（輕隔）

3. 然而（發語）視之者不爲好徑，赴之者豈曰多歧。（長句）邁德而謂其達矣，立身而何莫由[斯]。（長句）聖人每脩，孰慮乎崩榛所塞；君子常喻，盍求其老馬能知。（雜隔）

4. 稽夫（發語）近遠甚夷，往來無苟。（緊句）周朝之柱史奚棄，鄘國之貞妻自守。（長句）旁生行葉，於列樹以甯殊；中引德車，在摧輪而何[有]。（輕隔）

5. 莫不（發語）互深仁宅，遙通禮園。（緊句）匪豺狼之所到，唯干櫓以斯存。（長句）若乃（發語）循其軌，游其藩。（壯句）有如入顏巷之中，恬然自樂；復以經桃蹊之上，寂爾無[言]。（雜隔）

6. 可以（發語）導彼深誠，臻乎奧旨。（緊句）相逢盡重氣之士，相護皆舍生之[子]。（長句）徘徊其側，多感分以遺身；馳騖於中，必先入而後已。（輕隔）

7. 厥大斯著，其高或聞。（緊句）異邪途之徑捷，與左道以歧分。（長句）五霸三王，既適此以圖業；忠臣烈士，亦從茲而報[君]。（輕隔）

8. 夫如是，（發語）則（發語）蹞跬所爲，坦夷斯喻。（緊句）於以闢百家之蔽塞，於以洞五帝之旨趣。（長句）悲夫（發語）衝蒙行險之徒，曷不遵乎此[路]。（漫句）

表列總結如下：

段落	句　式								用　韻	韻　部	字數
	名　稱	壯	緊	長	隔	漫	發	送			
第一段	頭		1	1	1				名、行、平	下平聲庚韻	40
第二段	項		2	1	1				直、得、北、闢	入聲職韻	50
第三段	腹 胸			2	1		1		歧、斯、知	上平聲支韻	52
第四段	上腹		1	1	1		1		苟、守、有	上聲有韻	44

第五段	中腹	1	1	1	1		2	園、存、藩、言	上平聲元韻	52
第六段	下腹		1	1	1		1	旨、子、已	上聲紙韻	44
第七段	腰		1	1	1			聞、分、君	上平聲文韻	40
第八段	尾		1	1		1	3	喻、趣、路	去聲遇韻	42
總計		1	8	9	7	1	8	26 韻字	8 韻，4 平韻，4 仄韻	364

十二、〈詔遣軒轅先生歸羅浮舊山賦〉，以題中八字為韻

1. 帝以先生（發語）久駐長安，應思故山。（緊句）新恩而綸綍云降，舊德而嵓巒許還。（長句）今朝北闕之前，已辭丹陛；幾日南溟之下，再啓元關。（重隔）

2. 始者（發語）蒙殼傳眞，羅浮隱耀。（緊句）造恬澹之深域，達希夷之眾妙。（長句）來親玉輦，膺再禮于鵠書；去憶石樓，契初心于鳳詔。（輕隔）

3. 詔曰：（發語）朕聞軒后，求其大隗。（漫句）唐堯師乎務成，雖則臨治，皆思養生。（漫句）是以（發語）深殿延佇，安車遠迎。（緊句）久處形闉，恐鬱池魚之性；永懷碧洞，難忘雲鳥之情。（輕隔）

4. 乃曰陛下（發語）頃辱英明，旁求固陋。（緊句）既容出入于仙禁，復許旋歸于海岫。（長句）常慚羽服，相逢而道異君臣；益荷鴻私，欲別而情深故舊。（雜隔）

5. 于是（發語）罄風馭，奮電衣。（壯句）千年之靈鶴將去，一片之閒雲欲飛。（長句）有異二疏，出都門而惜別；寧同四皓，指商嶺而言歸。（輕隔）

6. 持青囊兮，藥使旁隨；執絳節兮，橘僮先遣。（平隔）道尊而不顧名位，德重而如加黻冕。（長句）當九重之宮裏，思山之意則深；及萬里之途中，戀闕之誠不淺。（平隔）

7. 既臻蘿洞，乃關松軒。（緊句）別後而嵐光未老，來時之春色
猶存。（長句）白鹿青牛，卻放煙霞之境；玉芝瑤草，終承雨
露之恩。（輕隔）

8. 懿夫（發語）來協皇情，去全眞趣。（緊句）于秦無徐市之惑，
在漢免文成之誤。（長句）臣知其史筆已書，故聊詳于斯賦。
（漫句）

表列總結如下：

段 落	句　式								用　韻	韻　部	字數
	名 稱	壯	緊	長	隔	漫	發	送			
第一段	頭		1	1	1		1		山、還、關	上平聲刪韻	46
第二段	項		1	1	1		1		耀、妙、詔	去聲嘯韻	42
第三段	胸		1		1	2	2		成、生、迎、情	下平聲庚韻	54
第四段	上腹		1	1	1		1		陋、岫、舊	去聲宥韻	48
第五段	中腹（腹）	1	1	1	1		1		衣、飛、歸	上平聲微韻	44
第六段	下腹			1	2				遣、冕、淺	上聲銑韻	54
第七段	腰		1	1	1				軒、存、恩	上平聲元韻	42
第八段	尾		1	1			1	1	趣、誤、賦	去聲遇韻	37
總計		1	6	7	8	3	7		25 韻字	8 韻，4 平韻，4 仄韻	367

十三、〈夢為魚賦〉，以「故知人生不似魚樂」為韵

1. 梁世子以體道安居，逍遙有餘。（漫句）宴息而魂交成夢，分
明而身化爲魚。（長句）恍若有忘，顧物我以何異；悠然而逝，
失形骸之所如。（輕隔）

2. 其初也，（發語）漏滴寒城，月籠涼牖。（緊句）悄爾人靜，溢

焉夜久。（緊句）于銀屏既設之所，是角枕已欹之後。（長句）遽因神遇，能游之質斯成；漸覺形遷，相望之心曷[不]。（輕隔）

3. 是則（發語）彷彿川闊，依稀浪輕。（緊句）始訝沈浮而在此，俄驚鬐鬣以俱[生]。（長句）恍兮忽兮，豈悟益刀之兆；今夕何夕，空懷畏網之情。（輕隔）

4. 由是（發語）涵泳無疑，噞喁未已。（緊句）值良夜之寂寂，泝清波之唯唯。（長句）腹上之松俯暎，在藻雖殊；懷中之日旁明，銜珠稍[似]。（重隔）

5. 既掉赬尾，還張紫鱗。（緊句）維熊維羆而自遠，有鱣有鮪以相親。（長句）沙際禽去，汀旁草春。（緊句）遇周公而疑爲釣叟，逢傅說而謂是漁[人]。（長句）

6. 於時（發語）砌竹無風，庭梧有露。（緊句）既異爲雲之事，空驚微雨之[故]。（長句）翻成浪跡，全忘枕上之身；卻憶浮生，盍異遼東之趣。（輕隔）

7. 其夢也何樂如之，其覺也何愁若斯。（長句）復是魚由我變，抑當我本魚爲？（長句）莊生化蝶之言，昔時未信；公子爲鳥之驗，今日方[知]。（重隔）

8. 悲夫（發語）何事蓬然，欲思咸若。（緊句）良由塵世之多故，難及深淵之或躍。（長句）人兮（發語）不因一夢之中，豈信濠梁之[樂]。（長句）

表列總結如下：

段落	句 式							用 韻	韻 部	字數
	名 稱	壯	緊	長	隔	漫	發	送		
第一段	頭			1	1	1			餘、魚、如	上平聲魚韻	46
第二段	項		2	1	1			1	牖、久、後、不	上聲有韻	53
第三段	腹　胸		1	1	1			1	輕、生、情	下平聲庚韻	44

							韻字	韻	
第四段	上腹	1	1	1		1	已、唯、似	上聲紙韻	42
第五段	中腹	2	2				鱗、親、春、人	上平聲眞韻	46
第六段	下腹	1	1	1		1	露、故、趣	去聲遇韻	42
第七段	腰		2	1			斯、爲、知	上平聲支韻	46
第八段	尾	1	2			2	若、躍、樂	入聲藥韻	38
總計		8	11	6	1	6	26韻字	8韻，4平韻，4仄韻	357

十四、〈聖人不貴難得之貨賦〉，以題為韻

1. 披老氏之遺文，見聖人之垂則。（長句）戒君上之所好，慮天下之爲惑。（長句）且物有（發語）藏之無用，求之難得。（緊句）若（發語）其貴也，則廉貞之風不生；苟賤焉，庶嗜欲之原可塞。（疏隔）

2. 斯乃（發語）復道德之本，爲政化之端。（長句）雖聞乎無脛以至，曾忘其拭目而觀。（長句）於以（發語）息攘敓，激貪殘。（壯句）皆重黃金，我則捐山而孔易；咸嘉白璧，我則抵谷以奚難。（雜隔）

3. 莫問瑕瑜，詎論妍不。（緊句）節儉之德既著，饕餮之名何有。（長句）裘因禁後，應無爲狗之勞；珠自鍛來，已絕伺龍之醜。（輕隔）

4. 只如（發語）照車于魏，徒稱徑寸之貴；易地于秦，虛重連城之珍。（輕隔）一則受欺于強國，一則見屈于聖人。（長句）豈若（發語）端耳目，寂形神。（壯句）視彼瓊瑰之類，齊乎瓴甋之倫。（長句）義動貪夫，皆少私而寡欲；化移流俗，盡背僞以歸眞。（輕隔）

5. 可使（發語）路不拾遺，人忘好貨。（緊句）顧予有摘玉之志，俾爾無攫金之過。（長句）則（發語）以此行道而大道復隆，

以此移風而元風再播。（長句）

6. 且夫（發語）君教矣，人效 [之]。（壯句）若不去其奢而返其本，必將揭爾篋而控爾頤。（長句）亦何必（發語）樹美珊瑚，競列華筵之翫；布求火浣，長充內府之資。（輕隔）

7. 方今（發語）闡靈符，握金鏡。（壯句）若能（發語）來淮夷之琛，不以爲貴；入王母之環，不以爲盛。（雜隔）上崇朴素之道，下率廉隅之性。（長句）豈惟咸五而登三，可與大庭而齊 [聖]。（長句）

表列總結如下：

段落	句式								用韻	韻部	字數
	名稱	壯	緊	長	隔	漫	發	送			
第一段	頭	1	1	2	1		2		則、惑、德、塞	入聲職韻	56
第二段	項			2	1		2		端、觀、殘、難	上平聲寒韻	56
第三段	胸		1	1	1				不、有、醜	上聲有韻	40
第四段	腹 上腹	1		2	2		2		魏、貴 珍、人、神、倫、真	去聲未韻 上平聲真韻	76
第五段	腹 下腹		1	2			2		貨、過、播	去聲個韻	43
第六段	腰	1		1	1		2		之、頤、資	上平聲支韻	49
第七段	尾	1		2	1		2		鏡、盛、性、聖	去聲敬韻	54
總計		4	3	12	7		12		28韻字	8韻，3平韻，5仄韻	374

十五、〈一賦〉，以「為文首出得數之先」為韻

1. 昔（發語）庖氏為君，斯文始分。（緊句）畫封而初成陽位，造書而肇見人 [文]。（長句）

2. 豈非（發語）本自道生，終云神 [得]。（緊句）俾大衍以虛數，從黃鐘而立則。（長句）君子守以制性，聖人抱而臨極。（長句）然後（發語）形弓是錫，天王嘉重耳之勳；簞食見稱，

夫子美顏回之德。（雜隔）

3. 萬物生焉，惟茲處先。（緊句）況乃（發語）聞而知十，用以當千。（緊句）名立兮卓爾，形標兮孑然。（長句）許子之瓢既棄，陳公之榻猶懸。（長句）或有（發語）錢囊譏世，芻束稱賢。（緊句）改其月而爲正月，號其年而曰元年。（長句）

4. 若夫（發語）李陵呼時，荊軻去日。（緊句）歌興三歎之唱，智慚百慮之失。（長句）爲山用簣，魯論之義足徵；載鬼以車，周易之文斯出。（輕隔）

5. 借如（發語）寒暑相推，薰蕕可知。（緊句）鵶百鳥而匪匹，龍三人而共爲。（長句）儉德彌彰，平仲之眾裘安在；仁心遠播，成湯之三網猶施。（雜隔）

6. 既聞興國之言，亦有傾城之顧。（長句）措詞雖屈於子夏，重諾常推於季路。（長句）天得地得，膺千年出聖之期；彼時此時，叶四海爲家之數。（雜隔）

7. 瑟琴專矣，車書混之。（緊句）分杯羹而孰忍，縫尺布以堪悲。（長句）雖云管仲能匡，因成霸業；未若蕭何如畫，永作邦基。（重隔）

8. 是知（發語）王居四大之初，日貫三光之首。（長句）目所加而可取，毛不拔而何有。（長句）愚則（發語）立節無二，干時不偶。（緊句）幸麟角以成功，庶桂枝而在手。（長句）

表列總結如下：

段落	句式								用韻	韻部	字數
	名稱	壯	緊	長	隔	漫	發	送			
第一段	頭		1	1			1		分、文	上平聲文韻	23
第二段	項		1	2	1		2		得、則、極、德	入聲職韻	58
第三段	腹 胸		3	3			2		先、千、然、懸、賢、年	下平聲先韻	64

段	位置					韻字	韻	字數
第四段	上腹	1	1	1	1	日、失、出	入聲質韻	42
第五段	中腹	1	1	1	1	知、爲、施	上平聲支韻	44
第六段	下腹		2	1		顏、路、數	去聲遇韻	48
第七段	腰	1	1	1		之、悲、基	上平聲支韻	40
第八段	尾	1	3		2	首、有、偶、手	上聲有韻	48
總計		9	14	5	9	28韻字	8韻,4平韻,4仄韻	367

十六、〈迴雁峰賦〉，以「色峙晴空迴翔此際」為韻

1. 衡嶽雲開，見一峰兮，秀出崔嵬。（漫句）彼群雁以遙翥，抵重巒而盡**迴**。（長句）豈非（發語）漸木有程，宜從茲而北嚮；隨陽既遠，不過此以南來。（輕隔）

2. 觀夫（發語）蒼翠遐標，嶔崟孤**峙**。（緊句）輕嵐侵碧落之色，斜影染晴江之水。（長句）彼則俟時而動，渺塞外以爰來；此惟無得而踰，望嵒前而載止。（平隔）

3. 拂此穹崇，歸心忽同。（緊句）遇瀑布而如驚飛繳，映垂藤而若避虛弓。（長句）絕頂千仞，懸崖半**空**。（緊句）遙觀增逝之姿，似隨風退；潛究知還之意，不爲途窮。（重隔）

4. 蓋以（發語）應候無差，來賓有則。（緊句）歛飄飄之雲翰，阻崟崟之黛**色**。（長句）亦猶鶻鴿，踰清濟以無因；何異鷦鴣，渡澄江而不得。（輕隔）

5. 於時（發語）洞庭木落，雲夢霜**晴**。（緊句）肅肅方臨於鳥道，嗷嗷俄背於猿聲。（長句）稍類乎（發語）王子乘舟，已盡山陰之興；曾參命駕，因聞勝母之名。（輕隔）

6. 若夫（發語）壁立天南，屏開空**際**。（緊句）信紫閣以難匹，何香爐之可媲。（長句）徒見其（發語）似恨山塹，如悲迢遞。（緊句）遽旋遵渚之心，倏別參雲之勢。（長句）

7. 殊不知（發語）識其分而不越，守其心而有常。（長句）若戢藻以咀菱，可居彭蠡；若浮深而越廣，自有瀟湘。（重隔）志在（發語）養毛羽，違雪霜。（壯句）何（發語）集九疑而棲息，歷五嶺以翶翔。（長句）

8. 大鵬聞而笑之曰：（漫句）予（發語）北海而來，南溟是徙。（緊句）高飛而萬里倏忽，下視而千峰邐迤。（長句）嗟乎！（發語）銜蘆違溟之群，年年至此。（漫句）

表列總結如下：

段落	句　　　式								用　　韻	韻　部	字數
	名稱	壯	緊	長	隔	漫	發	送			
第一段	頭			1	1	1	1		嵬、迴、來	下平聲灰韻	46
第二段	項			1	1	1	1		峙、水、止	上聲紙韻	48
第三段	胸		2	1					同、弓、空、窮	上平聲東韻	52
第四段	上腹			1	1	1	1		則、色、得	入聲職韻	42
第五段	中腹			1	1		2		晴、聲、名	下平聲庚韻	47
第六段	下腹			2	2		2		際、媲、遞、勢	去聲霽韻	44
第七段	腰	1		2	1		3		常、湘、霜、翔	上平聲陽韻	56
第八段	尾			1	1		2	2	徙、迤、此	上聲紙韻	42
總計		1	8	10	6	3	12		27韻字	7韻，4平韻，3仄韻	377

十七、〈芙蓉峰賦〉，以「峰勢孤異前望似之」為韵

1. 疊翠重重，數千仞兮，峭若芙蓉。（漫句）非華嶽之高掌，是衡山之一峰。（長句）朝日耀而增鮮，嵐光欲坼；秋風擊而不落，秀色常濃。（重隔）

2. 懿乎（發語）疑若削成，端然傑起。（緊句）雖千尋之直上，猶一朵之孤峙。（長句）聳碧空而出水無別，倚斜漢而凌波酷

似。（長句）吐榮發秀，非因沼沚之中；固蔕深根，已在乾坤之裏。（輕隔）

3. 徒觀夫（發語）壁立莖直，霞臨彩鮮。（緊句）上下邐迤而九疑失翠，傍側參差而五嶺迷煙。（長句）秋夜彌高，宛在金波之側；晴光半露，遙當玉葉之前。（輕隔）

4. 似吐江南，如開空際。（緊句）高低鬥紫蓋之色，向背異香爐之勢。（長句）劍雖合質，匪三尺之微茫；石縱同規，殊一拳之璨細。（輕隔）

5. 況乎（發語）高列五嶽，光留四時。（緊句）名芳熊耳，影秀蛾眉。（緊句）然而（發語）只可登也，誠難探之。（緊句）幾處樓中，送目有池塘之景；誰家林表，凝情忘草樹之姿。（輕隔）

6. 帳號既同，冠形無異。（緊句）對夏雲而競峭，映花巖而增媚。（長句）遂使（發語）娥皇曉望，潛憐覆水之規；虞帝南巡，暗起涉江之思。（輕隔）

7. 由是（發語）楚澤陰遠，湘流影孤。（緊句）挺煙蘿之蔥翠，寫菡萏之形模。（長句）本不崩而不騫，誰人欲拔；若無多而無夏，何代能枯。（重隔）

8. 予嘗（發語）迴野遙分，晴天遠望。（緊句）見《國風》隰有之體，嘉《離騷》木末之狀。（長句）乃曰亦可以（發語）獻君王之壽，助山河之壯。（長句）誇娥二子胡不移來，與蓮峰而相向。（漫句）

表列總結如下：

段落	句　式							用　韻	韻　部	字數
	名　稱	壯	緊	長	隔	漫	發	送			
第一段	頭			1	1		1		重、蓉、峰、濃	上平聲鍾韻	44
第二段	項		1	2	1		1		起、峙、似、裏	上聲止韻	48

第三段		胸	1	1	1		1	鮮、煙、前	平聲先仙通韻	49
第四段	腹	上腹	1	1	1			際、勢、細	去聲祭霽通韻	42
第五段		中腹	3		1		2	時、眉、之、姿	上聲之旨通韻	50
第六段		下腹	1	1	1			異、媚、思	去聲至志通韻	42
第七段		腰	1	1	1		1	孤、模、枯	上平聲模韻	42
第八段		尾	1	2		1	2	望、狀、壯、向	去聲漾韻	53
總計			9	9	7	2	7	27韻字	8韻，3平韻，5仄韻	380

十八、〈曲江池賦〉，以「城中人日同集池上」為韻

1. 帝里佳境，咸京舊[池]。（緊句）遠取曲江之號，近侔靈沼之規。（長句）東城之瑞日初昇，深涵氣象；南苑之光風纔起，先動淪漪。（雜隔）

2. 其他則（發語）複道東馳，高亭北立。（緊句）旁吞杏圃以香滿，前噏雲樓而影入。（長句）嘉樹環繞，珍禽霧[集]。（緊句）陽和稍近，年年而春色先來；追賞偏多，處處之物華難及。（雜隔）

3. 只如（發語）二月初晨，沿堤草新。（緊句）鶯囀而殘風裊霧，魚躍而圓波蕩春。（長句）是何（發語）玉勒金策，雕軒繡輪。（緊句）合合遝遝，殷殷轔轔。（緊句）翠互千家之幄，香凝數里之塵。（長句）公子王孫，不羨蘭亭之會；蛾眉蟬鬢，遙疑洛浦之[人]。（輕隔）

4. 是日也，（漫句）天子（發語）降鑾輿，停彩仗。（壯句）呈丸劍之雜伎，聞咸韶之妙唱。（長句）帝澤旁流，皇風曲暢。（緊句）固知軒後，徒遊赤水之湄；何必穆王，遠宴瑤池之[上]。（輕隔）

5. 復若（發語）九月新晴，西風滿城。（緊句）於時（發語）嫩菊金色，深泉鏡清。（緊句）浮北闕以光定，寫南山而翠橫。（長句）有日影雲影，有梟聲雁聲。（長句）懷碧海以欲垂釣，望金門而思濯纓。（長句）或策蹇以長愁，臨川自歎；或揚鞭而半醉，繞岸閒行。（重隔）

6. 是日也，（漫句）罇俎羅星，簪裾比櫛。（緊句）雲重陽之賜宴，顧多士以咸秩。（長句）上延良輔，如臨鳳沼之時；旁列群公，異在龍山之日。（輕隔）

7. 若夫（發語）冬則祁寒裂地，夏則晨景燒空。（長句）恨良時之共隔，惜幽致以誰同。（長句）徒見其（發語）冰連岸白，蓮照沙紅。（緊句）蒹葭兮葉葉凝雪，楊柳兮枝枝帶風。（長句）

8. 豈無昆明而在乎畿內，豈無太液而在乎宮中？（長句）一則但畜龜龍之瑞，一則猶傳戰伐之功。（長句）曷若（發語）輪蹄輻輳，貴賤雷同。（緊句）有以見西都之盛，又以見上國之雄。（長句）願千年兮萬歲，長若此以無窮。（漫句）

總結列表如下：

段落	句式								用韻	韻部	字數
	名稱	壯	緊	長	隔	漫	發	送			
第一段	頭		1	1	1				池、規、漪	上平聲支韻	42
第二段	項		2	1	1		1		立、入、集、及	入聲緝韻	55
第三段	胸		3	2	1		1		新、春、輪、鱗、塵、人	上平聲眞韻	74
第四段	腹 上腹	1	1	1	1	1	1		仗、唱、暢、上	去聲漾韻	51
第五段	中腹		2	3	1		2		城、清、橫、聲、纓、行	下平聲庚韻	76
第六段	下腹		1	1	1	1			櫛、秩、日	入聲質韻	43

第七段	腰	1	3		2	空、同、紅、風	上平聲東韻	51
第八段	尾	1	3		1	中、功、同、雄、窮	上平聲東韻	70
總計		1	12	15	6	3	7	35韻字	7韻，4平韻，3仄韻	462

十九、〈白雪樓賦〉，以「樓起碧空名標曲雅」為韻

1. 余嘗自雍南遊，經過鄆州。（漫句）此地曾歌乎白雪，後人因刱其朱樓。（長句）觀夫（發語）迢迢山峙，奕奕雲浮。（緊句）屹臨江岸之旁，將其麗曲；傑起郡城之上，得以銷憂。（重隔）

2. 是何（發語）棟觸晴霞，簷侵虛碧。（緊句）旁瞻目盡於千里，俯瞰心懸於百尺。（長句）何年結構，取宏制於庾公；此日登臨，仰嘉名於鄆客。（輕隔）

3. 其爲狀也，（漫句）塞嶂隆崇，攢煙過空。（緊句）勢階晴蜃，梁橫曉虹。（緊句）偉殊規之罕及，猶清唱之難同。（長句）試問鄒生，豈似梁王之館；如延孟子，何慚齊國之宮。（輕隔）

4. 莫不（發語）高與調侔，妙將雅比。（緊句）籠輕霧以轉麗，帶微霜而增美。（長句）浮雲齊處，疊欄檻之幾重；明月照時，引笙歌而四起。（輕隔）

5. 斯則（發語）虛涼無匹，顯敞難名。（緊句）天未秋而氣爽，景當夏以寒生。（長句）風觸梵楣，彷彿雜幽蘭之響；煙分井邑，依微聞下裏之聲。（雜隔）

6. 且樓之爲號也，（漫句）有翠有紅，或瓊或玉。（緊句）豈若（發語）表此名地，彰斯妙曲。（緊句）況復（發語）楚山入座，黛千點而暮青；漢水橫簾，帶一條而春綠。（輕隔）

7. 亦足以（發語）任彼清暢，憑茲麗譙。（緊句）掩露臺之高峙，東煙閣之孤標。（長句）似繼餘聲，謝朓開吟於暇日；疑遺妙

響，劉琨長嘯於清宵。（雜隔）

8. 有旨哉，（漫句）每見岩嶢，如聞宛雅。（緊句）覽宏模之特秀，知屬和之彌寡。（長句）人或誇黃鶴奇落星，予云俱弗如也。（漫句）

表列總結如下：

段落	句　式								用　　韻	韻　部	字數
	名稱	壯	緊	長	隔	漫	發	送			
第一段	頭		1	1	1	1		1	州、樓、浮、憂	下平聲尤韻	54
第二段	項		1	1	1			1	碧、尺、客	入聲陌韻	44
第三段	胸		2	1	1	1			空、虹、同、宮	上平聲東韻	52
第四段	上腹		1	1	1			1	比、美、起	上聲紙韻	42
第五段	腹 中腹		1	1	1			1	名、生、聲	下平聲庚韻	44
第六段	下腹		2		1	1		2	玉、曲、綠	入聲沃韻	46
第七段	腰		1	1	1			1	譙、標、宵	下平聲蕭宵通韻	45
第八段	尾		1	1		2			雅、寡、也	上聲馬韻	37
總計			10	7	7	5		7	26韻字	8韻，4平韻，4仄韻	364

二十、〈多稼如雲賦〉，以「遍野連山如雲委積」為韻

1. 暇日閒望，秋田遠分。（緊句）彼盈疇之多稼，乃極目以如雲。（長句）墾隴畝以青連，乍疑散漫；疊菑畬而綠合，長帶氤氳。（重隔）

2. 豈不以（發語）膏澤調勻，薰風順適。（緊句）致南畝以豐稔，若西郊之重積。（長句）芒既抽而散紫，花已飛而帶白。（長句）幾多嘉穗，高低稍類於垂天；無限芳田，遠近有同于抱

石。（雜隔）

3. 旁觀夫（發語）曼衍平川，綿延大田。（緊句）接層阜而如從
岫出，極低空而若與天連。（長句）農夫既愜於望歲，野老咸
欣其有年。（長句）滿原隰以蒼蒼，遙迷曉霧；被溝塍而彧彧，
常混晴煙。（重隔）

4. 有地皆勻，無川不遍。（緊句）何秋成之色可羨，疑暮歛之容
斯見。（長句）似能扶日，帝堯之日上臨；如欲隨風，后稷之
風傍扇。（輕隔）

5. 故得（發語）村落心泰，田家景閒。（緊句）競秀發於郊坰之
外，同垂陰於疆理之閒。（長句）生因桀溺之耕，寧由觸石；
起自樊遲之學，豈肯思山。（重隔）

6. 匪高下以鮮若，羃東西而波委。（長句）苟含穎以斯在，諒無
心而若此。（長句）不稂不莠，同玉葉以紛敷；彌阜彌岡，異
奇峰之邐迤。（輕隔）

7. 是知（發語）黍翼翼以相雜，麥芃芃而不如。（長句）誠匪揠
苗之後，猶疑荷鍤之初。（長句）若昧躬親，奚百畝以斯盛；
將其刈穫，獲千箱而有餘。（輕隔）

8. 且（發語）君之寶以穀而為，人之寶唯食是假。（長句）觀稼
盛於五地，若雲凝乎四野。（長句）若不屬此以歌謠，終慮取
嗤於樵者。（長句）

表列總結如下：

段落	句　　式								用　　韻	韻　部	字數
	名　稱	壯	緊	長	隔	漫	發	送			
第一段	頭		1	1	1				分、雲、氳	上平聲文韻	40
第二段	項		1	2	1		1		適、積、白、石	入聲陌韻	57
第三段	腹 胸		1	2	1		1		田、連、年、煙	下平聲先韻	61

							韻字		
第四段	上腹	1	1	1			遍、見、扇	去聲霰韻	42
第五段	中腹	1	1	1	1		閑、間、山	上平聲山刪通韻	46
第六段	下腹		2	1			委、此、迤	上聲紙韻	44
第七段	腰		2	1	1		如、初、餘	上平聲魚韻	46
第八段	尾		3		1		假、野、者	上聲馬韻	41
總計		5	14	7	5		26韻字	8韻，4平韻，4仄韻	377

二十一、〈江南春賦〉

1. 麗日遲遲，江南春兮春已歸。（漫句）分中元之節候，為下國之芳菲。（長句）煙冪歷以堪悲，六朝故地；景蔥蘢而正媚，二月晴暉。（重隔）

2. 誰謂（發語）建業氣偏，句吳地僻。（緊句）年來而和煦先遍，寒少而萌芽易坼。（長句）誠知青律，吹南北以無殊；爭奈洪流，互東西而易隔。（輕隔）

3. 當使（發語）蘭澤先暖，蘋洲早晴。（緊句）薄霧輕籠於鍾阜，和風微扇於臺城。（長句）有地皆秀，無枝不榮。（緊句）遠客堪迷，朱雀之航頭柳色；離人莫聽，烏衣之巷裏鶯聲。（雜隔）

4. 於時（發語）衡嶽雁過，吳宮燕至。（緊句）高低兮梅嶺殘白，邐迤兮楓林列翠。（長句）幾多嫩綠，猶開玉樹之庭；無限飄紅，競落金蓮之地。（輕隔）

5. 別有（發語）鷗嶼殘照，漁家晚煙。（緊句）潮浪渡口，蘆筍沙邊。（緊句）野葳蕤而繡合，山明媚以屏連。（長句）蝶影爭飛，昔日吳娃之徑；楊花亂撲，當年桃葉之船。（輕隔）

6. 物盛一隅，芳連千里。（緊句）鬥暄妍於兩岸，恨風霜于積水。（長句）冪冪而雲低茂苑，謝客吟多；萋萋而草夾秦淮。王孫思起。（雜隔）

7. 或有（發語）惜嘉節，縱良遊。（壯句）蘭橈錦纜以盈水，舞
袖歌聲而滿樓。（長句）誰見其（發語）曉色東皋，處處農人
之苦；夕陽南陌，家家蠶婦之愁。（輕隔）

8. 悲夫（發語）豔逸無窮，歡娛有極。（緊句）齊東昏醉之而失
位，陳後主迷之而喪國。（長句）今日併爲天下春，無江南兮
江北。（漫句）

表列總結如下：

段　落	句　式							用　韻	韻　部	字數
	名　稱	壯	緊	長	隔	漫	發	送		
第一段	頭			1	1	1			歸、菲、暉	上平聲微韻	43
第二段	項		1	1	1		1		僻、坼、隔	入聲昔麥陌通韻	44
第三段	胸		2	1	1		1		晴、城、榮、聲	下平聲清庚通韻	54
第四段	上腹		1	1	1		1		至、翠、地	去聲至韻	44
第五段	腹　中腹		2	1	1		1		煙、邊、連、船	下平聲先仙通韻	50
第六段	下腹		1	1	1				里、水、起	上聲止旨通韻	42
第七段	腰	1		1	1		2		遊、樓、愁	下平聲尤侯通韻	45
第八段	尾		1	1		1	1		極、國、北	入聲職德通韻	39
總計		1	8	8	7	2	7		26韻字	8韻，4平韻，4仄韻	361

二十二、〈綴珠爲燭賦〉，以「有光照夕深宮朗然」爲韻

1. 碧雲初合兮，金烏已藏；深宮欲暝兮，歡娛未央。（雜隔）因
綴明珠之彩，將爲列燭之光。（長句）出寶篋以規圓，呈姿璀
璨；入雕籠而豔發，委照熒煌。（重隔）

2. 當其（發語）竹箭迎昏，蘭林向夕。（緊句）司烜氏卻朱火之耀，守藏吏進驪龍之魄。（長句）然後（發語）縈縷花抱，籠紗霧隔。（緊句）亦猶燎紅蠟而蒸靈麻，可得燒椒房而煥瑤席。（長句）風來不動，凝四座之清輝；夜久逾明，貯一堂之虛白。（輕隔）

3. 由是（發語）價掩聯璐，形疑列錢。（緊句）誠非其人火日火，可謂乎自然而然。（長句）本自蚌胎，翻為龍銜於玉宇；從離蛇口，幾驚蛾拂於瓊筵。（雜隔）

4. 觀其（發語）布質闌幹，含輝晃朗。（緊句）分持而清夜星列，迴舉而寒軒月上。（長句）纍纍交暎，曾無見跋之嫌；爛爛相鮮，誰起偷光之想。（輕隔）

5. 莫不（發語）揚彩金屋，增華桂宮。（緊句）逼蓮幕以煙綠，逗花布而燄紅。（長句）欄檻如曉，杯盤若融。（緊句）孕美於琉璃窗裏，淪精於雲母屏中。（長句）

6. 是以（發語）名擅夜光，功參庭燎。（緊句）妍醜無隱，毫芒必照。（緊句）故得（發語）結綠懸黎之寶，不敢稱珍；龍膏豹髓之燈，於焉寢耀。（重隔）

7. 且（發語）節履者于義尤侈，為簾者其功未深。（長句）曷如（發語）倣此圓潔，資乎照臨。（緊句）遂使（發語）或怨長宵，得縱秉遊之樂；有居幽室，不生欺暗之心。（輕隔）

8. 雖則（發語）魚目難儔，金釭非偶。（緊句）終罹好寶之誚，不免窮奢之咎。（長句）燭兮燭兮，（發語）儒執智以為之，視隨侯而何有。（漫句）

表列總結如下：

段落	句 式							用 韻	韻 部	字數
	名 稱	壯	緊	長	隔	漫	發	送			
第一段	頭			1	2				央、光、煌	下平聲陽韻	40

第二段	項		2	2	1		2	夕、魄、隔、席、白	入聲陌韻	74
第三段		胸	1	1	1		1	錢、然、筵	下平聲先韻	46
第四段		上腹	1	1	1		1	朗、上、想	上聲養韻	44
第五段	腹	中腹	2	2			1	宮、紅、融、中	上平聲東韻	44
第六段		下腹	2		1		2	燎、照、耀	去聲嘯韻	40
第七段		腰	1	1	1		3	深、臨、心	下平聲侵韻	47
第八段	尾		1	1		1	2	偶、咎、有	上聲有韻	38
總計			10	9	7	1	12	27韻字	8韻，4平韻，4仄韻	373

二十三、〈珠塵賦〉，以「輕細若塵風來遂起」為韻

1. 丹海之濱，青珠似[塵]。（緊句）蓋輕細以無滯，遂飛揚而有因。（長句）或昫或吹，自得霏微之象；乍明乍滅，誰分圓潔之真。（輕隔）

2. 稽夫（發語）始自水涯，俄從風[起]。（緊句）縈空而耀耀奚匹，散彩而冥冥相似。（長句）又云（發語）來或鳥銜，積如丘峙。（緊句）半穿圓鄭，影寒於雲母屏中；或委空床，光亂於水晶簾裏。（雜隔）

3. 徒觀夫（發語）的皪晶熒，星流雪[輕]。（緊句）集素衣而不垢，侵曉鏡以逾明。（長句）落淵客之盤，驚炫耀以同色；撲江妃之珮，訝依微而有聲。（密隔）

4. 至如（發語）琪樹春歸，玉樓景霽。（緊句）揉瓊蕊以光碎，浮瑣窗而影[細]。（長句）闌幹輕舉，同羅襪之生時；璀錯斜流，有歌梁之下勢。（輕隔）

5. 由是（發語）散亂清景，光芒碧空。（緊句）昔隱耀於泥沙之

地，今揚輝乎堀堁之風。（長句）不逐軒車之後，不在京洛之中。（長句）雨過而光騰鮫室，扇迴而影動龍宮。（長句）

6. 如是則（發語）可用增山，難將彈雀。（緊句）惹晴葉以垂樹，閒遊絲而綴箔。（長句）自南自北，低瑤席以紛然；匪疾匪徐，拂璿題而炯若。（輕隔）

7. 況（發語）海日方盡，陰飆乍迴。（緊句）與白駒而競起，將野馬以俱來。（長句）魏國飛時，頓失照車之體；陳王望處，全無凝榭之猜。（輕隔）

8. 懿夫（發語）朗潔難逾，飛騰自遂。（緊句）非罔象之見索，異無脛而斯至。（長句）或曰（發語）泰山猶不讓微塵，況是珠璣之類。（漫句）

表列總結如下：

段落	句 式								用 韻	韻 部	字數
	名 稱	壯	緊	長	隔	漫	發	送			
第一段	頭		1	1	1				塵、因、眞	上平聲眞韻	40
第二段	項		2	1	1		2		起、似、峙、裏	上聲紙韻	56
第三段	胸		1	1	1		1		輕、明、聲	下平聲庚韻	45
第四段	上腹		1	1	1		1		霽、細、勢	去聲霽韻	42
第五段	腹 中腹		1	3			1		空、風、中、宮	上平聲東韻	52
第六段	下腹		1	1	1		1		雀、箔、若	入聲藥韻	43
第七段	腰		1	1	1		1		迴、來、猜	上平聲灰韻	41
第八段	尾		1	1		1		2		遂、至、類	去聲寘韻	37
總計			9	10	6	1	9		26韻字	8韻，4平韻，4仄韻	356

二十四、〈琉璃窗賦〉，以「日爍煙融如無礙隔」為韻

1. 彼窗牖之麗者，有琉璃之製焉。（長句）洞徹而光凝秋水，虛明而色混晴煙。（長句）皓月斜臨，陸機之毛髮寒矣；鮮飈如透，滿奮之神容凜然。（雜隔）

2. 始夫（發語）刱奇寶之新規，易疏寮之舊作。（長句）龍麟不足專其瑩，蟬翼安能擬其薄。（長句）若乃（發語）孕美澄凝，淪精灼爍。（緊句）棟宇廓以冰耀，房櫳炯其電落。（長句）深窺公子，中眠雲母之屛；洞見佳人，外卷水精之箔。（輕隔）

3. 表裏玲瓏，霜殘露融。（緊句）列遠岫以秋綠，入輕霞而晚紅。（長句）滿榻琴書，杳若冰壺之內；盈庭花木，依然瓊鏡之中。（輕隔）

4. 故得（發語）繡戶增光，綺堂生白。（緊句）睹懸蝨之舊所，疑素蟾之新魄。（長句）碧雞毛羽，微微而霧縠旁籠；玉女容華，隱隱而銀河中隔。（雜隔）

5. 幾誤梁燕，遙分隙駒。（緊句）比曲檻而頓別，想圭竇以終殊。（長句）迴以視之，雖皎潔兮斯在；遠而望也，則依微而若無。（輕隔）

6. 由是（發語）蠅泊如懸，蟲飛無礙。（緊句）光寒而珠燭相逼，影動而瓊英俯對。（長句）不羨石崇之館，樹列珊瑚；豈慚韓嫣之家，床施玳瑁。（重隔）

7. 如是（發語）價垂璨闥，名珍綺疏。（緊句）徹紗帷而晃朗，連角簟而清虛。（長句）倘徵其形，王母之宮可匹；若語其巧，大秦之璧焉如。（輕隔）

8. 然而（發語）國以奢亡，位由侈失。（緊句）帝辛爲象箸於前代，令尹惜玉纓於往日。（長句）其人可數，其類非一。（緊句）何用（發語）崇瑰寶兮極精奇，置斯窗於宮室。（漫句）

表列總結如下：

段落	句　式							用　韻	韻　部	字數
	名稱	壯	緊	長	隔	漫	發	送			
第一段	頭			2	1				焉、煙、然	下平聲先韻	48
第二段	項		1	3	1			2	作、薄、爍、落、箔	入聲藥韻	70
第三段	胸		1	1	1				融、紅、中	上平聲東韻	40
第四段	上腹	腹	1	1	1			1	白、魄、隔	入聲陌韻	44
第五段	中腹		1	1	1				駒、殊、無	上平聲虞韻	40
第六段	下腹		1	1	1				礙、對、瑝	去聲隊代通韻	44
第七段	腰		1	1	1			1	疏、虛、如	上平聲魚韻	42
第八段	尾	2	1		1		2		失、日、一、室	入聲質韻	49
總計		8	11	7	1		7		27韻字	8韻，4平韻，4仄韻	377

二十五、〈延州獻白鵲賦〉，以「聖德遐及靈禽表祥」為韻

1. 我后（發語）君臨九有，仁被諸華。（緊句）伊炳靈之白鵲，候效祉于皇家。（長句）變爾羽毛，以表恩沾于飛走；生乎邊鄙，是彰澤及于幽遐。（雜隔）

2. 始其（發語）決起春巢，輕翻素翼。（緊句）不類雕陵之異狀，自受金方之正色。（長句）封人既獲，羅氏潛藏。（緊句）且曰：（發語）「昔聞興詠于召南，今見呈祥於塞北。（長句）」斯乃（發語）發天慶，昭皇德。（壯句）望雲將獻，鵲歸齊使之籠；拜表初行，雉別越裳之國。（輕隔）

3. 既而（發語）臻鳳闕，進彤庭。（壯句）粉煥成橋之羽，霜凝

化印之形。（長句）爰稽瑞牒，克叶祥經。（緊句）異丹雀之呈質，同素鳥之效靈。（長句）

4. 帝嘉其（發語）賁然來思，矚爾難及。（緊句）俾遂性以飲啄，顧無群而翕習。（長句）由是（發語）繞樹星飛，依枝玉立。（緊句）乍捕蟬于上苑，不羨鶯遷；或報喜于丹墀，何慚鳳集。（重隔）

5. 故能（發語）彩迴群類，名超百祥。（緊句）播休徵于有截，昭聖祚之無疆。（長句）月下南飛，過銀河而混色；風前東嚮，映瓊樹以增光。（輕隔）

6. 若乃（發語）潛下庭隅，遠分林表。（緊句）迷彼鳥之鴛鴛，奮爾駒之皎皎。（長句）狼生殷代，誠福應之未如；魚躍舟中，諒貞符之尚小。（輕隔）

7. 曾未若（發語）影度簾曙，聲來殿深。（緊句）美掩條支之獻，珍逾隴坻之禽。（長句）昔在遐方，玉每抵于崑岫；今以至德，巢可窺于禁林。（輕隔）

8. 是知（發語）斯鵲來儀，惟天瑞聖。（緊句）俾爾羽之潔朗，彰我時之清淨。（長句）臣聞雁有歌而雉有詩，又安得不形于贊詠。（漫句）

表列總結如下：

段落	句式							用韻	韻部	字數
	名稱	壯	緊	長	隔	漫	發	送			
第一段	頭		1	1	1		1		華、家、遐	下平聲麻韻	42
第二段	項	1	2	2	1		2		翼、色、藏、北、德、國	入聲職韻	76
第三段	腹 胸	1	1	2			1		庭、形、經、靈	下平聲青韻	40
第四段	上腹		2	1	1		2		及、習、立、集	入聲緝韻	53

第五段	中腹	1	1	1		1		祥、疆、光	下平聲陽韻	42
第六段	下腹	1	1	1		1		表、皎、小	上聲小韻	42
第七段	腰	1	1	1		1		深、禽、林	下平聲侵韻	43
第八段	尾	1	1			1	1	聖、淨、詠	去聲敬韻	39
總計		2	10	10	6	1	10	29 韻字	8 韻，4 平韻，4 仄韻	377

二十六、〈魚龍石賦〉，以「一川中石無不似之」為韵

1. 隴山下，汧水中。（壯句）有石類魚龍之狀，成形匪追琢之功。（長句）半隱瀰淪，若嚥喝而斯在；餘依磧礫，將蟠蟄以攸同。（輕隔）

2. 嘉夫（發語）地出貞姿，天成詭質。（緊句）雖騎鯨之勢可類，而跳獸之規莫匹。（長句）厥象有二，其堅惟一。（緊句）水深見處，如欣得水之秋；雲起觸時，稍叶召雲之日。（輕隔）

3. 豈非（發語）自從凝結，有此規模。（緊句）既異織女，還非望夫。（緊句）或似罷江湖之游泳，又如收雲雨之虛無。（長句）徒使漁人川上而幾迴顧盼，仍令褰氏路旁而終日踟躕。（長句）

4. 蓋以（發語）磊磊漸分，磷磷酷似。（緊句）溜穿而煦沫無別，苔駮而成章可擬。（長句）曾經飲羽，若銜索以斯存；或用紀功，疑負圖而載止。（輕隔）

5. 由是（發語）密聚鱗次，孤標介然。（緊句）設頳尾于五色，認胡髯於一拳。（長句）初驚獺祭于地，復謂劍化于川？（長句）睹岸草以旁生，不殊在藻；遇春流而乍沒，又若潛淵。（重隔）

6. 既將轉而揚鬐，亦因沕而無首。（長句）比岫居而苟可，於泥蟠兮曷不。（長句）中猶蘊玉，尚含呂望之璜；誰取支機，已

在葉公之牖。（輕隔）

7. 造化難知，雕鑴者誰？（緊句）何莓苔之古色，有麟鬣之奇姿。（長句）謂湘水之鶩且殊，甯俟飛也；與金華之羊自別，何勞叱 之 。（雜隔）

8. 既表元功，永存靈蹟。（緊句）映一水之晴綠，對群峰之暮碧。（長句）彼結網垂綸之士，與攀髯探珠之客。（長句）或命駕而西遊，試迴眸于此 石 。（長句）

表列總結如下：

段落	句 式								用 韻	韻 部	字數
	名稱	壯	緊	長	隔	漫	發	送			
第一段	頭	1		1	1				中、功、同	上平聲東韻	40
第二段	項		2	1	1			1	質、匹、一、日	入聲質韻	52
第三段		胸	2	2				1	模、夫、無、蹰	上平聲虞韻	56
第四段		上腹	1	1	1				似、擬、止	上聲紙韻	44
第五段	腹	中腹	1	2	1			1	然、拳、川、淵	下平聲先韻	54
第六段		下腹		2	1				首、不、牖	上聲有韻	44
第七段	腰	1	1	1					誰、姿、之	上平聲支韻	40
第八段	尾		1	3					蹟、碧、客、石	入聲陌韻	46
總計		1	8	13	6		4		28韻字	8韻，4平韻，4仄韻	376

二十七、〈沛父老留漢高祖賦〉，以「願止前驅得中深意」為韻

1. 漢祖還鄉兮，鑾駕將還；沛中父老兮，留戀潸然。（雜隔）憶故舊於干戈之後，敘綢繆於旌旐之 前 。（長句）白髮多傷鳳輦，願停於此日；翠華一去皇恩，再返於何年。（密隔）

2. 昔以（發語）群盜並興，我皇斯起。（緊句）英明天授其昌運，神武日聞於舊里。（長句）今則（發語）秦楚勢傾，鼓鼙聲[止]。（緊句）聖代而陽和煦物，元首明哉；暮年而蒲柳傷秋，老夫耄矣。（雜隔）

3. 然而（發語）黃屋才降，丹誠未[申]。（緊句）豈可（發語）風馳天仗，雷動車輪。（緊句）一則以情深閭里，一則以義重君臣。（長句）隆準龍顏，昔是故鄉之子；捧觴獻壽，今為率土之人。（輕隔）

4. 乃曰（發語）陛下創業定傾，順天立極；臣等犬馬難效，星霜屢逼。（重隔）窺泗水則凄若舊風，指芒碭則依然故色。（長句）眷戀難盡，沈瀾易[得]。（緊句）昔日望雲之瑞，豈有明言；當時貰酒之家，堪驚默識。（重隔）

5. 帝乃（發語）駐天步，遂人心。（壯句）戈矛山立，貔虎煙[深]。（緊句）草澤初興，雲路而蛟龍奮翼；鄉園重到，煙空而鸞鶴歸林。（雜隔）

6. 時也（發語）親友咸臻，少年並至。（緊句）縱兆民如子，恩更洽於故人；雖四海為家，情頗深於舊[意]。（密隔）

7. 往事如睹，流光若[驅]。（緊句）望幸誠異，攀轅則殊。（緊句）交遊既阻於秦時，堪悲今昔；黎庶正忻於堯日，自恨桑榆。（雜隔）

8. 已而（發語）雙淚盡垂，一言斯獻。（緊句）請沛為湯沐之邑，實臣愜生死之[願]。（長句）是使（發語）萬歲千秋，杳冥無恨。（緊句）

表列總結如下：

段落	句 式							用 韻	韻 部	字數
	名 稱	壯	緊	長	隔	漫	發	送			
第一段	頭			1	2				還、然、前、年	下平聲仙先通韻	56

段	部位							韻字	韻	字數
第二段	項		2	1	1		2	起、裏、止、矣	上聲止韻	56
第三段	胸		2	1	1		2	申、輪、臣、人	上平聲眞諄通韻	54
第四段	上腹		1	1	2		1	極、逼、色、得、識	入聲職德通韻	66
第五段	中腹（腹）	1	1		1		1	心、深、林	下平聲侵韻	38
第六段	下腹		1		1		1	臻、人 志、意	去聲眞臻通韻 去聲至志通韻	32
第七段	腰		2		1			驅、殊、楰	上平聲虞韻	38
第八段	尾		2	1			2	獻、願、恨	去聲願恨通韻	34
總計		1	11	5	9		9	30韻字	9韻，4平韻，5仄韻	374

二十八、〈四皓從漢太子賦〉，以「俱出山中共輔明德」為韻

1. 夏黃綺季，角裏園公。（緊句）抗跡君臣之外，潛身商洛之中。（長句）高帝搜揚，竟不歸於北闕；儲皇搖動，皆來衛於東宮。（輕隔）

2. 漢之初也，（發語）鳳輦情乖，龍樓恩失。（緊句）將謀廢嫡以立庶，欲易黃裳而元吉。（長句）呂后憂深，留侯計密。（緊句）且曰（發語）四人可致，一匡永逸。（緊句）洎安車奉迎之後，當彤庭侍宴之日。（長句）森爾離立，皤然間出。（緊句）似八公而少半，疑五老而無一。（長句）

3. 高皇問曰：「從者誰乎？（漫句）安得（發語）鶴氅斯眾，霜髯與俱。」（緊句）乃言曰：（漫句）「臣等（發語）質同蒲柳，景迫桑榆。（緊句）是商嶺臥雲之士，皆秦朝避難之徒。（長句）邦無道則隱，邦有道則思。（長句）」

4. 上曰：（發語）「自朕之興，待賢而用。（緊句）顧朝廷之未治，念先生之所共。（長句）昔何遠跡，不爲率土之臣；今乃辱身，盡作承華之縱。」（輕隔）

5. 對曰：（發語）「陛下（發語）掃蕩寰宇，秦降楚平。（緊句）未有稱臣之意，唯聞慢士之名。（長句）太子則（發語）卑謙守節，柔順利貞。（緊句）理有承聖，斯宜繼明。（緊句）臣等（發語）唯義所在，非道不行。（緊句）雖蹈夷齊之潔，更無伊呂之情。（長句）

6. 故得（發語）隨雞載之差肩，向龍墀而接武。（長句）星星於朝行之列，濟濟于王人之伍。（長句）」帝曰（發語）：「空勞逋客，來撫藐爾之孤；可謝周人，已有良哉之輔。（輕隔）」

7. 既而（發語）問安之位克定，肥遁之心共還。（長句）其來也，鶴集丹陛；其去也，雲歸故山。（疏隔）

8. 懿夫（發語）出彼崑巒，成茲羽翼。（緊句）一則免扶蘇之危，一則袪獻公之惑。（長句）誰知（發語）惠帝立而劉祚安，乃探芝公之德。（漫句）

表列總結如下：

段落	句　　式								用　　韻	韻部	字數
	名　稱	壯	緊	長	隔	漫	發	送			
第一段	頭		1	1	1				公、中、宮	上平聲東韻	40
第二段	項		4	3			2		失、吉、密、逸、日、出、一	入聲質韻	78
第三段	胸		2	2			2		俱、榆、徒、愚	上平聲虞韻	55
第四段	腹 上腹		1	1	1				用、共、從	去聲宋韻	42
第五段	中腹		4	2			3		平、名、貞、明、行、情	下平聲庚韻	65

第六段	下腹		2	1		1	武、伍、輔	上聲雨韻	50
第七段	腰		1	1		1	還、山	上平聲刪韻	28
第八段	尾	1	1		1	2	翼、惑、德	入聲職韻	39
總計		13	13	4	1	11	31韻字	8韻，4平韻，4仄韻	397

二十九、〈端午日獻尚書為壽賦〉，以「誠以古書資乎聖壽」為韻

1. 節乃端午，經惟尙書。（緊句）當煬帝窮奢之際，見蘇公爲壽之初。（長句）五日嘉辰，欲有禆于聖德；百篇奧義，敢將獻于皇居。（輕隔）

2. 始夫（發語）蕤賓既調，星火初正。（緊句）雖爲祭屈之日，合有祝堯之敬。（長句）咸求玩好，冀竭盡于忠勤；競薦珍奇，願延長于睿聖。（輕隔）

3. 唯公以（發語）邦紀將紊，皇圖漸傾。（緊句）欲諷江都之幸，亦由遼水之征。（長句）由是（發語）訪注于安國，求篇于伏生。（長句）既逢探艾之時，合稱洪算；還託獻芹之禮，庶達微誠。（重隔）

4. 蓋以（發語）文盡雅言，事傳上古。（緊句）前王之善惡足徵，歷代之安危可睹。（長句）然（發語）以禮無爽，於君有補。（緊句）豈效辟兵之法，專用靈符；寧依續命之儀，只陳綵縷。（重隔）

5. 既而對面彤墀，虔而進之。（漫句）其爲贄也，非雁非羔，非玉非帛；其爲書也，非易非傳，非禮非詩。（股對）且曰：臣（發語）有志匡主，無心徇時。（緊句）竊以百王之典，可爲萬歲之資。（長句）

6. 願陛下（發語）察其旨，究所以。（壯句）豈不以（發語）枕推虎魄之珍，裘有雉頭之美。（長句）誠未若（發語）典謨訓

誥，閱斯而北闕長存；虞夏商周，鑒此而南山相似。（雜隔）

7. 所以（發語）鼓篋斯至，稱觴自殊。（緊句）藉手則惟臣矣，而（發語）服膺其在君乎。（長句）願因犬馬之心，取為龜鏡；能使絲綸之筆，用作規模。（重隔）

8. 且（發語）浴蘭獻物兮古豈無，捧酒祝釐兮今亦有。（長句）誰能（發語）將十三卷之雅誥，祝千萬年之洪壽。（長句）向使其乙夜能觀，豈死乎賊臣之手。（長句）

表列總結如下：

段落	句式								用韻	韻部	字數
	名稱	壯	緊	長	隔	漫	發	送			
第一段	頭		1	1	1				書、初、居	上平聲魚韻	42
第二段	項		1	1	1		1		正、敬、聖	去聲敬韻	42
第三段	胸		1	2	1		2		傾、征、生、誠	下平聲庚韻	55
第四段	上腹		2	1	1		2		古、睹、補、鏤	上聲雨韻	53
第五段	中腹		1	1		1	1		之、詩、時、資	上平聲支韻	57
第六段	下腹	1		1	1		3		以、美、似	上聲紙韻	49
第七段	腰		1	1	1	1	2		殊、乎、模	上平聲虞韻	43
第八段	尾			3			2		有、壽、手	上聲有韻	47
總計		1	7	11	6	2	12		27韻字	8韻，4平韻，4仄韻	388

三十、〈沈碑賦〉，以「陵谷久遷名績終在」為韻

1. 元凱立功，銘其始終。（緊句）欲播美於萬年之後，乃沈碑于一水之中。（長句）剖彼貞姿，餘烈必期于不朽；藏斯潛壑，垂名庶及于無窮。（雜隔）

2. 豈不（發語）樹佐晉之洪勳，立吞吳之巨績。（長句）思後世以不顯，俾中心而是惕。（長句）將紀乎竹帛，時移則令聞應亡；若銘以盤盂，代異而嘉聲恐寂。（密隔）

3. 然則（發語）千古無壞，雙碑可憑。（緊句）博約之詞既著，雕篆之功亦興。（長句）有美皆述，無勞不稱。（緊句）一則置彼高山，謂高陵爲谷；一則投茲深水，憚深谷爲陵。（雜隔）

4. 且言曰：（發語）水以柔而虛受，石以堅而可久。（長句）雖此隱而彼見，彼若泉而此阜。（長句）不知我者，笑淪棄于目前；庶知我焉，諒昭彰於身後。（輕隔）

5. 既而（發語）憑岸爰舉，臨川載傾。（緊句）逆共漣而星落，殷白浪以雷聲。（長句）始觀其文，徒謂憂于沒齒，終窺其理，方知叶于流名。（輕隔）

6. 由是（發語）影動深泉，響連通谷。（緊句）莫不（發語）讋波神，駭水族。（壯句）靈龜將負以股戰，陽侯既覽而心服。（長句）盡驚是日，誤墮淚于斯源；卻想他時，閱色絲于誰目。（輕隔）

7. 至今（發語）五百餘年，英聲自傳。（緊句）沔水之恩波尚遠，岷山之嵐翠猶鮮。（長句）但覺潭邊春盡，而遺芳不歇；更憐川上時移，而茂躅難遷。（重隔）

8. 然則（發語）伊伊之作阿衡，姬公之爲太宰。（長句）邁古之芳猷克著，迄今而英風未改。（長句）是知（發語）事若美于一時，語自流乎千載。（長句）亦何必矜盛烈，沈豐碑，欲功名之長在。（漫句）

表列總結如下：

| 段落 | 句式 | | | | | | | 用韻 | 韻部 | 字數 |
	名稱	壯	緊	長	隔	漫	發	送			
第一段	頭		1	1	1				終、中、窮	上平聲東韻	46

段	部位								韻字	聲韻	字數
第二段	項				2	1		1	績、惕、寂	入聲錫韻	50
第三段	胸			2	1	1		1	憑、興、稱、陵	下平聲蒸韻	52
第四段	上腹				2	1		1	久、皐、後	上聲有韻	47
第五段	腹	中腹			1	1	1		1	傾、聲、名	下平聲庚韻	42
第六段	下腹		1	1	1	1		2	谷、族、服、目	入聲屋韻	52
第七段	腰			1	1	1		1	傳、鮮、遷	下平聲先韻	46
第八段	尾			3			1	2	宰、改、載、在	上聲賄韻	59
總計			1	6	12	7	1	9	27韻字	8韻，4平韻，4仄韻	394

三十一、〈手署三劍賜名臣賦〉，以「特書嘉號用獎賢能」為韻

1. 漢章帝以（發語）錫賚情重，君臣道全。（緊句）示署劍推恩之禮，表經邦佐命之[賢]。（長句）雖彼百官，分恩光之渙汗；唯茲三者，睹御墨以昭宣。（輕隔）

2. 是知（發語）器挺臣功，名由天[獎]。（緊句）非霜刃無以表汝之庸勳，非乾文無以重予之慶賞。（長句）所以（發語）昭沖和，勸忠讜。（壯句）鮫函盡啓，決雲之狀盈眸；彩筆初題，垂露之文在掌。（輕隔）

3. 豈不以（發語）良佐斯得，深謀可[嘉]。（緊句）或染翰而紀其敦朴，或揮毫而誌以文華。（長句）彼錫彤旄，我乃頒其秋水；彼銘鐘鼎，我乃鏤以蓮花。（輕隔）

4. 一則（發語）薛燭未逢，風胡不識。（緊句）提攜可助於雄勇，佩服必資其挺[特]。（長句）能使（發語）巨闕慚價，豪曹失色。（緊句）乃署龍泉之名，以表韓稜之德。（長句）

5. 一則（發語）龍藻星耀，霜鍔雪凝。（緊句）麾之而氛祲以歇，

帶之則威儀可聆。（長句）斯亦（發語）刱鍾難媲，斬馬奚稱。
（緊句）乃署漢文之號，以旌郅壽之 能 。（長句）

6. 一則（發語）利可衛身，威能禁暴。（緊句）愜項怕以將舞，
宜趙王之所好。（長句）豈羨乎（發語）五色奇形，千金美 號 。
（緊句）乃署推誠之字，以彰陳寵之操。（長句）

7. 故得（發語）光生環珮，榮冠簪裾。（緊句）見魚水相逢之際，
是雲龍契會之初。（長句）數比夢刀，各獲君前之賜；功齊神
筆，長吞天上之 書 。（輕隔）

8. 洎吾皇（發語）威被華夷，德安岐雍。（緊句）鋒鋩不自其手
署，頒賜盡歸其公共。（長句）蓋以（發語）韓魏爲鋏兮宋爲
鐔，異漢朝之所 用 。（漫句）

表列總結如下：

段落	句　式							用　韻	韻　部	字數
	名稱	壯	緊	長	隔	漫	發	送			
第一段	頭		1	1	1		1		全、賢、宣	下平聲先韻	44
第二段	項	1	1	1	1		2		獎、賞、讜、掌	上聲養韻	58
第三段	胸		1	1	1		1		嘉、華、花	下平聲麻韻	47
第四段	腹 上腹		2	2			2		識、特、色、德	入聲職韻	46
第五段	中腹		2	2			2		凝、聆、稱、能	下平聲蒸韻	46
第六段	下腹		2	2			2		暴、好、號、操	去聲號韻	44
第七段	腰		1	1	1		1		裾、初、書	上平聲魚韻	44
第八段	尾		1	1		1	2		雍、共、用	去聲宋韻	41
總計		1	11	11	4	1	13		28韻字	8韻，4平韻，4仄韻	370

三十二、〈馬惜錦障泥賦〉，以「因立路旁愁濡美飾」為韻

1. 王武子（發語）所馭之駒，障泥特殊。（緊句）念美錦以斯製，對深泉而不逾。（長句）拂玉鐙以雙垂，常憐煥爛；突金羈而屢顧，豈忍沾 濡 。（重隔）

2. 始夫（發語）駿骨是求，奇蹤斯得。（緊句）將以幨革之盛，遂備連乾之 飾 。（長句）莫不（發語）價重千金，絲分五色。（緊句）初傾豪貴，矜誇之意則多；誰謂驊騮，顧惜之心亦極。（輕隔）

3. 觀其（發語）萋菲熒煌，霞舒翼張。（緊句）隱映桃花之色，鮮明紫貝之章。（長句）況乎（發語）還鄉曾衣，照地出光。（緊句）得不（發語）春苑閒游，愁露溼于花下；長衢載驟，恐塵侵于道 旁 。（輕隔）

4. 若夫（發語）噴玉柳堤，揚鑣蘭 路 。（緊句）通步障以齊美，映流蘇而掩婥。（長句）瞻前顧後，雖無還淖之虞；時止時行，似有漸車之懼。（輕隔）

5. 一旦（發語）混漾將涉，權奇少留。（緊句）誠淺深之未測，眄侍從以如 愁 。（長句）頻頓紅纓，雖造父而甯知所以；潛憂綠地，縱孫陽而莫究其由。（雜隔）

6. 武子于是（發語）探彼柔心，察其深旨。（緊句）善知驃裏之欲，必為蒲桃之 美 。（長句）令左右以解之，果騰驤而濟矣。（長句）

7. 然（發語）復被其身，傍迷繡輪。（緊句）夾汗溝而綺麗，排蜀尾以花新。（長句）向若輕華，煥渡蠲淪。（緊句）則（發語）王氏櫪中，空有代勞之用；晉朝書上，全無稱德之 因 。（輕隔）

8. 懿夫（發語）特稟超奇，非由服習。（緊句）苟嘶風之信斯惠，豈戀主之名空 立 。（長句）若論彼滋侈，則錦障非所急。（漫句）

表列總結如下：

段落	句式								用　韻	韻　部	字數
	名稱	壯	緊	長	隔	漫	發	送			
第一段	頭		1	1	1			1	殊、逾、濡	上平聲虞韻	43
第二段	項		2	1	1			2	得、飾、色、極	入聲職韻	52
第三段	胸		2	1	1			3	張、章、光、旁	下平聲陽韻	54
第四段	上腹		1	1	1			1	路、嫭、懼	去聲遇韻	42
第五段	中腹		1	1	1			1	留、愁、由	下平聲尤韻	46
第六段	下腹		1	2				1	旨、美、矣	上聲紙韻	36
第七段	腰		2	1	1			2	輪、新、淪、因	上平聲眞韻	50
第八段	尾		1	1		1		1	習、立、急	入聲緝韻	35
總計			11	9	6	1		12	27韻字	8韻，4平韻，4仄韻	358

三十三、〈三箭定天山賦〉，以「遠仗皇威大降番騎」為韻

1. 醜虜侵塞，將軍燿 威 。（緊句）弓一彎而天山未定，箭三發而鐵勒知歸。（長句）驍騎來時，疊利鏃以連中；宮人祭處，收黃塵而不飛。（輕隔）

2. 始夫（發語）寇犯朔方，檄傳邊壤。（緊句）高宗乃將鉞斯授，仁貴而君恩是 仗 。（長句）初持漢節，鷹揚貔虎之威；爰臂燕狐，肉視豺狼之黨。（輕隔）

3. 軍壓亭障，營臨塞垣。（緊句）九姓猶憑其桀驁，六鈞亦昧于戎 番 。（長句）既而（發語）胡兵鳥集，賊騎雲屯。（緊句）將軍于是（發語）勇氣潛發，雄心自論。（緊句）拈白羽以初

抽，手中雪耀；攀雕鞍而乍逐，磧裏星奔。（重隔）

4. 由是（發語）控彼烏號，伸茲猿臂。（緊句）軍前而弦開邊月，空際而鳴朔吹。（長句）聲穿勁甲，俄驚膽于千夫；血染平沙，已僵照于一騎。（輕隔）斯一箭之中也，尙猖狂而背義。（漫句）

5. 是用（發語）再調弓矢，重出麾幢。（緊句）耀英武于非類，昭雄稜于異邦。（長句）赤羽遠開，騁神機而未已；胡雛又斃，驚絕藝以無雙。（輕隔）斯二箭之中也，猶憑凌而未降。（漫句）

6. 且曰：（發語）「志以安邊，誓將去害。（緊句）」苟犬羊之眾斯舍，則衛霍之功不大。（長句）又流鏑以虹飛，復應弦而狼狽。（長句）斯三箭之中也，遂定七戎之外。（漫句）

7. 昔在秦漢，嘗開土疆。（緊句）或勞師于征討，徒耀武以張皇。（長句）未若（發語）彎弧手妙于主皮，大降虜眾；騁伎心同於掩月，遂靜沙場。（雜隔）

8. 故得（發語）元化覃幽，皇風被遠。（緊句）烏嶺之烽已息，靈臺之伯斯偃。（長句）然知（發語）魯連雖下于聊城，豈定窮荒之絕巘。（漫句）

表列總結如下：

段落	句式								用　韻	韻　部	字數
	名稱	壯	緊	長	隔	漫	發	送			
第一段	頭		1	1	1				威、歸、飛	上平聲微韻	44
第二段	項		1	1	1		1		壤、仗、黨	上聲養韻	44
第三段	腹	胸	3	1	1		2		垣、番、屯、論、奔	上平聲元韻	64
第四段		上腹	1	1	1	1	1		臂、吹、騎、義	去聲寘韻	56

第五段	中腹	1	1	1	1	幢、邦、雙、降	上平聲江韻	54
第六段	下腹	1	2		1	1	害、大、狽、外	去聲泰韻	48
第七段	腰	1	1	1		1	疆、皇、場	下平聲陽韻	44
第八段	尾	1	1		1	2	遠、偃、巘	去聲願韻	38
總計		10	9	6	4	9	29 韻字	8 韻，4 平韻，4 仄韻	392

三十四、〈離人怨長夜賦〉，以「別思方深寒宵苦永」為韻

1. 離思難任，良宵且深。（緊句）坐感夫君之別，誰憐此夜之心。（長句）念雲雨以初分，何時促膝；俯衾裯而起怨，幾度沾襟。（重隔）

2. 始其（發語）歌罷東門，袂揮南浦。（緊句）征車去兮塵漸遠，匹馬歸兮情自苦。（長句）閒庭已暝，對一點之凝釭；別酒初醒，聞滿簷之寒雨。（輕隔）

3. 且夕也，（發語）悄悄何長，悠悠未央。（緊句）向銀屏而寡趣，撫角枕以增傷。（長句）蓋以（發語）緬行役兮路千里，邈音塵兮天一方。（長句）我展轉以空床，固難成夢；君盤桓於旅館，豈易為腸。（重隔）

4. 由是（發語）觸目生悲，迴身弔影。（緊句）雲積陰而月暗，鳥深棲而樹靜。（長句）凝情漸久，訝古寺之鐘遲；會面猶賒，奈嚴城之漏永。（輕隔）

5. 於時（發語）堦滴飄冷，窗風送寒。（緊句）徒抱分襟之恨，全忘秉燭之歡。（長句）遠林而未有鳥啼，偏嫌耿耿；幽壁而徒聞蛩響，頓覺漫漫。（雜隔）

6. 嗟夫！（發語）昔每同袍，今成兩地。（緊句）既睹物以遐想，復支頤而不寐。（長句）鄰機尚織，重增蘇氏之懷；詞客猶吟，

更動江生之[思]。（輕隔）

7. 況乎（發語）燕宋程遠，關山道遙。（緊句）怨復怨兮斯別，長莫長乎此[宵]。（長句）使人（發語）玄髮潛變，紅顏暗彫。（緊句）杳嚮晨而若歲，嗟達旦以無聊。（長句）

8. 且夫（發語）名利猶存，津梁未絕。（緊句）苟四方之志斯在，則五夜之情徒切。（長句）然哉！（發語）吾生既異於匏瓜，又安得不傷乎離[別]。（漫句）

表列總結如下：

段落	句　式								用　韻	韻部	字數
	名稱	壯	緊	長	隔	漫	發	送			
第一段	頭		1	1	1				深、心、襟	下平聲侵韻	40
第二段	項		1	1	1		1		浦、苦、雨	去聲遇韻	44
第三段	胸		1	2	1		2		央、傷、方、腸	下平聲陽韻	59
第四段	上腹		1	1	1		1		影、靜、永	上聲梗韻	42
第五段	中腹		1	1	1		1		寒、歡、漫	上平聲寒韻	44
第六段	下腹		1	1	1		1		地、寐、思	去聲寘韻	42
第七段	腰		2	2			2		遙、宵、彫、聊	下平聲蕭韻	44
第八段	尾		1	1		1	2		絕、切、別	入聲屑韻	41
總計			9	10	6	1	10		26韻字	8韻，4平韻，4仄韻	356

三十五、〈秋夜七里灘聞漁歌賦〉，以「明月白露光陰往來」為韻

1. 七里灘急，三秋夜清。（緊句）泊桂櫂于遙岸，聞漁歌之數聲。（長句）臨風斷續，隔水分[明]。（緊句）初（發語）擊楫以興

詞，人人駭耳；既艤舟而度曲，處處含情。（重隔）

2. 罛籟微收，濃煙乍歇。（緊句）屏開兩面之鏡，璧碎中流之月。（長句）逃名浪跡，始蕩槳以徐來；咀徵含商，俄扣舷而迴發。（輕隔）

3. 一水喧豗，旁連釣臺。（緊句）群鳥皆息，孤猿罷哀。（緊句）激浪不停，高唱而時時過去；涼飆暗起，清音而一一吹來。（雜隔）

4. 潺潺兮跳波激射，歷歷兮新聲不隔。（長句）初聞而彌覺神清，再聽而微憂鬢白。（長句）遠而察也，調且異于吳歌；近以觀之，人又非其郢客。（輕隔）

5. 杳梟悠揚，深山夜長。（緊句）殊採菱于鏡水，同鼓枻于滄浪。（長句）泛濫扁舟，逸興無慚于范蠡；沈浮芳餌，高情不減于嚴光。（雜隔）

6. 況其（發語）岸簇千艘，巖森萬樹。（緊句）湍奔似雪之浪，衣裛如珠之露。（長句）寂凝思以側聆，悄無言而相顧。（長句）此時游子，只添歧路之愁；何處逸人，頓起江湖之趣。（輕隔）

7. 由是（發語）寥亮清潯，良宵漸深。（緊句）引鄉淚于天末，動離魂于水陰。（長句）究彼囀喉，似感無爲之化；察其鼓腹，因知樂業之心。（輕隔）

8. 既而（發語）暗卷纖綸，潛收密網。（緊句）灘頭而猶唱殘曲，水際而尚聞餘響。（長句）漁人歌罷兮天已明，挂輕帆而俱往。（漫句）

表列總結如下：

段落	句式								用韻	韻部	字數
	名稱	壯	緊	長	隔	漫	發	送			
第一段	頭		2	1	1		1		清、聲、明、情	下平聲庚韻	49

							韻字	韻	字數
第二段	項	1	1	1			歇、月、發	入聲月韻	40
第三段	胸	2		1			台、哀、來	上平聲灰韻	38
第四段	上腹		2	1			隔、白、客	入聲陌韻	48
第五段	中腹（腹）	1	1				長、浪、光	下平聲陽韻	42
第六段	下腹	1	2	1		1	樹、露、顧、趣	去聲遇韻	54
第七段	腰	1	1	1		1	深、陰、心	下平聲侵韻	42
第八段	尾	1	1		1	1	網、響、往	上聲養韻	38
總計		9	9	7	1	4	26韻字	8韻，4平韻，4仄韻	351

三十六、〈涼風至賦〉，以「律變新秋蕭然遂起」為韻

1. 龍火西流，涼風報秋。（緊句）屆肅殺而金方氣勁，奪赫晞而朱夏威收。（長句）五夜潛生，聞桂枝而騷屑；千門溥至，覺玉宇以飀颸。（輕隔）

2. 于時（發語）北斗杓移，西郊禮畢。（緊句）蓐收行少昊之令，夷則代林鐘之律。（長句）颯爾斯風，生乎是日。（緊句）俄而（發語）撤鬱蒸，揚憀慄。（壯句）減庭草以芳靡，掠林梢而聲疾。（長句）

3. 繇是（發語）漸瀝晴景，浸淫暮天。（緊句）起蘋葉而有準，應葭灰而罔愆。（長句）無近無遠，凄然凜然。（緊句）候搖曳於紅梁，潛催歸燕；乍離披於碧樹，漸息鳴蟬。（重隔）

4. 然後（發語）掃蕩千山，蕭條萬里。（緊句）飄爽氣以極目，屬秋聲而盈耳。（長句）恨添壯士，朝晴而易水寒生；愁殺騷人，落日而洞庭波起。（雜隔）

5. 但（發語）遠戍煙薄，遙村杵頻。（緊句）磨玉蟾而月色初瑩，

泛瑤瑟而商弦乍 新 。（長句）虛檻清泠，頗愜開襟之子；衡門
淒緊，偏驚無褐之人。（輕隔）

6. 北牖閒眠，西園夜宴。（緊句）紅藥將碧蕙香減，珍簟與纖絺
色 變 。（長句）張翰庭前暗度，正憶鱸魚；班姬帳下爰來，已
悲紈扇。（重隔）

7. 故得（發語）苦霧晨卷，蒸雲畫銷。（緊句）望裏而林端嫋嫋，
夢餘而窗外蕭 蕭 。（長句）悄絲管于上宮，陳娥翠斂；颭簷楹
于華省，潘鬢霜凋。（重隔）

8. 既而（發語）冷遍中原，陰生兌位。（緊句）幾人離避暑之所，
何處軫悲秋之思。（長句）雖令（發語）蚤響東壁，鴻辭邊地。
（緊句）又安得吹賦客而促征車，自是功名之未 逐 。（漫句）

表列總結如下：

段　落	句　　式							用　　韻	韻　部	字數
	名　稱	壯	緊	長	隔	漫	發	送			
第一段	頭		1	1	1				秋、收、颸	下平聲尤韻	44
第二段	項	1	2	2				2	畢、律、日、慄、疾	入聲質韻	52
第三段	胸		2	1	1		1		天、愆、然、蟬	下平聲先韻	50
第四段	上腹		1	1	1		1		里、耳、起	上聲紙韻	44
第五段	腹中腹		1	1	1		1		頻、新、人	下平聲眞韻	45
第六段	下腹		1	1	1				宴、變、扇	去聲霰韻	42
第七段	腰		1	1	1		1		銷、蕭、凋	下平聲蕭韻	44
第八段	尾		2	1		1		2	位、思、地、逐	去聲寘韻	51
總計		1	11	9	6	1		8	28韻字	8韻，4平韻，4仄韻	372

三十七、〈鳥求友聲賦〉，以「人自得求友聲之道」為韵

1. 日暖風輕，有黃鳥兮關關嚶嚶。（漫句）始乘春而出自幽谷，俄擇木而求其友聲。（長句）尚沮群猜，每念載鳴之侶；方期類聚，詎無相應之情。（輕隔）

2. 於時（發語）紅破園桃，青勻禁柳。（緊句）韶光媚原野之始，宿雨霽池塘之後。（長句）由是（發語）睍睆遷喬，樓翔寡友。（緊句）潛符切切之義，爰發嘐嘐之口。（長句）林閒乍囀，誠謂乎知音可期；陌上頻啼，似恨其離群已久。（雜隔）

3. 既而（發語）雅叶交應，如懷故人。（緊句）得鸚鵡之流言不信，見靈烏而白首如新。（長句）灌木煙中，念友朋而有待；楊園景裏，豈鳩集之無因。（輕隔）

4. 鳴毫既殊，攀萃靡異。（緊句）猶徵角之先奏，俟宮商之有自。（長句）遂使（發語）夕陽橋畔，人人增感別之愁，曉色樓前，處處動傷春之思。（雜隔）

5. 族類安在，間關未休。（緊句）想王睢兮從吾所好，知斥鷃兮為我何求？（長句）豈比（發語）蜀魄銜冤，啼巴月於深夜；燕鴻失侶，叫邊雲於凜秋。（輕隔）

6. 懿夫（發語）隔霧彌幽，含風轉好。（緊句）似宏三益之旨，足驚寡聞之抱。（長句）想伊鳥也，猶推故舊之心；矧乃人斯，忍棄朋友之道。（輕隔）

7. 取則寔遠，流音在茲。（緊句）爾苟嚶鳴而占矣，吾將德義而求之。（長句）雖慕惠莊，願定交于他日；如令管鮑，得擅美于當時。（輕隔）

8. 夫如是，（發語）則（發語）結綬何慚，彈冠不惑。（緊句）伐木將廢而莫可，谷風欲刺而安得？（長句）已乎！（發語）勿謂斯鳥之聲至微，而忘其是則。（漫句）

表列總結如下：

段落	句　　式								用　　韻	韻　部	字數
	名　稱		壯	緊	長	隔	漫	發	送		
第一段	頭				1	1		1		嚶、聲、情	下平聲庚韻	48
第二段	項			2	2	1			2	柳、後、友、口、久	上聲有韻	66
第三段		胸	1	1	1			1		人、新、因	上平聲眞韻	46
第四段		上腹	1	1	1			1		異、自、思	去聲寘韻	42
第五段	腹	中腹	1	1	1			1		休、求、秋	下平聲尤韻	46
第六段		下腹	1	1	1			1		好、抱、道	去聲號韻	42
第七段	腰		1	1	1					茲、之、時	上平聲支韻	42
第八段	尾		1	1			1	3		惑、得、則	入聲職韻	42
總計			8	9	7	2		9		26韻字	8韻，4平韻，4仄韻	374

三十八、〈吞刀吐火賦〉，以「方士有如此之術焉」為韵

1. 奇幻誰傳，伊人得焉。（緊句）吞刀之術斯妙，吐火之能又玄。
   （長句）嚥卻鋒鋩，不患乎洞胸達腋；噓成䖝赫，俄驚其飛
   燄浮煙。（雜隔）

2. 原夫（發語）自天竺來時，當西京暇日。（長句）逞不測之神
   變，有非常之妙術。（長句）初呈握內，豈吹毛之銳難舍；復
   指胸中，雖爍石之威可出。（雜隔）

3. 於是（發語）叱咤神屬，唅呀氣資。（緊句）旁駕肩而執不觀
   也，忽攘臂而人皆異之。（長句）俄而（發語）精鋼裹腹，烈
   燄交頤。（緊句）罔有剖心之患，曾無爛額之期。（長句）凝
   影滅以光沈，霜鋒盡處；炯霞舒而血噴，朱燄生時。（重隔）

4. 素刃兮倏去于手，紅光兮迅騰其口。（長句）始蔑爾以虹藏，
   竟霍然以電走。（長句）隱乎語笑，迴看而鞞琫皆空；出若咽

喉，旁取而榆檀何[有]。（雜隔）

5. 莫不（發語）刻意斯效，焦心已舒。（緊句）想剛腸之礪乃，驚燥吻以焚[如]。（長句）胡為引鏡之形，稍能咀嚼；安得燎原之色，發自吹噓。（重隔）

6. 亦足以（發語）道冠幻人，功傾術[士]。（緊句）食鍼既可以增愧，噀酒亦宜乎讓美。（長句）

7. 且夫（發語）神仙兮不常，變化兮多[方]。（長句）或漱水而霧合，或吐飯而蜂翔。（長句）曾未若（發語）彼用解牛，我則虛喉而挫銳；彼皆鑽燧，我則鼓舌以生光。（雜隔）

8. 然而（發語）眩惑如斯，云為徒爾。（緊句）雖誇外國之獻，本匪王庭之伎。（長句）吾謂（發語）吞詞鋒者可尚，吐智燭者為是。（長句）所以安處先生，終去彼而取[此]。（漫句）

表列總結如下：

段落	句 式								用韻	韻部	字數
	名 稱	壯	緊	長	隔	漫	發	送			
第一段	頭		1	1	1				焉、玄、煙	下平聲先韻	42
第二段	項			2	1		1		日、術、出	入聲質韻	46
第三段	胸		2	2	1		2		資、之、頤、期、時	上平聲支韻	68
第四段	上腹			2	1				口、走、有	上聲有韻	48
第五段 腹	中腹	1	1	1			1		舒、如、噓	上平聲魚韻	42
第六段	下腹	1	1				1		士、美	上聲紙韻	25
第七段	腰			2	1		2		方、翔、光	下平聲陽韻	49
第八段	尾	1	2		1	2			爾、伎、是、此	上聲紙韻	48
總計		6	13	6	1		9		26韻字	8韻，4平韻，4仄韻	368

三十九、〈神女不過灌壇賦〉，以「飄風疾雨慮傷仁政」為韻

1. 有女維神，徘徊恨新。（緊句）既入文王之夢，方明尚父之仁。（長句）君蒞灌壇，自其來而有感；妾歸西海，將欲過以無因。（輕隔）

2. 豈非（發語）受命上天，稟靈下土。（緊句）苟當鑒德之職，誠是福謙之主。（長句）然而出則（發語）駕疾風，鞭暴雨。（壯句）雖娉婷淑態，所行皆正直之心；而倏閃陰徒，在處有晦冥之苦。（密隔）

3. 今則（發語）望彼仁境，居惟太公。（緊句）于國而棟梁斯喻，于民而父母攸同。（長句）謐爾封疆，無破塊之時雨；恬然草木，絕鳴條之曉風。（輕隔）

4. 安得（發語）暗恃威靈，長驅徒御。（緊句）不惟流麥以斯恐，抑亦偃禾而是慮。（長句）舊祠已別，固難返駕于今辰；直道須遵，豈可取途于他處。（雜隔）

5. 是使（發語）淚臉紅失，愁蛾翠銷。（緊句）駐霞車而色斂，停寶蓋以香飄。（長句）潛羨羿妻，明月先逾于清夜；卻慚巫女，輕雲已度于晴朝。（雜隔）

6. 誰見其（發語）迴惑蕙心，踟躕蘭質。（緊句）感教化之均適，患奔驅之迅疾。（長句）花顏慘澹，非嫌勝母之時；玉趾遲留，異惡朝歌之日。（輕隔）

7. 王乃（發語）愍彼彷徨，詢其感傷。（緊句）既非失珮于江上，亦非遺簪于路旁。（長句）入夢之姿，經三日以方過；非熊之道，歷千秋而更彰。（輕隔）

8. 則知（發語）執德感幽者繫乎真，操心警物者由乎正。（長句）苟在神而猶懼，豈于人而不敬。（長句）若夫（發語）蝗越境而虎渡河，未可與斯而論政。（漫句）

表列總結如下：

段落	句　　式								用　韻	韻　部	字數
	名稱	壯	緊	長	隔	漫	發	送			
第一段	頭		1	1	1				新、仁、因	上平聲眞韻	40
第二段	項	1	1	1	1			2	土、主、雨、苦	上聲雨韻	56
第三段	胸		1	1	1			1	公、同、風	上平聲東韻	44
第四段	上腹		1	1	1			1	御、慮、處	去聲禦韻	44
第五段	中腹		1	1	1			1	銷、飄、朝	下平聲蕭韻	42
第六段	下腹		1	1	1			1	質、疾、日	入聲質韻	43
第七段	腰		1	1	1			1	傷、旁、彰	下平聲陽韻	44
第八段	尾			2		1		2	正、敬、政	去聲敬韻	46
總計		1	7	9	7	1		9	25韻字	8韻，4平韻，4仄韻	359

四十、〈水城賦〉，以「有言河伯因作水城」為韻

1. 呂公子兮誰與營，魚為庶兮水為[城]。（長句）雖處至柔之地，還深作固之情。（長句）不假人徒，構神功而日就；甯勞版築，疊素浪以雲平。（輕隔）

2. 帝始（發語）封之于河，爵之為[伯]。（緊句）既奄有其涯涘，遂恢張于基塘。（長句）因上善以中抱，若崇墉之外隔。（長句）赤魴掉尾，非經阿利之勞；紅鯉暴腮，似困蒙恬之役。（輕隔）

3. 豈不以（發語）還茲森森，象彼言[言]。（緊句）高標貝闕，洞設龍門。（緊句）於以示神祇之化，於以昭麟介之尊。（長句）霞影晴臨，四面之旌旗火烈；湍聲霧急，一樓之鼙鼓雷喧。（雜隔）

4. 彼則險阻可依，此則靈長是託。（長句）周圍而一帶斯繞，控

引而百川皆[作]。（長句）曉遇撇波之子，稍類登坤；夜聞鼓枻之音，終疑擊柝。（重隔）

5. 莫不（發語）外羅蜃蛤，中集黿鼉。（緊句）蕩蕩而欲吞江漢，沈沈而自恃山[河]。（長句）似慮交侵，益廣容舠之所；如虞勍敵，長流急箭之波。（輕隔）

6. 乃與（發語）川后爲鄰，陽侯共守。（緊句）奚鮫室之能匹，信龍宮而是偶。（長句）沙留聚沫，豈粉堞之云無，岸轉盤渦，實湯池而自[有]。（輕隔）

7. 況乎（發語）左負滄海，前臨孟津。（緊句）樂毅將攻而莫可，魯連欲下以無[因]。（長句）測彼淺深，豈有不沈之板；司其啓閉，誰爲堅守之人。（輕隔）

8. 偉夫（發語）勢壓重泉，功齊百雉。（緊句）咽喉苟有于九曲，襟帶詎雄乎千里。（長句）雖則（發語）都于坎，據于[水]。（壯句）賴吾唐之聖君，四郊清矣。（漫句）

表列總結如下：

段　落		句　　　　式							用　　　韻	韻　部	字數
	名　稱	壯	緊	長	隔	漫	發	送			
第一段	頭			2	1				城、情、平	下平聲庚韻	46
第二段	項		1	2	1				伯、壚、隔、役	入聲陌韻	54
第三段	胸		2	1	1		1		言、門、尊、喧	上平聲元韻	55
第四段	上腹			2	1				託、作、柝	入聲藥韻	46
第五段	中腹 腹	1	1	1			1		鼉、河、波	下平聲歌韻	44
第六段	下腹	1	1	1			1		守、偶、有	上聲有韻	42
第七段	腰	1	1	1			1		津、因、人	上平聲眞韻	44

第八段	尾	1	1	1		1	2	矧、里、水、矣	上聲紙韻	42
總計			1	7	11	7	1	6	27 韻字	8 韻，4 平韻，4 仄韻	373

四十一、〈玄宗幸西涼府觀燈賦〉，以「春夕游幸見天師術」為韻

1. 昔在（發語）明皇帝，召葉尊 師 。（緊句）當新歲月圓之夜，是上元燈設之時。（長句）帝謂京洛，他處固難比也；師言良夜，今宵亦可觀之。（輕隔）

2. 于是（發語）請宸游，憑妙 術 。（壯句）將越天宇，俄辭宣室。（緊句）扶鳳輦以雲舉，揭翠華而飆疾。（長句）不假御風之道，倏忽乘虛；如因縮地之方，逡巡駐蹕。（重隔）

3. 已覺夫（發語）關隴途盡，河湟景新。（緊句）到合雜繁華之地，見駢闐游看之人。（長句）千條銀燭，十里香塵。（緊句）紅樓邐迤以如畫，清夜熒煌而似 春 。（長句）

4. 郡實武威，事同仙境。（緊句）彩搖金像之色，光奪玉蟾之影。（長句）一游一豫，忽此地以微行；不識不知，竟何人而望 幸 。（輕隔）

5. 于時（發語）有霜沾草，無雲在 天 。（緊句）金鴨揚輝而光散，冰荷含耀以星連。（長句）樂異梨園，徒笙歌之滿聽；人非別館，空羅綺以盈前。（輕隔）

6. 既而（發語）斗轉玉繩，漏深銀箭。（緊句）周迴未愜於睿旨，歷覽尚勞于宸眷。（長句）莫不（發語）混跡尊卑，和光貴賤。（緊句）亦由（發語）鳳隱形于眾鳥，眾鳥莫知；龍匿影于群魚，群魚不 見 。（重隔）

7. 俄而（發語）歸思潛軫，皇情不留。（緊句）髣髴而方離邊郡，斯須而已在神州。（長句）稍異穆王，至自瑤池之會；非同漢武，來從百谷之 游 。（輕隔）

8. 一自（發語）風城蘭釭，雲迎羽客。（緊句）塵昏蕃塞之草，煙暝秦陵之柏。（長句）空令思唐德之遺民，最悲涼於此 夕 。（漫句）

表列總結如下：

段 落	句　　　式							用　　韻	韻　部	字數
	名 稱	壯	緊	長	隔	漫	發	送			
第一段	頭		1	1	1		1		師、時、之	上平聲支韻	44
第二段	項	1	1	1	1		1		術、室、疾、躋	入聲質韻	50
第三段	胸		2	2			1		新、人、塵、春	上平聲眞韻	47
第四段	上腹		1	1	1				境、影、幸	上聲梗韻	40
第五段	中腹		1	1	1		1		天、連、前	下平聲先韻	44
第六段	下腹		2	1			3		箭、眷、賤、見	去聲霰韻	56
第七段	腰		1	1	1		1		留、州、游	下平聲尤韻	44
第八段	尾		1	1		1	1		客、柏、夕	入聲陌韻	36
總計		1	10	9	6	1	9		27 韻字	8 韻，4 平韻，4 仄韻	361

四十二、〈蠛蠓巢蚊睫賦〉，以「天壤之間大小殊稟」為韻

1. 萬物生兮，巨細相懸。（緊句）蚊之睫兮，蠛蠓在焉。（緊句）雖受氣以具體，亦成形而自 天 。（長句）取以比方，事著茂先之賦；齊其大小，理符禦寇之篇。（輕隔）

2. 眇矣麼蟲，生乎積 壤 。（緊句）名爲造化之內，質類希夷之象。（長句）離婁俯視，莫得見其形容；師曠俛聽，曾未聞乎聲響。（輕隔）

3. 既而（發語）游元氣，入無間。（壯句）就彼蚊而棲宛，止其睫以迴環。（長句）日往月來，顧我而因依自得；晨趨暮見，覺伊而瞬息長閒。（雜隔）

4. 由是（發語）拂筈謀安，沿眶可賴。（緊句）喜榮乎嚌膚之際，懼覆于成雷之會。（長句）仰觀厥首，謂如山嶽之崇；旁睨其肩，意似叢林之大。（輕隔）

5. 逼螢火兮，豈慮焚其；逢牸蠻兮，何憚居之。（平隔）每保勁同于枝幹，詎知細甚于毫釐。（長句）未能鵲起，安肯蟲疑。（緊句）常笑鷦鷯，立彼葦苕之上；甯同元鳥，集于危幕之時。（輕隔）

6. 豈比夫（發語）蠕動微生，蜎飛異稟。（緊句）蠅附尾以非類，虱處頭而殊品。（長句）言乎蚊也，則是睫而可知；向彼巢焉，乃斯形而因審。（輕隔）

7. 想夫（發語）影與塵混，身將道俱。（緊句）察其生而洪纖則別，論其分而物我何殊。（長句）似菌朝生，不羨千春之壽；如蜩秋起，無慚六月之圖。（輕隔）

8. 悲夫！（發語）謂無至道者多，信有茲蟲者少。（長句）蓋述齊物之域，未遂忘形之表。（長句）若能效三月以齊心，必見斯蟲而不小。（漫句）

表列總結如下：

段落	句　式							用　韻	韻　部	字數
	名稱	壯	緊	長	隔	漫	發	送		
第一段	頭		2	1	1				懸、焉、天、篇	下平聲先韻	48
第二段	項			1	1	1			壤、象、響	上聲養韻	40
第三段	腹 胸	1		1	1			1	間、環、閒	上平聲刪韻	42
第四段	上腹			1	1	1		1	賴、會、大	去聲泰韻	44

第五段	中腹		1	1	2			之、釐、疑、時	上平聲支韻	58
第六段	下腹		1	1	1		1	稟、品、審	上聲寢韻	43
第七段	腰		1	1	1		1	俱、殊、圖	上平聲虞韻	46
第八段	尾				2	1	1	少、表、小	上聲小韻	41
總計		1	7	9	8	1	5	26韻字	8韻，4平韻，4仄韻	362

四十三、〈樵夫笑士不談王道賦〉，以題為韻

1. 多辯名士，能文碩儒。（緊句）或有不談于王道，終知取笑于樵夫。（長句）幸遭仄席之時，盡皆沈默；遂使執柯之子，因此胡盧。（重隔）

2. 當其（發語）野絕遺賢，朝稱多士。（緊句）九土咸歡乎富庶，四夷俱混于文軌。（長句）盡合（發語）讚洪猷，歌至理。（壯句）而（發語）懸河健口，未開衮衮之辭；擲地清才，不述便便之美。（輕隔）

3. 有夫則野，其業唯樵。（緊句）或怡情于磵側，或放志于山椒。（長句）乃曰：（發語）「凡在吾儕，猶欣渥澤之汪濊；豈伊作者，長使聲歌之寂寥。（雜隔）」

4. 所以（發語）向彼息肩，因茲掩口。（緊句）是山中拾箭之際，正洞裏觀棋之後。（長句）猶堪撫掌，念牧豎以知無；聊用解顏，問樵人之信不。（輕隔）

5. 況乎（發語）德邁三代，功超百王。（緊句）士非君則好爵奚取，君非士則休聲不揚。（長句）豈言泉之杜竭，抑辯囿之荒涼。（長句）側耳聽時，嫌寂寂于都下；負薪歸處，輒怡怡于路旁。（輕隔）

6. 蓋以（發語）浴沐昌期，優游元造。（緊句）俱為卷舌之輩，不及擊轅之老。（長句）靦然未已，殊主人之荅賓；莞爾難持，

異下士之聞道。（輕隔）

7. 豈謂乎（發語）力伐摧柏，聲騰夕嵐。（緊句）足令（發語）墨客增愧，詞人有慚。（緊句）是知（發語）運屬無偏，合著奚斯之頌；時當有截，須陳吉甫之談。（輕隔）

8. 方今（發語）君則唐虞，臣惟周召。（緊句）稱揚者皆黃馬之辯，贊詠者盡雕龍之妙。（長句）可以（發語）流播千古，鏘洋八徹。（緊句）若然則樵採之徒歟，又何由而竊笑。（漫句）

表列總結如下：

段落	句式								用韻	韻部	字數
	名稱	壯	緊	長	隔	漫	發	送			
第一段	頭		1	1	1				儒、夫、盧	上平聲虞韻	42
第二段	項	1	1	1	1		3		士、軌、理、美	上聲紙韻	53
第三段	胸		1	1	1		1		樵、椒、寥	下平聲蕭韻	44
第四段	上腹		1	1	1		1		口、後、不	上聲有韻	44
第五段	腹 中腹		1	2	1		1		王、揚、涼、旁	下平聲陽韻	58
第六段	下腹		1	1	1		1		造、老、道	上聲皓韻	42
第七段	腰		2		1		3		嵐、慚、談	下平聲覃韻	43
第八段	尾		2	1		1	2		召、妙、徹、笑	去聲嘯韻	50
總計		1	10	8	7	1	12		27韻字	8韻，4平韻，4仄韻	376

四十四、〈松柏有心賦〉

1. 彼木雖眾，何心可持。（緊句）唯松柏其生矣，稟堅貞而有之。（長句）所以（發語）固節千歲，凝芳四時。（緊句）積翠森

疎，見冒雪停霜之性；攢空蕭瑟，無改柯易葉之期。（雜隔）

2. 懿夫（發語）外聳森稜，內扶剛直。（緊句）或盤根于幽磵之
   畔，或挺資于高山之側。（長句）豈儕蘭桂，何慚荊棘。（緊
   句）葉殊而可謂不同，節厚而盡云難測。（長句）相連夾路，
   在成城而稍佸；未可爲薪，比灰死而莫得。（輕隔）

3. 媲匪石而枝勁，叶懸旌而影搖。（長句）苟無懼于早落，亦何
   憂于後彫。（長句）聳幹山巔，且甚長于眾植；成行陵上，終
   不亂于驚飆。（輕隔）

4. 矧乎（發語）萬樹合秋，千林向晚。（緊句）方見夫（發語）
   鶴棲之所彌茂，麝食之餘不損。（長句）天台溪畔，若有意于
   垂陰；太華峰前，豈無情于固本。（輕隔）

5. 既立端操，寧驚太寒。（緊句）似蓋而秦封翠歛，如愁而殷社
   煙攢。（長句）勢迥蒿萊，競高標于塵外；時當搖落，爭秀出
   于林端。（輕隔）

6. 豈無井上之桐，亦有園中之柳。（長句）于春色以自得，在歲
   寒而則否。（長句）

7. 曾未若（發語）方寸斯抱，層空可凌。（緊句）藋雖傾而莫比，
   蓬非直而何稱。（長句）至如（發語）嚴氣方勁，翠色猶增。
   （緊句）亦何異（發語）君子仗誠，處難危而愈厲；志人高
   道，當顚沛以彌弘。（輕隔）

8. 是知（發語）斯木唯良，因心所貴。（緊句）何固結其修幹，
   共青蒼于四氣；然則喻禮于人，欲舍此而何謂。（平隔）

表列總結如下：

段落	句式							用　　韻	韻部	字數
	名稱	壯	緊	長	隔	漫	發	送			
第一段	頭		2	1	1		1		持、之、時、期	上平聲支韵	52

第二段	項		2	2	1		1	直、側；棘、測、得	入聲職韻	68
第三段	胸				2	1		搖、彫、飈	下平聲蕭韻	44
第四段	上腹		1	1	1		2	晚、損、本	上聲阮韻	45
第五段	腹	中腹	1	1	1			寒、攢、端	上平聲寒韻	42
第六段		下腹			2			柳、否	上聲有韻	24
第七段	腰		2	1	1		3	凌、稱、增、弘	下平聲蒸韻	56
第八段	尾		1		1	1		貴、謂	去聲未韻	34
總計			9	10	7		8	26 韻字	8 韻，4 平韻，4 仄韻	365

四十五、〈松柏有心賦〉，以「君子得禮歲寒不變」為韻

1. 觀卉木之庶類，而松柏之异群。貫四時而不改柯易葉，挺千尺而恒冒雪淩雲。抗高標於物外，遠卑冗於代紛。其榦則直，其理則文。驗受命於方地，信無奇於此君。

2. 於是載離風霜，多歷年紀。持本性而常茂，抱幽貞而獨美。太華之上，森森映仙堂之峯；台嶺之傍，落落蔭靈溪之水。經多不改，憐江南之竹箭；乘春暫榮，笑東園之桃李。故見稱於前聖，喻德於君子。

3. 夫其勁節可佳，明心不忒。實繁衆類，生我邦國。故將枝葉無隔於心源，豈同橘柚有限於南北。錯萬物以爲佐，求其族而始得。

4. 是以後凋之義，久不刊於魯經；有心之言永昭著於戴禮。吉士遠託，或亭亭於嶺上；山苗乍淩，時鬱鬱於澗底。雖彼此殊軌，而榮華一體。

5. 若乃背徂，年當芳歲。林烟乍卷，秋雨時霽。仙侶或遊，隱淪常憩。莫不對偃蓋以瀟灑，仰仙雲而搖曳。暢方外之遐遊，

滌樊籠之流滯。

6. 若乃幽澗之側，高岫之端。葉離離而日來多暖，枝梢梢而風至夏 $\boxed{寒}$。不以無人而不秀，又同美乎芳蘭。

7. 至若大廈方構，長材是求。詣藪澤，訪陵丘。遠近必度，大小所謀。有斯木之特達，惟工倕而擇 $\boxed{不}$。

8. 重曰：歲聿雲暮兮，何木不 $\boxed{變}$；惟松柏兮，凌霜葱蒨。儻有心之可嘉，期君子之一眄。

四十六、〈跬步千里賦〉，以「審乎致遠行之在人」為韻

1. 彼道雖遠，唯人可 $\boxed{行}$。（緊句）積一時之跬步，臻千里之遙程。（長句）亦如（發語）塵至微而結成山嶽，川不息而流作滄瀛。（長句）

2. 是則（發語）大自小成，遐因邇至。（緊句）理苟均于積素，義必資乎馴 $\boxed{致}$。（長句）莫不（發語）究其攸往，明其所自。（緊句）不因布武之間，那及同舟之地。（長句）終尋高躅，必可繼于飛鴻；不躡前蹤，安得齊乎赤驥。（輕隔）

3. 是則（發語）欲追迢遞，無或踟躕。（緊句）始謂（發語）與其進也，不亦遠 $\boxed{乎}$！（緊句）玉趾勤遷，諒金城之可越；方城漸近，甯漢水之難逾。（輕隔）

4. 矧夫（發語）高以下為著，顯以微為本。（長句）既曳踵以將至，蓋執心而忘返。（長句）行行莫止，豈辭明月之程；去去不停，甯憚黃雲之 $\boxed{遠}$。（輕隔）

5. 但勉行之，終能及 $\boxed{之}$。（緊句）苟循途而坦坦，盍履道以孜孜。（長句）如肯裂裳，自等聚糧之義；豈勞由徑，當齊命駕之期。（輕隔）

6. 得非（發語）務進彌專，遄征有稟。（緊句）念踽踽以無怠，故儦儦而茲甚。（長句）自勤跋涉，邯鄲之學全殊；不暇因循，燕宋之遙可 $\boxed{審}$。（輕隔）

7. 然而（發語）志勿休者，雖難必易；行不止者，雖遠必臻。（平隔）亦由（發語）積水爲瑩冰之始，層臺實累木之因。（長句）大道能遵，終及奔馳之子；中途儻廢，誠慚跛躄之人。（輕隔）

8. 別有（發語）跼蹐負耒，躊躇斯在。（緊句）將欲（發語）拔跡霄漢，超蹤寰海。（緊句）或能（發語）開道路，解縶維，則千里之途可待。（漫句）

表列總結如下：

段落	句　　式							用　　韻	韻　部	字數
	名　稱	壯	緊	長	隔	漫	發	送		
第一段	頭		1	2			1		行、程、瀛	下平聲庚韻	38
第二段	項		2	2	1		2		至、致、自、地、驥	去聲寘韻	64
第三段	胸		2		1		2		蹦、乎、逾	上平聲虞韻	40
第四段	上腹			2	1		1		本、返、遠	上聲阮韻	44
第五段	中腹		1	1	1				之、孜、期	上平聲支韻	40
第六段	下腹		1	1	1		1		稟、甚、審	上聲寢韻	42
第七段	腰			1	2		2		臻、因、人	上平聲眞韻	54
第八段	尾		2			1	3		在、海、待	上聲賄韻	35
總計			9	9	7	1	12		26韻字	8韻，4平韻，4仄韻	357